BASTEI
LÜBBE

# Peter Laufer

# Sie hat es doch gewollt

Ins Deutsche übertragen
von Cécile G. Lecaux

**TRUE CRIME**
**Der wahre Kriminalfall**

BASTEI
LÜBBE

BASTEI-LÜBBE-TASCHENBUCH
Band 13 651

Erste Auflage:
Mai 1995
Zweite Auflage:
September 1995


Deutsche Lizenzausgabe 1995
Bastei-Verlag Gustav H. Lübbe
GmbH & Co., Bergisch Gladbach
Originaltitel:
A Question of Consent
Lektorat: Iris Schmidt
Titelbild: Orion
Umschlaggestaltung:
Quadro Grafik, Bensberg
Satz: KCS GmbH,
Buchholz/Hamburg
Druck und Verarbeitung:
Brodard & Taupin,
La Flèche, Frankreich
Printed in France

ISBN 3-404-13651-9

Wieder einmal
in Liebe und Dankbarkeit
an Sheila
für das, was sie mich
gelehrt hat

Die Verletzung der persönlichen Integrität bei erzwungenem Geschlechtsverkehr ist der Grund, weshalb erzwungener Geschlechtsverkehr als ernstes Verbrechen angesehen werden sollte, auch wenn das Opfer weder mit einer Waffe bedroht noch geschlagen wurde. Ob man von der ›Vergewaltigung als Sex‹ oder von der ›Vergewaltigung als Gewalt‹ spricht, als Tatsache bleibt bestehen, daß der Unterschied zwischen Vergewaltigung und anderen Verbrechen darin liegt, daß es sich bei Vergewaltigung um eine sexuelle Nötigung handelt – um eine Nötigung der persönlichsten, intimsten und demütigendsten Art.

Susan Estrich, Vergewaltigungsopfer,
Sozialkritikerin und Jura-Dozentin

Sex ist eine ungezügelte Macht, die wir nicht unter Kontrolle haben; er ist eine dunkle Kraft. Die Geschlechter stehen im Krieg miteinander. Das ist Teil dessen, was Sex so erregend und interessant macht. Sex ist das Schattenreich der Nacht. Wenn man das Schattenreich der Nacht betritt, können dort entsetzliche Dinge geschehen.

Camille Paglia, Sozialkritikerin und
Dozentin der Geisteswissenschaften

Jungs sind eben Jungs. Sie sind voller Übermut, schlagen über die Stränge. Tun verrückte Sachen. Sie experimentieren mit dem Leben und mißachten ihre Eltern. Jungs sind eben Jungs.

Michael Querques, Verteidiger einer
der Vergewaltiger von Glen Ridge

Vergewaltigung ist Folter.

Politisches Statement von Amnesty International

# Die Hauptfiguren

**Das Opfer**

›Betty Harris‹ wurde 1972 als Säugling von einem Ehepaar aus Glen Ridge adoptiert. Schon damals war sie als geistig behindert diagnostiziert – eine Diagnose, die zu Anfang irrtümlich als heilbar eingestuft wurde. »Sie war geistig schon immer sehr schwerfällig«, sagt ihre Mutter.

**Die verurteilten Vergewaltiger**

Christopher Archer, der von der Staatsanwaltschaft als ›Initiator‹ des Verbrechens identifiziert wurde.

Kevin und Kyle Scherzer, die Zwillingsbrüder, deren Keller Schauplatz des Verbrechens war. ›Man kann Spaß kein Preisschild anheften!‹ faßt Kyle im High-School-Jahrbuch seine Philosophie zusammen.

Bryant Grober, der sich, nachdem Betty ihn oral befriedigt hat, in eine Ecke zurückzieht und nur der Verabredung zur Verübung einer Straftat schuldig gesprochen wird. Im Jahrbuch der Abschlußklasse schreibt er: ›Wenn man sich sowieso auf dünnem Eis bewegt, kann man ebensogut darauf tanzen‹.

**Weitere der Verabredung zur Verübung einer Straftat Angeklagte, die sich schuldig bekannten**

Peter Quigley, der sich am 14. April 1982 schuldig bekennt, das Wohl einer geistig behinderten Person gefährdet zu haben, ein im Staate New Jersey verhältnismäßig leichtes Vergehen, das als ›Erregung öffentlichen Ärgernisses‹ gewertet wird. Er erklärt sich bereit auszusagen, wenn er als Zeuge aufgerufen wird, und beruft sich dann auf Zusatzartikel 5 der Verfassung (Jeder hat das Recht, die Aussage zu verweigern, wenn er sich damit selbst belasten würde. Anm. des Übersetzers).

Paul Archer, der sich des gleichen Vergehens schuldig bekennt wie Quigley. Archers Falschaussage erweist sich als katastrophal für seinen Bruder und die anderen Vergewaltiger. Ein kleiner Einblick in seinen Charakter wird offenbart, als die Staatsanwaltschaft das Resultat seiner Sozialarbeit bekannt gibt, die ihm nach einer Verhaftung wegen Trunkenheit in der Öffentlichkeit auferlegt worden war. Damit beauftragt, Hundehaltern Antragsformulare zur Verlängerung der Hundesteuermarke zuzusenden, versah Archer die Formulare mit Obszönitäten.

**Mittäter, die verhaftet, jedoch nicht vor Gericht gestellt wurden**

(Die Anklage wurde auf Wunsch von Bettys Eltern fallengelassen)

John Maher wird der Mitwisserschaft angeklagt, jedoch nicht der sexuellen Nötigung.

Richard Corcoran Junior, Sohn eines Polizeibeamten von Glen Ridge. Die Staatsanwaltschaft hält ihm belastende Aussagen zugute, die die Scherzer-Zwillinge,

Archer und Grober betreffen, woraufhin sein Fall getrennt verhandelt wird. Seine Eintragung im Jahrbuch verfolgt ihn: ›Ist es das Licht, das ich am Ende des Tunnels sehe, oder ist es nur ein heranfahrender Zug?‹.

**Essex County Mitankläger**

Elizabeth Miller-Hall, im Auftrag des Staates mit sämtlichen technischen Prozeßfragen betraut. Sie ist, abgesehen von den sieben weiblichen Geschworenen, die einzige an der Verhandlung beteiligte Frau.

Robert Laurino, Leiter der ›Sexual Assault and Rape Analysis Unit‹ (Abteilung für sexuelle Nötigung und Vergewaltigung) des Büros der Staatsanwaltschaft von Essex County.

Glenn Goldberg, Leiter des ›Special Prosecutions Office‹ (Anklagebehörde) von Essex County. Sein Singen von ›The Sounds of Silence‹, als er seinen Fall gegen die Vergewaltiger von Glen Ridge zusammenfaßt, wird später von den Verteidigern als eine der Begründungen für eine Berufung angeführt.

**Der Richter**

Benjamin Cohen, von seinen Kollegen aus New Jersey hochgeschätzt, versetzte Kritiker in ungläubiges Staunen, als er die Vergewaltiger nach der Verurteilung gegen Kaution auf freien Fuß setzte, aus Sorge darüber, während des Prozesses möglicherweise Fehler gemacht zu haben.

**Der Verteidiger von Kevin Scherzer**

Michael Querques, der dem Fall mit seiner ›Jungs-sind-eben-Jungs‹-Verteidigung seinen Stempel aufdrückt. Querques unterhält eine Kanzlei in Orange, New Jersey.

**Der Verteidiger von Kyle Scherzer**

Louis Esposito unterhält ebenfalls eine Kanzlei in Orange. Esposito hebt Bettys geistige Schwächen noch hervor, indem er in Babysprache mit ihr spricht. »Bitte, bitte«, drängt er sie an einer Stelle seines Kreuzverhörs.

**Der Verteidiger von Christopher Archer**

Thomas Ford Junior mit eigener Kanzlei in Millburn. Ford ist stolz auf seine Bemühungen, Archer vor dem Gefängnis zu bewahren. »Ich schätze, wir haben uns in der Wahl unserer zwölf Geschworenen geirrt«, sagt er gegenüber dem *New Jersey Journal,* nachdem die Geschworenen für schuldig plädiert haben.

**Der Verteidiger von Bryant Grober**

Alan Zegas, der in West Orange, New Jersey, als Anwalt etabliert ist. Ihm gelingt es, die Geschworenen davon zu überzeugen, daß sein Mandant ein geringfügigeres Verbrechen begangen hat als die anderen, weil er gegangen ist, als die anderen Betty mit einem Baseballschläger, einem Besenstiel und einem Stock vergewaltigten.

**Prozeßbeobachterin der nationalen Frauenorganisation**

Carol Vasile, aktives Mitglied der Frauenbewegung

## Einleitung

# ›Sie hat es doch gewollt‹

Keiner der im Glen-Ridge-Fall angeklagten Vergewaltiger erhob sich und sagte: »Ich bin unschuldig«. Nicht einer von ihnen leugnete die grundlegenden Einzelheiten der Geschichte ihrer widerwärtigen Perversion – oder seine Beteiligung an der Vergewaltigung ihrer gemeinsamen Klassenkameradin –, einer Geschichte, die hier rekonstruiert werden soll. Und das ist vielleicht einer der traurigsten Aspekte des ganzen schmutzigen Skandals von Glen Ridge.

Trotz ihrer eigennützigen Entschuldigungen im Gerichtssaal, Sekunden bevor Richter Cohen das Urteil verkündete, rechtfertigten die vier Antihelden der Glen-Ridge-Tragödie ihr Handeln damit, daß ihre geistig zurückgebliebene Nachbarin willig bei ihrer eigenen Vergewaltigung mitgemacht habe. Sie konnten – oder wollten – ihre grundlegenden moralischen Pflichten als zivilisierte Menschen einfach nicht begreifen. Einer der Beteiligten antwortete, kurz nachdem das Verbrechen bekannt geworden war, auf Fragen nach seiner Mittäterschaft unverfroren und arrogant: »Sie hat es doch gewollt«.

Es gelang dem Staat New Jersey, die Geschworenen von der Schuld der Vergewaltiger zu überzeugen, indem die Staatsanwaltschaft darlegte, daß das Opfer gar nicht über die geistige Fähigkeit verfügte, der Vergewaltigung zuzustimmen, der sie an diesem traurigen Nachmittag im

Keller ihrer Nachbarn zum Opfer fiel. Auch stimmten die Geschworenen mit der Staatsanwaltschaft überein, daß Betty sich ihres Rechts und ihrer potentiellen Fähigkeit, sich ihren Peinigern zu widersetzen, gar nicht bewußt war. Und in einer wichtigen Feststellung dessen, was eine Vergewaltigung ausmacht, legte der Glen-Ridge-Fall zweierlei dar: Erstens, daß die gesetzliche Definition von Gewalt während einer sexuellen Nötigung nicht darauf beschränkt ist, sich das Opfer durch physische Gewalt oder Waffengewalt gefügig zu machen, und zweitens, daß kriminelle Drohungen nicht ausgesprochen zu werden brauchen – sie können auch impliziert werden.

Meine Rolle als Reporter und Berichterstatter ist es hier, aufzuzeigen, wie eine Bande privilegierter Jugendlicher zu verschworenen Verbrechern wurde, ohne vor Gericht auch nur die geringste Reue zu zeigen, und darüber zu spekulieren, ob ihre ungeheuerlichen Verbrechen als einzelne kriminelle Verirrungen zu werten sind oder als repräsentativ für einen tiefergreifenden moralischen Verfall, der auf einen beträchtlichen Teil unserer sich windenden, verunsicherten Gesellschaft übergegriffen hat.

Es handelt sich hier um eine wahre Geschichte, und das, was ich hier offenlege, sind Fakten. Der Name des Vergewaltigungsopfers ist kein Geheimnis. Obwohl Richter Cohen die Reporter, die bei dem Prozeß zugegen waren, angewiesen hat, das Opfer nicht namentlich zu nennen, und obwohl ihr Name in allen öffentlich bekannt gemachten Prozeßakten geschwärzt wurde, wird sich in Glen Ridge wohl schwerlich jemand finden lassen, der nicht mit den Einzelheiten des Falls vertraut ist – einschließlich der Namen sämtlicher Betroffener. Der Name des Opfers wird ganz selbstverständlich und unzensiert genannt, wann immer über den Fall gesprochen wird. Dennoch bin ich der Auffassung, daß der richtige Name des Opfers für meine Geschichte nicht von Belang ist. Wenn ich sie und ihre Familie, indem ich in diesem Buch ihren Namen ändere, vor weiteren mit der Vergewaltigung und deren Folgen in Zusammenhang stehenden Problemen bewahren kann, ist es die Umbenennung zweifellos wert. Also werden wir sie auf diesen Seiten als Betty Harris kennenlernen. Ihr Name ist der einzige, der geändert wird.

Dies ist eine Geschichte, die schon lange vor jenem traurigen Nachmittag im Haus der Scherzers in der Lorraine Street 34 beginnt, zu einer Zeit, da Christopher Archer und die Scherzer-Zwillinge den Kindergarten von Glen Ridge besuchten und entdeckten, welchen Spaß es ihnen bereitete, einem der kleinen Mädchen aus der Nachbarschaft das Leben schwer zu machen.

»Sie war langsamer als die anderen, und sie war einfältig«, sagte Bart Ciccolini über seine Klassenkameradin Betty aus, eine Nachbarin, die er seit seinem fünften Lebensjahr kennt. Ciccolini war Trainer der Basketballmannschaft der jüngeren Mädchen an der Glen Ridge High, als Betty dem Schulteam angehörte. Obwohl sie die Strategie der Mannschaft kannte und gut genug war, an Spielen teilzunehmen, meinte Ciccolini vor Gericht, man hätte schon nach wenigen Minuten Unterhaltung »gemerkt, daß sie leicht zurückgeblieben war. Alle wußten, daß sie langsamer war.« Ihr geistiger Status war bei jenen, die im Südteil von Glen Ridge aufwuchsen, allgemein bekannt. Sie sei immer diejenige gewesen, die »von allen gehänselt wurde«, sagte Ciccolini weiter.

Christine Middleton war Kapitän von Bettys Basketballmannschaft. So wie alle anderen Jugendlichen aus Glen Ridge, die Betty begegneten, wußte sie, daß Betty ihren Mannschaftskameradinnen geistig unterlegen war. »Wenn wir ihr sagten, sie solle Nummer zwölf decken, war nicht auszuschließen, daß sie ihr nach dem Spiel auch noch nach draußen folgte«, brachte Middleton es auf den Punkt. Middleton und die anderen Mädchen lachten über Betty, rissen Witze über sie und neckten sie. »Wir sagten ihr zum Beispiel, wir wollten Verstecken spielen«, nannte sie ein Beispiel dafür, wie das Team sich über Betty lustig machte, »und sie suchte dann draußen nach uns, während wir alle im Haus waren.«

»Niemand wollte mit ihr an einem Tisch essen.« Die Schulberaterin der Columbia High School beobachtete, wie Betty über Jahre zu leiden hatte. »Niemand wollte in ihrer Nähe sein. Sie war sehr isoliert. Manchmal zog sie sich in ihre eigene kleine Welt zurück. Es war sehr traurig. Sie wurde als Außenseiterin betrachtet und behandelt. Sie wünschte sich nichts sehnlicher, als gemocht zu werden. Sie hatte geradezu das Bedürfnis, alles zu tun, was sie ihrer Ansicht nach beliebt machen würde.«

»Oft kamen irgendwelche Kids zu mir und sagten: Deine Schwester ist zurückgeblieben«, sagte Bettys Schwester vor Gericht aus. Bettys Spitznamen in der Nachbarschaft waren ›Dummerchen‹, ›Spasti‹ und ›Piggy‹, sagte sie weiter. Sie erinnerte sich daran, wie sich einmal eine Gruppe Mädchen mit ihrer Schwester um eine Matschpfütze versammelt hatte, um aus dem Schlamm Schokoladenriegel zu formen. Betty und eins der anderen Mädchen wurden aufgefordert, die ›Schokolade‹ zu essen. Nur Betty gehorchte.

Ein anderes Mal kam Betty mit einem geröteten Arm nach Hause. »Sie haben mich gekniffen«, erklärte sie ihren Eltern. Bettys Schwester sagte, daß ihr Vater Betty gefragt hätte, warum sie die anderen Kinder nicht daran gehindert habe. »Ich weiß nicht«, entgegnete sie darauf.

Bettys Schwester erzählte den Geschworenen, daß sie

überzeugt wäre, Betty würde alles tun, was irgendwer von ihr verlangte.

Betty Harris war erst fünf, als die Scherzer-Zwillinge unter den Jungen waren, die Betty dazu brachten, Hundekot zu essen. Die kleinen Scherzers wußten, entgegen der Bemühungen der Verteidiger, die Geschworenen vom Gegenteil zu überzeugen, schon damals, daß Betty anders war, verletzlich, bereit, alles zu tun, was man ihr sagte, und stets darauf bedacht, es ihnen recht zu machen. Auch Christopher Archer lernte diese Lektion schon sehr früh. Darum gehörte er auch zu den Kindern, die sich im Tennis-Ferienlager von Glen Ridge einen Spaß daraus machten, die elfjährige Betty mit Sprechchören wie ›Spasti‹ und ›Volltrottel‹ zu traktieren.

Betty Harris war der Dorftrottel des südlichen Teils von Glen Ridge.

## Die Urteilsverkündung

Howard Sterns Stimme ertönt aus dem Radio, während ich auf dem Weg zum Gerichtsgebäude von Essex County kreuz und quer durch das Zentrum von Newark fahre. Es ist der 23. April 1993 – der Tag der Urteilsverkündung für die Vergewaltiger von Glen Ridge.

Stern ist an diesem Morgen wieder vollauf damit beschäftigt, seine Zuhörer in Stimmung zu bringen. Er hat zwei seiner Zuhörer – live auf Sendung – zu einem Blind Date verkuppelt. »Wie weit« wird der Junge bei diesem ersten Treffen gehen? fragte Stern sich immer wieder laut. Wird er es bis zur ›ersten? zur zweiten? zur dritten Etappe schaffen?‹ Wie stehen die Chancen, daß das Mädchen ihn ›richtig‹ ranläßt?

An diesem Punkt hält Stern weitere Erklärungen für angebracht: »Das heißt, in ihren Slip«, verkündete er mit Autorität, auf die dritte Etappe bezogen.

»Und vergiß den Pariser nicht«, warnt Stern den Jungen.

Ich höre diesem Müll zu, während ich an Warenhäusern entlang der Broad Street vorbeifahre, in denen allerlei billiger Plunder angeboten wird. Ich komme an einem verlassenen Buick-Handel vorbei, an ›Broad Gifts‹, einem Geschenkartikelladen, an ›Broad Fast Food‹ und Roberto's Pizzeria. Der Newark Schnäppchenmarkt und die Newark Apotheke tragen riesige Lettern an ihren Fassaden. Newark ist ein Gewirr aus verdreckten, heruntergekommenen Straßen, vernagelten leerstehenden Gebäuden und unkrautüberwucherten verlassenen Grundstücken voller Müll und Überresten aus den besseren Tagen von Newark: Rostigen Maschinen aus der Zeit der Industriellen Revolution, Bauruinen und aufgegebenen Bahngeleisen. Bunte, festliche Wimpel an den Straßenlaternen verkünden vergeblich den Aufschwung: *Newark – A City on the Rise.*

»Wie kommst du darauf, daß ich keine Kondome bei mir habe?« protestiert das temperamentvolle Mädchen in der anderen Leitung.

»Bist du geil?« fragte Stern sie, neugierig, ob sie vielleicht schon beim ersten Treffen mit dem Jungen »ins Bett geht«. Sie erwidert, daß sie, obgleich sie nicht mehr trinkt, niemals nie sagt. Stern und sein Team bedauern ihre Nüchternheit, besorgt, daß das die Chancen des Jungen, zum Zug zu kommen, vermindern könnte.

Ich suche jetzt einen Parkplatz. Die Straßen von Newark sind trotz der überall aufgestellten Parkverbotsschilder von Wagen gesäumt. Direkt gegenüber einer Seitenstraße in Höhe eines befugten Personen vorbehaltenen Seiteneingangs des Gerichtsgebäudes – den Geschworene, Zeugen und Angeklagte benutzen, um den Menschenmassen und der Presse zu entgehen – steht auf einem weiteren abfallübersäten und unkrautüberwucherten Block freier Baugrundstücke ein ausgebranntes Einfamilienhaus. Die Blechplatten, mit denen die Fenster vernagelt sind, klappern im Wind. Es ist ein stürmischer Frühlingstag, kalt und bewölkt.

Nach einer Werbeeinlage ist Howard Stern mit einem endlosen Monolog wieder auf Sendung und tut ganz New Jersey seine letzten Phantasien kund. Es ist Freitag und noch nicht einmal neun Uhr morgens. Er erzählt, daß er davon träumt, seine Frau umzubringen und mit einer Stripperin, die er kennt, in ein Ferienparadies abzuhauen. Während des Flugs treibt er es mit der Stripperin auf der

Bordtoilette. Er beschreibt, was er mit ihr macht. Er behauptet, die Stripperin wäre – splitternackt – bei ihm im Studio, während er diese Geschichte erzählt. Sie stellt sich vor und sagt, sie würde Stern liebend gern in die Ferien begleiten.

Ich halte an einer roten Ampel. In dem Wagen neben meinem sitzen zwei Typen und lachen. Dem Timing ihres Grinsens und ihrer Kommentare nach zu urteilen, hören wir dasselbe Radioprogramm. Sterns Assistentin lacht ebenfalls. Das ist eine der beliebtesten Radiosendungen New Jerseys, wenn nicht gar ganz Amerikas.

Eine Reihe von Fernsehübertragungswagen säumen vor dem Gerichtsgebäude den Bürgersteig; Antennenmasten ragen in den verhängenen grauen Himmel auf. Sicherheitsbeamte in Uniformen, die denen der Flughafenpolizei ähneln, blockieren den Eingang zum sogenannten Neuen Gericht. Das Gebäude ist etwa zwanzig Jahre alt – also genauso alt wie die Vergewaltiger von Glen Ridge –, ein schmutziges zweckmäßiges Hochhaus ohne Stil, Majestät oder sonstige Auffälligkeit.

Die gelangweilten Sicherheitsbeamten verlieren schnell die Geduld mit Besuchern, die es versäumen, sämtliche Metallgegenstände aus ihren Taschen zu entfernen und so den Alarm auslösen. Getränke- und Eisautomaten lockern die überfüllte Eingangshalle auf. Polizisten und Juristen gesellen sich zu Klägern und Angeklagten, die auf den langsamen, überfüllten Fahrstuhl warten.

Der Gerichtssaal von Richter R. Benjamin Cohen befindet sich im achten Stock. Ich gehe auf die Herrentoilette. Sie ist schmutzig und stinkt wie die Toiletten auf einem Busbahnhof. Die Kritzeleien an den Wänden verhöhnen das Rechtssystem. ›Wenn Sie einen 1991er Honda Accord haben – er wird gerade geklaut‹, heißt es an einer Stelle. Das Datum 1991 wurde weggekratzt und durch 1992 ersetzt, dem Honda-Jahrgang, der inzwischen von den notorischen Autodieben von Newark bevorzugt wird. ›Viva Columbia‹, lautet ein weiteres Graffiti, das sich auf den Kokainhandel bezieht. Columbia ist falsch geschrieben und die Rechtschreibung in einer anderen Handschrift korrigiert worden, mit der Anmerkung, der ursprüngliche Schreiber solle zurück in die Schule gehen. Eine weitere Botschaft über den Pissoirs lautet: ›Während du das liest, bumse ich deine Frau‹.

Ich nehme in Richter Cohens Gerichtssaal Platz. Handgeschriebene Schilder weisen auf diverse Sitzreihen hin, die für die Presse und Familienmitglieder der vier Schuldigen vorbehalten sind. Der trübe Himmel ist durch schmale Fensterschlitze zu sehen; der Wind heult durch die Ritzen. »Ich bin überrascht, daß der Saal nicht völlig überfüllt ist«, sagte der lächelnde schwarze Beamte, der für Ordnung im Gerichtssaal zuständig ist. Er weist die Reporter an, weder zu essen noch Kaffee zu trinken, solange wir auf den Richter warten. Er trägt ein strahlend blaues Uniformhemd mit verschlissenem Kragen. Sein Bauch hängt schwer über dem Gürtel, der ohnehin schon von seiner Pistole heruntergezogen wird. In einer Ecke des Raumes hängt vergessen eine amerikanische Flagge.

Die Zuschauer gehen weiter umher. Einer steht in der ersten Sitzreihe und unterhält sich mit einem anderen, um die Zeit totzuschlagen. Zwischen den Sitzreihen ist nicht viel Platz, und der Typ, der steht, schlägt das Jackett auf und witzelt darüber, daß sein Schritt sich auf gleicher Höhe befindet wie der Mund des anderen, sitzenden Mannes.

Die Vergewaltiger kommen herein: Grimmig, stämmig und in eleganten gutgeschnittenen Anzügen oder Mänteln, Krawatten und Hosen. Sie tragen ihre Kleider lässig und selbstsicher. Einer von ihnen kaut Kaugummi; der gesprächige Beamte fordert ihn auf, den Kaugummi aus dem Mund zu nehmen. Unmittelbar hinter den vieren, in der den Familienmitgliedern vorbehaltenen Reihe, sitzen Mädchen in etwa demselben Alter wie die vier Männer. Sie sehen aus wie Karikaturen typischer Mädchen aus New Jersey. Ihr Haar ist toupiert, gefärbt und dauergewellt. Sie spielen mit einzelnen Strähnen. Sie sind zu stark geschminkt. Mehrere von ihnen kauen Kaugummi.

Über eine Stunde lang tragen die Verteidiger Argumente und Gegenargumente für einen Freispruch vor. Die vier der Vergewaltigung bezichtigten Männer zeigen während der ganzen Zeit nicht das leiseste Anzeichen einer Gefühlsregung; mit düsterer oder arroganter Miene sitzen sie nahezu reglos da und wechseln kaum ein Wort.

Richter Cohen rezitiert mit ruhiger Stimme seine Urteilsbegründung, ehe er seine Entscheidung bekannt gibt. Er bezeichnet die Vergewaltigung als ›besonders verwerfliches, grausames und erniedrigendes‹ Verbrechen, weil ein Baseballschläger, ein Besenstiel und ein Stock verwendet wurden. Er nennt sie eine ›Gruppenshow‹ und ein ›Schauspiel‹ wegen der dreizehn Jungen, die dabei zusahen. Er weist auf den physischen und emotionalen Schaden hin, der dem geistig zurückgebliebenen Opfer zugefügt wurde. Aber der Richter berücksichtigt auch die Jugend der Vergewaltiger zum Zeitpunkt des Verbrechens, das Fehlen ›ins Gewicht fallender Vorstrafen‹, und bringt seine Überzeugung zum Ausdruck, daß sie ihre Tat bereuen.

Einer nach dem anderen erhalten die Schuldigen die Gelegenheit, etwas zu sagen, bevor das Urteil verlesen wird. Während der fünf Monate, die der Prozeß gedauert hat, hat keiner von ihnen ausgesagt oder mit Reportern gesprochen, und ihre Verteidiger raten ihnen, auch weiterhin zu schweigen.

»Ich finde, ich habe lange genug geschwiegen«, sagt Christopher Archer und steht auf – nach außen hin immer noch völlig emotionslos. Er spricht sehr beherrscht, mit kräftiger, fester Stimme. »Es tut mir leid«, sagte er. »Es tut mir leid (für das Opfer). Ich habe nie gewollt, daß das passiert.« Es war Archer, der das Opfer in den Keller seines Freundes gelockt hat – der ›Initiator‹, wie ihn einer der Ankläger nennt –, mit dem Versprechen, daß sein älterer Bruder später mit ihr ausgehen würde. »Ich bitte Sie, mich aus meinem Fehler lernen zu lassen«, fährt er fort, um Nachsicht ersuchend. Archers Verteidiger stellt seinen Mandanten als Opfer dar: »Wir wollen nicht, daß er aufgrund dessen, was er im Gefängnis lernen würde, als abgestumpftes Individuum (in die Gesellschaft) zurückkehrt.«

Als nächster ergreift Bryant Grober das Wort. Die anderen drei Männer sind der sexuellen Nötigung für schuldig befunden worden, Grober nur der Verabredung zur Verübung einer Straftat. Er weiß, daß es, so wie die Dinge stehen, sehr unwahrscheinlich ist, daß der Richter ihn zu einer Gefängnisstrafe verurteilt. Sein Verteidiger lobt ihn als engagierten Rettungsschwimmer an der Küste New Jerseys, als sympathischen jungen Mann, der Behinderten den Strand hinunter ans Wasser hilft. »Jeder von uns macht im Leben Fehler, Euer Ehren«, meint sein Verteidiger. »Und Bryant ist bereits bestraft worden.« Der Staatsanwalt ist nicht beeindruckt. »Er hat die erste sexuelle Handlung herbeigeführt«, erinnert Robert Laurino den Richter. »Er war es, der das Feuer entzündet hat. Wie hat er dem Opfer geholfen, als diesem zum dritten Mal Gewalt angetan wurde?«

Grobers Stimme zittert leicht, als er sich an das Gericht wendet. »Ich habe während der vergangenen vier Jahre viel nachgedacht. Ich war im Unrecht, dumm«, sagte er über das Verbrechen. »Es hätte nie dazu kommen dürfen. Ich kann gar nicht in Worte fassen, wie leid es mir tut. Ich habe einen Fehler gemacht. Ich habe meine Eltern viele Male um Verzeihung gebeten.« Weiter sagt er, er müsse sich noch bei dem Opfer und dessen Eltern entschuldigen und bittet den Richter, diesen seine Reue mitzuteilen.

Die kaugummikauende Reihe der jungen Frauen aus New Jersey wird wieder aufmerksam. Während der rechtlichen Argumentationen, die den Großteil des Vormittags ausgefüllt hatten, waren ihre Blicke glasig geworden oder durch den Saal gewandert. Sie hatten sich bei den Händen gehalten oder miteinander geflüstert. Sie hatten mit ihrem Haar gespielt. Sie hatten versucht, den Anschein zu erwecken, als hörten sie zu und verstünden, worum es ging. Sie ziehen meine Aufmerksamkeit auf sich, aber ich bin nicht der einzige, der sie bemerkt. Eine Reporterin schreibt in ihr Notizbuch: »Was glaubst du, wie hoch der gesamte IQ der Reihe hinter den Verteidigern ist?« Sie gibt den Zettel an eine andere Reporterin weiter, und sie nicken einvernehmlich und lächeln.

Als nächster erhebt sich Kevin Scherzer. Im Keller der Scherzers sind er und sein Bruder Kyle zu ihren Kameraden aus dem Footballteam der Schule gestoßen, um ihre geistig zurückgebliebene Nachbarin, seit der Kindheit eine Klassenkameradin von ihnen, zu vergewaltigen. »Ich bedaure zutiefst, was geschehen ist.« Er spricht mit fester Stimme. »Meine moralische Urteilskraft war damals mangelhaft«, erklärt er weiter. »Ich war noch sehr jung.« Er bitte seine sowie die Familie des Opfers um Verzeihung. »Das Ganze tut mir schrecklich leid.« Dann setzt er sich wieder. Sein Bruder lehnt es ab, sich zu äußern. Aber Staatsanwalt Laurino erinnert den Richter daran, daß Kyle derjenige war, der eine Plastiktüte über den Baseballschläger gezogen hatte, ehe dieser in das Opfer eingeführt wurde, »nicht um das Opfer zu schützen«, fährt er mit erhobener Stimme fort, »sondern den Schläger!«

Laurino unternimmt noch einen weiteren Versuch, den Richter zu beeinflussen: »Das war reine Gewalt, kein Sex. Es gab keinerlei sexuelle Befriedigung.« Wieder bringt er die geistigen Schwächen des Opfers ins Spiel. »Haben sie sich ein normales Mädchen ausgesucht?« fragte er und beantwortet sich die Frage gleich darauf selbst. »Nein. Sie wußten, daß ein normales Mädchen das nicht mit sich hätte machen lassen. Sie wußten, daß ihre Freundinnen es nicht zulassen würden.« Laurino beendet sein Plädoyer mit einem Angriff auf das Argument der Verteidigung, das Opfer wäre nicht verletzt worden. »Zu behaupten, daß eine Frau, die vergewaltigt wurde, nicht verletzt worden wäre, ist eine Beleidigung aller Frauen. In diesem Keller war die ganze Gesellschaft das Opfer.« Er zeigt sich wenig beeindruckt von den vorgebrachten Entschuldigungen. »Nicht das Opfer tut ihnen leid, sondern sich selbst bemitleiden sie und die Situation, in die sie sich gebracht haben.«

Eine der Blonden in der zweiten Sitzreihe schüttelte bei den Worten des Staatsanwalts den Kopf und verdreht unwillig die Augen. Aber er ist noch nicht fertig.

»Der Versuch, diese Jungen als ganz normale amerikanische Jungen hinzustellen«, sagte er und hebt erneut die Stimme, »ist eine Beleidigung aller amerikanischer Jungen. Der Blick des ganzen Landes ruht auf diesem Gericht. Die Menschen sind von diesem Fall ebenso gefesselt wie abgestoßen. Diese Vergewaltiger müssen von sinnlosen Akten sexueller Gewalt abgehalten werden.«

»Ich bedaure, hier sein zu müssen, und es tut mir leid für Betty Harris' Familie, die all dies durchmachen mußte«, sagt Richter Cohen, als er seinen Entschluß kundtut. Bryant Grober erhält die erwartete Bewährung; die anderen drei werden zu Gefängnisstrafen verurteilt, die noch festgelegt werden müssen, aber fünfzehn Jahre nicht überschreiten dürfen – aber immerhin Gefängnisstrafen, wenn sie auch letztendlich möglicherweise nicht mehr als zwei Jahre betragen werden – in etwa das Strafmaß, das gewöhnlich bundesweit bei erwiesener Vergewaltigung verhängt wird. Die Strafe soll in einer Strafvollzugsanstalt verbüßt werden, die ›jugendlichen Straftätern‹ vorbehalten ist, wie New Jersey sie nennt. Die vier zeigen keine merkliche Reaktion, als das Strafmaß verlesen wird. Dann stimmt der Richter in einer Geste, die bei all jenen, die den Prozeß verfolgt haben, fassungslosen Zorn auslöst, dem Antrag der Verteidigung zu, die Verbrecher bis zur Berufung – ein Prozedere, das sich Jahre hinziehen kann – gegen Kaution auf freien Fuß zu setzen.

Die Mädchen in der zweiten Reihe schluchzen und wischen sich Tränen aus den Augen.

»WIE KANN ER ES WAGEN!« empört sich die *New York Post* später an diesem Abend auf der Titelseite und zitiert Christine McGoey, die im Namen der National Organization for Women den gesamten Prozeß verfolgt hat. »Dieser Richter hat die Frauen verkauft«, beharrt sie. Ihre Kollegin, Carol Vasile, bezeichnet das Urteil als »Beweis dafür, daß man, wenn man reich, weiß und gebildet ist, ungestraft vergewaltigen darf. Das ist ein Schlag ins Gesicht aller Frauen unserer Zeit.« Doch sind dies nur zwei Stimmen in einem Chor des Zorns und der Frustration. Die *New York Times* fügt einige Tage später in einem Leitartikel ihre Stimme denen der Entrüsteten hinzu und schreibt: »Die Justiz ist nicht farbenblind. Wenn es um Verbrechen geht, scheint es immer noch keinen besseren Freibrief zu geben, als Weißer, Vertreter der

Mittelklasse und Vorstädter zu sein.« Der Staatsanwalt von Essex County äußert, er sei »schockiert und entsetzt«, bezeichnet das Urteil als »viel zu milde für überführte Vergewaltiger« und wirft Richter Cohen vor, »einen Fehler« gemacht zu haben. Noch im Gericht fleht der beisitzende Staatsanwalt, Glenn Goldberg, den Richter an, Archer und die Scherzer-Zwillinge auf direktem Wege ins Gefängnis zu schicken. »Es gibt kein Argument, durch das sich ihre Tat rechtfertigen ließe«, sagte er eindringlich. »Das zu tun wäre dasselbe, wie zu sagen: ›Jungs sind eben Jungs‹.« Draußen vor dem Gerichtssaal beschwert sich Paul Scherzer, der ältere Bruder der Zwillinge, ebenfalls und bezeichnet das Urteil als »sehr hart«. Zwar freue er sich, daß seine Brüder bis zum Berufungsverfahren auf freiem Fuß bleiben werden, aber dennoch beklagt er sich über die potentiellen fünfzehn Jahre hinter Gittern: »Ich glaube nicht, daß der Gerechtigkeit in diesem Fall genüge getan wurde.«

Die Fahrstühle sind den Menschenmassen nicht gewachsen. Ich wähle die Treppe und gehe langsam nach unten, in Gedanken bei den Urteilen, dem Fall, unserer Kultur. Ich höre hastige Schritte hinter mir. Christopher Archer benutzt dieselbe Abkürzung und rast die Treppe hinunter – immer noch nicht sehr gesprächig. »Entschuldigung«, ist alles, was er sagt, als er und seine Freunde wieder zu ihrer privilegierten Glen-Ridge-Enklave zurückkehren.

In der Eingangshalle des Gerichtsgebäudes hält eine schwarze Frau inne, um die Menge der Reporter und Kameras zu betrachten. Sie wendet sich von den grellen Scheinwerfern und den Erklärungen der Anwälte ab. »Wenn sie Schwarze wären«, sagt sie voller Abscheu und Resignation, »wenn sie Schwarze wären, würden sie sitzen.«

## Eine versprochene Verabredung

Betty Harris war allein auf dem Carteret Field Spielfeld, gelegen im südlichen Teil von Glen Ridge, als Christopher Archer sie an diesem ersten Märztag 1989 ansprach. Sie war siebzehn Jahre alt, hatte jedoch einen IQ von nur vierundsechzig – ihre intellektuellen Fähigkeiten und ihr soziales Verständnis entsprachen in etwa dem geistigen Horizont einer Achtjährigen. Sie dribbelte ihren Basketball und warf nach dem Korb.

»Nein!« entgegnete Betty bestimmt, als Archer sie aufforderte, mit ihm und seinen Freunden zum Haus der Scherzer-Zwillinge auf der anderen Straßenseite zu kommen, wo nur die Großmutter der Scherzers anwesend war. Betty sagte, sie wolle im Park bleiben.

Christopher war beharrlich. Er sagte, er hätte eine Belohnung für Betty, wenn sie mit ihm und einigen Freunden zu den Scherzers käme. Er versprach ihr später am Abend eine Verabredung mit seinem Bruder Paul. Einen Arm um ihre Schultern gelegt, redete Christopher weiter auf Betty ein, überzeugte sie schließlich und führte sie zum Haus der Scherzers und hinunter in den ausgebauten und möblierten Keller.

»Es war romantisch, weil er den Arm um mich gelegt hatte«, erinnerte sie sich später, als sie versuchte, die Geschehnisse des Tages zu rekonstruieren. Die Romantik währte nicht lange. Sie wurde auf ein Sofa gesetzt, umringt von Christopher, seinem Bruder Paul, Kyle und Kevin Scherzer, Richard Corcoran, dem Sohn des Lieutenants der Polizei von Glen Ridge, Peter Quigley,

Bryant Grober und einem halben Dutzend ihrer Freunde.

Unter den aufmerksamen Blicken der Jungen begann Bettys Martyrium. »Es war wie im Kino«, erinnerte Betty sich später an die Aufstellung der Stühle im Keller. »Wie sie mich ansahen, so als erwarteten sie ganz selbstverständlich von mir, daß ich es machte. Wie im Kino.« Was den Wortlaut der Anklageschrift, Bettys und Paul Archers Aussagen sowie die einiger der Zeugen, die nicht angeklagt wurden, betrifft, unterscheiden sie sich geringfügig hinsichtlich der Einzelheiten und des Ablaufs des Geschehens. Aber das Grundszenario stimmt überein, ganz gleich, wer den Hergang der Tragödie schildert, ein Grundszenario, das von den Verteidigern nie geleugnet wurde.

Als erster trat Bryant Grober zu Betty an das Sofa und zog sich Jeans und Unterhose aus. Nachdem Christopher, Kevin und Peter Quigley Betty aufgefordert hatten, ihre Kleider abzulegen, zogen Christopher und Grober sie aus oder zwangen sie, ihren Jogginganzug selbst auszuziehen. Als nächstes, heißt es in der Anklageschrift, mußte Betty an Grober »Fellatio vornehmen«. Dann drückte er ihren »Kopf tiefer auf seinen Penis«. Christopher Archer und die anderen lachten, und Archer rief »Tiefer! Tiefer!« Einige Monate später erzählte Betty einem Psychologen, daß die Sache mit Grober »unanständig« gewesen sei, sie sie jedoch nicht als »quälend« empfunden habe. Sie erklärte den Umstand, daß sie der Aufforderung des Jungen gefolgt sei, folgendermaßen: »Ich wollte ihn nicht bloßstellen. Ich hätte ihn bloßgestellt, wenn ich es nicht getan hätte.«

Grober hatte bald genug. Er zog sich vom Sofa zurück und vergrub das Gesicht in den Händen, während Christopher das Publikum damit unterhielt, daß er fragte, ob sie »Sperma geschluckt« habe.

Betty war benommen und befolgte die Instruktionen zur Masturbation. Betty erinnert sich, daß sie sie aufforderten, sich »fünf Finger in die Vagina zu stecken«. »Spiel an dir herum«, rief Bryant Grober. Und sie gehorchte. Der Sohn des Polizisten, Richard Corcoran, und Paul Archer, der Junge, mit dem ihr ein Rendezvous versprochen worden war, fragten Betty: »Was ist das für ein Gefühl?« In der Anklageschrift steht, Christopher hätte es nicht bei der Frage belassen, sondern selbst »die Finger in Bettys Vagina gesteckt«.

»Dann kam der Besenstiel«, berichtete Betty später vor Gericht. Kyle Scherzer »holte Plastiktüten und Vaseline« sagte Staatsanwalt Glenn Goldberg während seines Eröffnungsplädoyers, »stülpte die Tüten über einige dieser Instrumente, dieser hölzernen Gegenstände, und beschmierte sie mit Vaseline.« Bei besagten Gegenständen handelt es sich um den Besenstiel und weitere Objekte, die noch genannt werden. »Es steht nicht einwandfrei fest, warum er das getan hat«, sagte Goldberg zu dem Gebrauch der Vaseline. »Ob er es den anderen leichter machen wollte, die Gegenstände einzuführen, ob er Betty dadurch schützen wollte oder aber den Besen und den Schläger, damit sie nicht beschmutzt würden – warum auch immer er es getan hat, er hat sich dadurch bei diesem Verbrechen der Mithilfe und Anstiftung zur Penetration schuldig gemacht.«

Kevin nahm den plastiküberzogenen und eingefetteten Besenstiel von seinem Zwillingsbruder entgegen und, wie Betty später aussagte, »er steckte ihn in mich hinein.« Die johlenden Zuschauer riefen »Tiefer! Tiefer!« und lachten. Kevin packte das borstige Ende des Besens, schob den Stiel tiefer hinein und beschäftigte sich dann einige Minuten damit, ihn vor und zurück zu bewegen. Er war nicht der einzige. Christopher nahm ihm den Besen ab und stieß ihn ebenfalls vor und zurück.

»Dann kam der Baseballschläger«, sagte Betty. Kyle bedeckte seinen Trainingsschläger sorgfältig mit einer Plastiktüte und fettete diese ein. Es war ein schmaler Übungsschläger von etwa achtzig Zentimetern Länge, fünf Zentimetern Durchmesser am Griff und viereinhalb Zentimetern am Schlagende. »Steckt ihn tiefer rein«, rief Peter Quigley laut Anklageschrift. »Steckt ihn tiefer rein! Na, ist das ein schönes Gefühl?«

»Schiebt ihn tiefer in sie rein«, meinte Corcoran. Wieder Gelächter von den Zuschauern und einige Buhrufe. »Hure!« rief einer von Bettys Peinigern, während sie die Schmerzen über sich ergehen ließ.

An diesem Punkt wurden einige aus der Gruppe, die bei Bettys Vergewaltigung zugegen war, nervös. Einige aus den hinteren Reihen hatten den Keller bereits verlassen. »Ich fühlte mich unbehaglich«, erklärte Philip Grant den Geschworenen später. »Ich wollte nicht bei Gruppensex mitmachen.« Aber ebensowenig wollte er gegen seine Freunde aussagen. »Es fällt mir immer noch schwer zu sagen, warum ich gegangen bin. Es war nicht so, daß ich das Gefühl gehabt hätte, was passierte, wäre unrecht. Aber ich hatte einfach das Gefühl, daß ich nicht dabei sein sollte.« Philip Grant ging, kurz nachdem Bryant Grober seine Hose heruntergelassen hatte, und er wurde nicht angeklagt – genauso wenig wie einige andere aus dem johlenden Publikum.

Bart Ciccolini, der Trainer von Bettys Basketballmannschaft, ging ebenfalls, als Grober die Hose herunterließ. Ciccolini sah, wie etwa zur gleichen Zeit Bettys Jogginghose heruntergezogen wurde. »Ich begriff, daß da etwas Unrechtes passierte«, sagte er später. Außerdem sagte Ciccolini den Ermittlern, daß Christopher Archer Betty dazu überredete, ihre Hose auszuziehen, was dieser, wie er vor Gericht aussagte, aus Bettys »verwirrtem« und »skeptischem« Gesichtsausdruck schloß.

Während Betty immer noch mit dem Schläger mißhandelt wurde, rief Kyle Scherzer seinem Bruder zu: »Hör auf, du tust ihr weh!« Aber Kevin fuhr fort, sein Opfer mit dem Schläger zu traktieren. Kyle vergaß seine Sorge um das Opfer, suchte sich einen alten Trommelstock, bestrich ihn mit Vaseline, und die Vergewaltigung wurde mit dem Stock fortgesetzt, den die Ermittler als »schmutzig« bezeichneten.

Weder Christopher Archer noch Kevin Scherzer gaben sich damit zufrieden. Sie saugten beide an Bettys Brüsten, und einer ihrer Kumpane rief: »Du kannst gehen, wenn einer von uns gekommen ist!« Nacheinander befriedigte Betty Richard Corcoran, Christopher und Paul Archer, Peter Quigley und Bryant Grober. Als letzten befriedigte sie Kevin Scherzer mit der Hand, bis dieser ejakulierte.

Betty wurde gesagt, sie dürfte den Keller verlassen – aber niemandem erzählen, was mit ihr passiert wäre. Wenn sie ihr Geheimnis verriete, würde ihre Mutter davon erfahren und sie würde von der Schule fliegen. Staatsanwalt Goldberg umschrieb, was dem benommenen Opfer gesagt wurde: »Betty, was heute passiert ist, ist ein Geheimnis zwischen dir und uns, und du darfst mit niemandem darüber reden. Wir schließen jetzt einen geheimen Pakt. Du und wir schließen einen geheimen Pakt, den wir mit einem Händedruck besiegeln. Wir reichen uns die Hände und schwören einander, daß wir mit niemandem über das sprechen werden, was vorgefallen ist.«

Betty versprach, niemals jemandem von der Vergewaltigung zu erzählen. Daraufhin sagte ihr Kyle Scherzer, sie könnte gehen, und Betty verließ den Keller.

An diesem Abend gab es keine Verabredung mit Paul Archer, nur Schmerzen. »Es hat weh getan, als ich auf die Toilette ging«, berichtete Betty später im Zeugenstand.

Sie erzählte einer ihrer wahren Freundinnen, daß das, was im Keller passiert wäre, ›sehr schlimm‹ gewesen sei. Später kamen dann die Alpträume, der Appetitverlust und die Schuldgefühle hinzu, weil es sie zutiefst belastete, die Ursache für die Schwierigkeiten ihrer Freunde und Vergewaltiger zu sein.

## Der Vorort privilegierter Weißer

Nur sieben Meilen von der Bloomfield Avenue und dem Elend Newarks entfernt liegt der Nobelort Glen Ridge – dem äußeren Schein nach eine wohlhabende Gemeinde. Die Ridgers sind stolz auf ihre Abstammung und führen ihr gemeinsames Erbe zurück bis ins Jahr 1666 und zum Landerwerb von den Yantecaw-Indianern. Entlang der Bloomfield Avenue weicht der Verfall Newarks rasch blühenden italienischen Restaurants, Autohäusern und der etwas weniger städtischen Betriebsamkeit Bloomfields.

Familienunternehmen sind in Bloomfield gegenüber Franchise-Betrieben deutlich in der Überzahl. Giannottos Apotheke und Vesuvius' Restaurant und Bar teilen sich die typisch amerikanische Kleinstadtnachbarschaft mit Michelangelos Meeresspezialitäten, dem R&S Strauss KFZ-Zubehörladen und der Bäckerei der Gebrüder Castelli. Eine Handvoll Teenager sind mit Videospielen im Nevada Diner beschäftigt. Ein alter Mann kommt herein und sagt: »Macht das Scheißding kaputt, aber richtig.«

Auf der anderen Straßenseite lockt die Neonreklame des Town Pubs die Bewohner von Bloomfield und Glen Ridge, die auf einen Drink und eine Party aus sind. Dorthin gehen die Scherzer-Zwillinge, Christopher Archer und ihre Freunde, um sich ein Bier zu genehmigen und verständnisvollen Zuhörern ihr Leid zu klagen.

Die Atmosphäre in der Bar ist typisch für eine vorstädtische Anmacherkneipe, egal an welchem Abend man dorthin geht. »Du siehst wie jemand Berühmtes aus«.

John, einer der Stammkunden des Town Pub, wendet an einem Donnerstagabend kurz nach der Urteilsverkündung die abgedroschene Phrase an, um ein Mädchen aufzureißen, das neu in der Stadt ist. Sie läßt eine gewisse Neugier erkennen. Er macht ein nachdenkliches Gesicht und fährt dann triumphierend fort. »Ich hab's! Drew Barrymore!« John ist ein athletisch gebauter junger Mann Anfang zwanzig, der sich in Bars zu Hause fühlt und keine Scheu hat, Fremde anzusprechen.

Als nächstes macht sein Freund Sean sich an eine andere Frau heran, die ebenfalls allein in der Bar ist. »Habe ich dir schon erzählt, daß ich meine MAC-Karte verloren habe?« fragte er. Geldautomatenkarten werden in New Jersey MAC-Karten genannt.

»Ja, dreimal.« Sie interessiert sich mehr für einen Vergleich mit Drew Barrymore als für Seans Probleme.

»Ja, wahrscheinlich«, gibt Sean zu und erzählt es ihr gleich noch einmal.

Brad, ein weiterer Stammkunde, redet von einem gemeinsamen Freund, der an diesem Abend nicht in der Bar ist. »Genau wie bei Mickey«, sagt Brad. »Der bekommt nie einen Kater – er wird nur manchmal ein bißchen nüchtern.«

»Hast du gehört, was Mickey passiert ist?« fragt John seine Kumpel. »Sie haben aus nächster Nähe Dartpfeile auf seinen Hintern geworfen. Und sie hatten einige Mühe, sie anschließend wieder rauszuziehen.« John demonstriert seiner Zuhörerschaft den Vorfall.

»Der Typ ist doch ein menschliches Wesen«, protestiert Brad gegen das, was man Mickey angetan hat.

»Ich find's komisch«, entgegnete John. »Aber zusehen fänd' ich nicht so komisch.«

Das Geplänkel und die Stimmung bieten den verurteilten Vergewaltigern eine Atmosphäre, in der sie sich wohl fühlen. Sie fühlen sich in Kneipen wie dem Town Pub wie zu Hause – Erweiterungen des obszönen Umfeldes, das sie sich auf der Glen Ridge High, in ihren Zimmern zu Hause und in den Freizeiteinrichtungen geschaffen haben.

Wenn man die Grenze zwischen Bloomfield und Glen Ridge überschreitet, wird man sich einer erstaunlichen Wandlung bewußt. Der Wechsel von einem Geschäftsviertel der Arbeiterklasse zu Reichtum vollzieht sich ebenso drastisch wie abrupt. Plötzlich sind viele der Häuser elegant und gewaltig, die gepflegten Rasenflächen erstrecken sich unter sorgfältig angepflanzten schattenspendenden Bäumen, und die Straßenlaternen, Marke Glen Ridge, brennen die ganze Nacht hindurch an allen Ecken.

Viele Ridger führen den Eindruck inselhafter Unabhängigkeit ihres Viertels auf die Loslösung von Bloomfield zurück. In den neunziger Jahren des neunzehnten Jahrhunderts machte sich auf dem Hügelabschnitt von Bloomfield Unmut breit. Anlaß war die ungerechte Verteilung der Steuergelder. Die Ridger sahen sich ihre unbefestigten Straßen, die mangelhafte Wasserversorgung und Kanalisation an und kamen zu dem Schluß, daß sie unfair behandelt wurden. Also beschlossen sie, sich von den Flachländern loszusagen.

Bücher über die Entstehungsgeschichte von Glen Ridge nennen die sezessionistische Mentalität als Basiselement der Entwicklung des Charakterbildes von Glen Ridge. »Die Bürger hatten das Gefühl, sie unterlägen der klassischen Besteuerung, ohne daß sie jemand repräsentiere«, schreibt Ronald Tavisano in *Glen Ridge*, einem populären Buch über die Entstehung des Viertels. »Der entsprechende Rahmen wurde geschaffen, und die Unabhängigkeitsbewegung nahm konkrete Formen an.« Der Stolz, den die Ridger ob ihrer Unabhängigkeit empfinden, ist von der Art, wie er für gewöhnlich dem Vaterland vorbehalten ist. »Es ist offensichtlich, daß die Unabhängigkeitsbewegung ohne eine Handvoll Männer, den Gründungsvätern der Stadtgemeinde, möglicherweise nicht entstanden wäre«, erklärt Tavisano. »Diese Männer waren zahlreichen Gründern unserer Nation nicht unähnlich. Es waren vermögende, finanziell unabhängige, beruflich etablierte Männer, die bereit waren, sich für das einzusetzen, was sie als öffentliche Interessen bezeichneten, und jedes hiermit verbundene Risiko einzugehen.« Zeitungsreporter, die über die Sezession schrieben, waren sogar noch enthusiastischer und bezeichneten die Gründungsväter respektvoll als »Patriarchen des Exodus«.

Nach der offiziellen Loslösung stieg die Lebensqualität. Die Außenaborte wurden abgerissen und durch ein modernes Wasserversorgungs- und Kanalisationssystem ersetzt. In der Bücherei von Glen Ridge verstaubt die Geschichte des Ur-Ridgers Clarence Graham, der von seiner glücklichen Kindheit und Jugend in der Highland Avenue erzählt, einhundert Jahre bevor die Scherzer-Zwillinge, Christopher Archer, Bryant Grober und der Rest ihrer Clique beschlossen, sich durch die Vergewaltigung ihrer Nachbarin einen Nervenkitzel zu verschaffen.

Er und seine Freunde verbrachten heiße Sommernachmittage damit, im Morris-Kanal zu schwimmen. »Hin und wieder«, schreibt Graham, »tauchte eine angriffslustige Gang auf, und wir wurden Opfer einer Reihe ziemlich unfairer Streiche. Manchmal warf jemand, wenn wir aus dem Wasser stiegen, um uns anzuziehen, einige Hände voll Staub in die Luft, der sich auf unsere nassen Schultern legte, so daß wir gezwungen waren, ins Wasser zurückzugehen, um ihn abzuwaschen. Ein weiterer Streich bestand darin, unsere Kleider zu präparieren, das heißt, unsere Unterwäsche und Strümpfe zu verknoten. Manchmal waren wir ganz schön durchgefroren, bis wir unsere Sachen endlich entknotet hatten.« Zu den Mutproben, von denen Graham aus jenen frühen Tagen von Glen Ridge berichtet, gehörte außerdem, eine Abkürzung durch das Feld eines Nachbarn zu nehmen, obwohl der Farmer sie ausdrücklich gewarnt hatte, sich von seinem Korn fernzuhalten.

Im Laufe der darauffolgenden hundert Jahre wuchs Glen Ridge und gedieh. Die Anwohner arbeiteten hart daran, sich ihren privilegierten Lebensstil zu erhalten, und haben sogar das traditionelle amerikanische politische System in ihre ständigen Bemühungen einbezogen, den Rest der Welt auf Distanz zu halten. 1913 taten die Vorsitzenden lokaler demokratischer und republikanischer Parteien sich mit anderen politischen und wirtschaftlichen Größen zusammen und gründeten eine Organisation, die in der politischen Landschaft New Jerseys immer noch einzigartig ist: Das Civic Conference Committee. Der Form nach bemächtigten sie sich mit Hilfe des bestehenden gesellschaftlichen und geschäftlichen Establishments der Verwaltung ihrer kleinen Stadt und schufen ein Einparteiensystem, das die Fortdauer des sozialen Status quo sicherte. Zugleich ermöglichte dieses System den Ausschluß jedes Außenseiters, dessen Standpunkte sich von jenen der »Patriarchen des Exodus« unterschieden, aus der Lokalpolitik.

Und so arbeitet das Komitee, das in Glen Ridge einfach als CCC bezeichnet wird: Delegierte werden für eine Amtsperiode von drei Jahren von den Bürgervereinigungen gewählt, die dem Komitee angehören. Diese Delegierten bilden einen Rat, der die Kandidaten für politische Ämter auswählt, Kandidaten, die vom CCC unterstützt werden. Elf verschiedene Organisationen, wie zum Beispiel die Frauenvereinigung, die North Side Association und der Bund der Steuerzahler, haben den von CCC-Mitgliedern geforderten Status erlangt – das CCC entscheidet selbst, welche Art und welche speziellen Vereinigungen als Mitglieder des CCC zugelassen werden. Vereinigungen, die allein zu sportlichen, religiösen, geschäftlichen, literarischen oder sogar sozialen Zwecken gegründet werden, sind von vornherein von der Mitgliedschaft im CCC ausgeschlossen. Mitgliedsorganisationen müssen politisch aktiv sein. Vor allem in einer Kleinstadt ist die genaue Unterscheidung zwischen politischer und rein sozialer Tätigkeit völlig subjektiv. Nach eigener Definition unterscheidet das CCC hierin völlig willkürlich.

Die von diesen Mitgliedsorganisationen gewählten Delegierten, die das Civic Conference Committee bilden, haben eine einzige Pflicht zu erfüllen: nämlich die Auswahl der CCC-unterstützten Kandidaten für die bevorstehenden Wahlen vorzunehmen. Insgeheim befragen die Delegierten potentielle Amtskandidaten – angeblich unabhängig von deren politischer Zugehörigkeit. Dann holen sie, ebenfalls ganz diskret, Erkundigungen über diese Kandidaten ein. Dann, wieder hinter verschlossenen Türen und nachdem die Delegierten strengstes Stillschweigen geschworen haben, debattiert das Komitee über das Für und Wider der befragten Kandidaten und wählt jene aus, die es zu unterstützen gedenkt.

Da Glen Ridge sich in den Vereinigten Staaten befindet, haben selbstverständlich auch andere Kandidaten das Recht, sich auch ohne Unterstützung des CCC zur Wahl zu stellen. Aber da das CCC sich aus Delegierten der Mitgliedsorganisationen zusammensetzt, die den Großteil des Geldes in der Stadt kontrollieren sowie den größten gesellschaftlichen und politischen Einfluß ausüben, ist es für unabhängige Kandidaten überaus schwer, einen Sitz im Stadtrat zu erringen. Und so haben seit Gründung des CCC im Jahre 1913 außer bei einer Handvoll Wahlen ausschließlich CCC-Kandidaten triumphiert.

Bei einigen Wahlen errangen die CCC-unterstützten Kandidaten nur einen knappen Sieg. Aber das waren Ausnahmen. Gewöhnlich gehen die CCC-Kandidaten konkurrenzlos ins Feld. Hin und wieder gelingt es Kandidaten, die nicht auf der Liste stehen, einige Stimmen zu ergattern. Die Demokraten nehmen im Gegensatz zu den Republikanern nicht mehr an den CCC-Kabalen teil und schicken in Abständen immer wieder Kandidaten ins Rennen. Aber das CCC gewinnt fast immer, und fast immer ist es ein überwältigender Sieg.

»Das Büro sucht den Mann« verkündet ein Propagandaplakat des Civic Conference Committees während einer der wenigen umstrittenen Wahlen, einem Kopf-an-Kopf-Rennen bei den Schulratswahlen 1954. Das Plakat trägt die Überschrift: »Eine Bedrohung für die Grundmauern unserer Stadt!« Text und Ton sprechen sich auf beunruhigende Art und Weise für die CCC-Herrschaft aus.

»Wir wollen kein wildes Getümmel, raus mit ihnen aus den Wahlkampagnen unserer Stadt! Wir haben eine gute Regierung und gute Schulen. Jetzt versucht eine Gruppierung, die Mehrparteienpolitik auf den Plan zu rufen.« Bei der fraglichen Gruppierung handelte es sich um die Partei der Demokraten. »Die Gruppierung«, führt die Polemik fort, »ehemals vollwertiger Partner des Civic Conference Committees, ist 1948 freiwillig ausgestiegen. Hiermit hat sie ihr Recht verwirkt, an der Regierung von Glen Ridge teilzuhaben. Und doch haben die Parteispitzen Kandidaten für die drei Ämter in der Schulbehörde aufgestellt. Das mögliche Ergebnis ist nur allzu klar. Sofern dieses Manöver nicht in aller Deutlichkeit niedergeschlagen wird, besteht die Gefahr, daß Glen Ridge dem unterliegt, was bereits in zahlreichen Gemeinden das gesunde Familienleben, gute Schulen und eine kompetente Verwaltung zunichte gemacht hat: Die Mehrparteienpolitik.«

Dann schließt die Tirade mit den Worten: »Wir finden, in Glen Ridge läßt es sich gut leben. Es steht hundert zu eins, daß auch Sie dieser Meinung sind! Es ist eine friedliche Gemeinde. Sorgen wir dafür, daß es so bleibt, indem wir der Mehrparteienpolitik eine Abfuhr erteilen. Schützt Eure Stadt vor politischen Winkelzügen. Geht wählen.« Der Kandidat des CCC gewann die Wahl.
Befürworter dieses bizarren Systems weisen voller Stolz auf die Vorzüge hin und behaupten, daß auf diese Weise politische Streitigkeiten vermieden werden, die so destruktiv und kontraproduktiv sein können, vor allem in einem kleinen Ort wie Glen Ridge, wo Politik Nachbarn gegeneinander aufbringen und zu langanhaltenden Feindschaften führen kann. Verfechter der CCC-Methoden bei der Auswahl von Kandidaten sind außerdem überzeugt, daß durch die Befragungsweise die bestmöglichen Kandidaten für die jeweiligen Ämter ermittelt werden. Sie behaupten, daß die Kandidaten allein durch den Dienst an der Öffentlichkeit motiviert seien, da das System einparteiisch sei und die zu besetzenden Ämter in den Behörden von Glen Ridge – das Bürgermeisteramt, der Stadtrat und die Schulbehörde – ehrenamtlicher Natur seien.

Kritiker dieses restriktiven Systems sehen das natürlich anders. Für sie ist das CCC ein Werkzeug, dessen das Establishment sich bedient, um die Stadt für seine eigenen egoistischen Zwecke zu kontrollieren. Bürger, die nicht an den Aktivitäten einer der Vereinigungen teilnehmen, die Kandidaten für das CCC stellen, haben nur geringe Chancen, jemals ein öffentliches Amt zu bekleiden. Schlimmer noch. Durch die Regeln, die das CCC als sein Gesetz bezeichnet, hat ein Glen Ridger, der – aus freier Entscheidung oder durch Ausschluß – kein Mitglied einer dieser Organisationen ist, die die Kandidaten für das CCC stellten, keine Möglichkeit, Einfluß auf die vom CCC befürwortete Politik auszuüben.

Dieses restriktive und elitäre Regierungssystem, das von einer paranoiden Kleinstadtgesellschaft entwickelt und propagiert wurde und noch wird, hat die »Wir-gegen-den-Rest-der-Welt«-Mentalität von Glen Ridge institutionalisiert, eine Mentalität, die es leicht machte, die Sportstars der Stadt vor auswärtiger Kritik zu schützen. Glen Ridge hegt seine Sportler. High-School-Sporthelden genießen hohes Ansehen in der Gemeinde. Im Jahr vor Betty Harris' Vergewaltigung waren sowohl die Basketballmannschaft wie auch das Baseballteam von Glen Ridge High Meister des Staates New Jersey. Das Footballteam der Glen Ridge High School ist eine lokale Legende und blickt stolz auf einen langen Siegeszug in den späten sechziger und frühen siebziger Jahren zurück. Gary Cuozzo war 1958 Quarterback des Teams, ein Ehrenstudent, der es bis zum Kapitän der Mannschaft der University of Virginia brachte und als Profi für die Baltimore Colts und die Minnesota Vikings spielte. Obwohl er inzwischen als Zahnarzt in der Nähe seiner alten Heimatstadt praktiziert, hat Cuozzo in Glen Ridge seinen Status als Star beibehalten.

Die Scherzer-Zwillinge und ihre Kumpel profitierten ebenfalls von dieser Tradition, als Kevin und Kyle neunzehnhundertachtundachtzig Kokapitäne der Footballmannschaft der Glen Ridge High wurden. Aber das Team spielte miserabel und gewann während der ganzen Saison nur zwei Spiele, wobei einer dieser Siege nur dadurch errungen wurde, daß das gegnerische Team disqualifiziert wurde. Die vier verurteilten Glen-Ridge-Vergewaltiger spielten in jenem Jahr, als sie über Betty Harris herfielen, alle gemeinsam Football und beschäftigten sich außerdem mit Baseball. Außerhalb des Spielfeldes waren ihre Lehrer alles andere als beeindruckt von ihren Leistungen. Kurz nach der Anklageerhebung unterhielt sich die *New York Times*-Reporterin Lisa Foderaro mit Kathleen Blakeley, der Präsidentin der Glen Ridge Middle School Home and School Association, über die schulischen Leistungen der Jungen. »Sie waren schon immer Unruhestifter«, erinnerte sich Blakeley. »Sie waren immer grob – die Art von Schwierigkeiten, wie man sie immer wieder mit Kindern hat, die sportlich erfolgreich sind und sich für sonst nichts interessieren. Sie haben keinen Respekt vor dem Lernen. Sie respektieren ihre Lehrer nicht. Und in der Gruppe herrscht bei ihnen ein anderer Ethos, als wenn sie allein sind.«

Aber so viele Bürger glaubten sportliche Erfolge und athletische Helden zu brauchen, die sie mit bürgerlichem Stolz und Befriedigung erfüllten, daß auch die Grobheit toleriert wurde. Interviews mit örtlichen Größen der Gemeinde zufolge neigt die Polizei von Glen Ridge dazu, ein Auge zuzudrücken oder sich mit einer Ermahnung zu begnügen, wenn Sportstars über die Stränge schlagen.

Der Zusammenhang zwischen dem Glen Ridge Establishment und der verbrecherischen sportlichen Subkultur wurde schon bald offenbar, als der Vergewaltigungsprozeß öffentlich gemacht wurde. Drei Monate nach der Anklageerhebung fügte die Staatsanwaltschaft der Liste der mutmaßlichen Vergewaltiger einen weiteren Namen hinzu: Richard Corcoran. Corcoran, dessen Fall letztendlich getrennt von dem Christopher Archers, Bryant Grobers und der Scherzer-Zwillinge verhandelt wurde, war ebenfalls in der Footballmannschaft der Glen Ridge High. Aber er war noch auf andere, bedeutsame Weise mit der Stadt verbunden. Sein Vater war der Lieutenant des Glen Ridge Police Departments und somit Vorgesetzter der Detectives des Departments. Ursprünglich war Lieutenant Corcoran mit den Ermittlungen im Fall der Vergewaltigung von Betty Harris betraut.

Lieutenant Corcoran wurde von dem Fall abgezogen, als andere Ermittlungsbeamte dahinterkamen, daß sein Sohn in das Verbrechen verwickelt war. Da jedoch Gerüchte und Klatsch in Glen Ridge schon lange vorher verbreitet hatten, daß Corcoran Junior sich ebenfalls am Schauplatz des Geschehens befunden habe, unterstellten Kritiker und Zyniker dem Lieutenant, er habe versucht, seinen Sohn vor einer Anklage für ein Verbrechen zu bewahren, das mit bis zu fünfunddreißig Jahren Gefängnis und 207 500 Dollar Geldstrafe geahndet werden kann.

Der Staatsanwalt von Essex County, Herbert Tate, versuchte zu vermeiden, daß die Integrität des Glen Ridge Police Departments und seines Chief of Detectives in Frage gestellt wurde. »Die Tatsache, daß Richard Corcoran Junior angeklagt wurde«, verkündete er, »deutet darauf hin, daß das Police Department von Glen Ridge sich in Zusammenhang mit den Ermittlungen keiner Unkorrektheit schuldig gemacht hat.«

Nur wenige Monate zuvor hatte Corcoran Junior eine Frage zum Tathergang mit einem lapidaren »Sie hat es doch gewollt« beantwortet. Nachdem sein Vater nicht mehr direkt mit dem Fall betraut war, hieß es in der Anklageschrift, er habe gerufen »Schieb ihn tiefer rein!«, während einer der Fremdkörper in Betty Harris' Vagina eingeführt wurde, und anschließend den schmutzigen Trommelstock in sie eingeführt.

Auch wurde der Verdacht der Vertuschung – oder zumindest einer gezielten Verzögerungstaktik – an der High School geäußert. Der Überfall auf Betty fand am 1. März 1989 statt. Drei Tage später erzählte sie ihrer Schwimmlehrerin von dem Verbrechen. »Sie ist nicht zu Margaret Savage gelaufen und ist mit allem herausgeplatzt«, erklärte Staatsanwalt Glenn Goldberg zu Bettys erster Meldung des Verbrechens. »Sie tastete sich langsam vor. Nach und nach deutete sie an, daß etwas vorgefallen sei – eine Art Party, eine Party, bei der junge Männer anwesend waren, aber darüber, was nun genau geschehen war, wollte sie nicht sprechen.«

Margaret Savage hatte ebenso große Erfahrung als Lehrerin behinderter Kinder wie als Beraterin. Sie spürte, daß etwas Ernstes geschehen war. Sie vereinbarte mit Betty, daß sie sich am nächsten Tag wieder zusammensetzen würden, und überredete sie, sich ihr mit ihrem Kummer anzuvertrauen. Wieder berichtet Goldberg von diesem Zusammentreffen. »Und als sie dann am nächsten Tag beisammensaßen, begann Betty, ihr mehr zu erzählen, nicht alles, nicht die Einzelheiten, aber immerhin gab sie im Groben wieder, was sich ereignet hatte.«

Betty suchte ihre Lehrerin nicht auf, um die Jungen anzuschwärzen, die sie auf so schändliche Weise vergewaltigt hatten. »Sie hatte nicht die Absicht, die Jungen zu verraten«, sagte Goldberg. »Sehen Sie, die Jungen waren ihre Freunde. Sie hätte diesen Jungen niemals schaden wollen. Sie hat es nicht erzählt, um irgend jemanden in Schwierigkeiten zu bringen. Der Grund, weshalb Betty Mrs. Savage erzählte, was passiert war, war der, daß sie wissen wollte, wie sie sich weigern sollte, falls sie sich jemals wieder in einer vergleichbaren Situation befände.«

»Sie fragte mich: ›Wie sage ich nein, wenn so etwas wieder passiert?‹« sagte Margaret Savage aus, als sie im Laufe des Prozesses in den Zeugenstand gerufen wurde.

Betty Harris besuchte nicht dieselbe High School wie ihre Peiniger; sie besuchte die Columbia High School und die West Orange High School, weil diese Schulen im Unterschied zu der in Glen Ridge Sonderunterricht für geistig Zurückgebliebene anboten. Eine Woche nach der Vergewaltigung informierte eine Sozialarbeiterin Bettys Mutter darüber, was Betty ihrer Schwimmlehrerin erzählt hatte. Anfangs glaubte Mrs. Harris an keine Vergewaltigung. Aufgrund des Unglaubens der Mutter, sagte die Sozialarbeiterin später, habe sie sich nicht verpflichtet gesehen, die Schulverwaltung der Glen Ridge High oder die Polizei zu verständigen.

Aber Geschichten über die Vergewaltigung machten auf dem Campus von Glen Ridge die Runde – die Vergewaltiger rühmten sich ihrer Tat, und die Klatschbasen verbreiteten ihre Geschichten. Mindestens ein Lehrer hat die Gerüchte gehört und ignoriert. Mitte März meldete Charles Figueroa, ein Schüler der Abschlußklasse, die Vergewaltiger der Schulleitung und sagte, sie hätten ihn aufgefordert, an einer zweiten Session mit Betty teilzunehmen und sie zu filmen. Charles sagte später aus, es sei bereits das zweitemal gewesen, daß er versucht habe, die Schule zum Handeln zu bewegen – das erste Mal habe er einige Tage nach der Vergewaltigung Meldung gemacht. Über seinen Anwalt ließ Figueroa die Presse wissen, daß man ihm keinen Glauben geschenkt habe, als er der Schulleitung den Vorfall das erstemal gemeldet habe. Als er sich das zweite Mal an sie wandte, sei ihm nahegelegt worden, der Polizei gegenüber nicht zu erwähnen, daß er aufgefordert worden sei, die geplante Vergewaltigung zu filmen.

Am 22. März gab der Direktor der Glen Ridge High School, Michael Buonomo, die Hoffnung schließlich auf, daß die Gerüchte von selbst verstummen würden, und verständigte die Polizei. Der Direktor behauptete, die Gerüchte seien ihm an diesem Tag zum erstenmal zu Ohren gekommen. »Wir haben zehn Minuten später die Polizei verständigt«, behauptet er zum Abschluß seiner Aussage. Wenngleich Buonomo und seine Mitarbeiter von der Schulbehörde von jeder rechtlichen Schuld ob der späten Meldung freigesprochen wurden, brachte der Beamte, der mit den Ermittlungen an der Schule betraut war, das Offensichtliche zum Ausdruck: »Zweifel sollten durch Meldungen und nicht durch Verschweigen zerstreut werden.«

Die Untersuchung der Schulbehörde wurde von Samuel Larner geleitet, einem pensionierten Richter am Obersten Gerichtshof von New Jersey, der von der Behörde gebeten worden war, die Haltung der Schule in Anbetracht der Vorwürfe gegen die Sportstars zu prüfen. Anfangs behauptete die Schulbehörde, Larner stünde in keinerlei Zusammenhang mit der Schule. Tatsächlich jedoch wurde der achtzig Jahre alte Richter von einem der Anwälte der Schulbehörde beauftragt und erhielt fünftausend Dollar für seine Arbeit.

Der Richter stellte eine fünfzehntägige Spanne fest zwischen dem Zeitpunkt, da einer der Lehrer zum erstenmal von den Gerüchten hörte, und Direktor Buonomos erstem Anruf bei der Polizei. Aber er wies vehement jeden Vorwurf zurück, die Schule hätte die Angelegenheit vertuschen wollen.

»Unsoziales Verhalten tritt zuweilen bei jenen auf, die in guten Familien aufwachsen und eine gute Erziehung genießen«, schrieb der Richter in seinem Bericht, um Verständnis für das Verbrechen bemüht. »Ob dieses Verhalten auf zu freiheitlicher Erziehung seitens der Eltern, auf Charakterschwäche der Betroffenen selbst oder auf anderen Ursachen beruhe, es sei auf jeden Fall gänzlich absurd, der Schule die Schuld zu geben.« Tatsächlich wies der Richter – so wie später Freunde und Anwälte der Vergewaltiger – die Schuld der Familie des Opfers zu. »Immerhin«, schrieb Larner, »oblag die Hauptverantwortung, den Vorfall den polizeilichen Behörden zu melden, den Eltern des Opfers, die vom Schulpersonal von den Fakten unterrichtet wurden, soweit diese bekannt waren. Ihre Entscheidung, die Polizei nicht einzuschalten, hatte die Verzögerung der Anzeige seitens des Schulpersonals zur Folge, wenngleich der Wunsch der Eltern, ihr Kind durch dieses Verhalten zu schützen, durchaus verständlich ist.«

Die Geschichte von Glen Ridge, die Struktur seines politischen Systems, der inselhafte Charakter des sozialen Umfeldes, die Privilegien, die die Kinder des Ortes genossen – erst recht die Sportasse –, das alles trug zur Entwicklung der Persönlichkeiten bei, die in diesem kleinen Abschnitt von New Jersey heranwuchsen. Aber wie überall und zu jeder Zeit sind die Bürger der Gemeinde persönlich für ihre Taten verantwortlich. »Ich glaube nicht, daß man diesen Vorfall Glen Ridge anlasten kann«, sagte Staatsanwalt Glenn Goldberg zur Schuldfrage nach Abschluß des Prozesses. »Ich denke, die Verantwortung liegt allein bei denjenigen, die an diesem Verbrechen beteiligt waren.« Für Goldberg zeigt der exklusive Schauplatz des Verbrechens, daß solch unsoziales Verhalten »ebenso in New York wie in New Jersey vorkommen kann. In der Großstadt wie in einem ruhigen Vorort. Ich könnte mir vorstellen, daß es sogar in der Wildnis möglich wäre. Ich glaube nicht, daß der Umstand, daß diese jungen Leute in und nicht außerhalb von Glen Ridge aufgewachsen sind, eine große Rolle gespielt hat.«

Goldberg war es wichtiger, ein verachtungswürdiges Verbrechen zu ahnden, das von rücksichtslosen Kriminellen verübt worden war, als zu ergründen, welche Aspekte ihrer Kindheit oder Jugend möglicherweise zu ihrem verabscheuungswürdigen Verhalten geführt haben könnten.

## Schleppende Ermittlungen

Der Regen hielt sich am 28. Juni 1989 zurück, während siebenundneunzig Absolventen der Glen Ridge High School sich bemühten, so zu tun, als wäre ihr bestandener Abschluß nicht mehr als ein traditioneller und alltäglicher Vorgang. In Glen Ridge tragen die Absolventen keine Barette und Roben. Die Frauen tragen bei der Diplomvergabe weiße Kleider und halten Blumen in der Hand, die Männer sind mit weißem Dinnerjacket und schwarzen Hosen bekleidet. Auch für das restliche Drum und Dran war an diesem Tag gesorgt. Die Kapelle spielte ›Pomp and Circumstance‹, die Dekoration für die Toga-Party im Country Club war fertig (die Schüler hatten die Dekadenz Roms als Thema für ihre Abschlußfeier gewählt), und der Großteil der Reden war unwichtig.

»Die Macht der Elternschaft steht immer noch über der Macht der Freundschaft«, verkündete Reverend Randall Leisey, als er den versammelten Eltern dafür dankte, die nächste Generation von Glen Ridgern so lobenswert großgezogen zu haben. Die Vergewaltiger waren nicht anwesend und bekamen diese Worte somit nicht zu hören. Fünfundachtzig Absolventen unterzeichneten eine Petition, in der sie forderten, daß ihre angeklagten Klassenkameraden selbst entscheiden sollten, ob sie an den Feierlichkeiten teilnehmen wollten oder nicht, aber in stiller Übereinkunft der Schulbehörde mit den Eltern wurden den Sportassen ihre Diplome in privatem Rahmen überreicht. Einige Freunde der Vergewaltiger überlegten sich, ob sie gelbe Armbinden tragen sollten, um während der Diplomvergabe ihre Solidarität mit den Beschuldigten zu bekunden. Sie verzichteten auf einen öffentlichen Protest, aber die Glen Ridge High School wurde – im Geiste einer weiteren in New Jersey verbreiteten Tradition – mit Graffiti aus der Sprühdose verziert. ›Glückwunsch Pete, Kyle, Kevin‹, prangte an den Mauern. ›Wir lieben euch‹.

Eine der leidenschaftslosesten Reden bei der Diplomvergabe hielt der Absolvent Josh Golin, der die Krise, der er und seine Stadt sich gegenüberstehen sahen, direkt ansprach. »Wir brauchten nur die Zeitungen aufzuschlagen, um zu lesen, was für eine schlechte Klasse wir wären«, beklagte er sich. Was ist mit all den guten Schülern? fragte er sich. »Ich weiß, daß jeder einzelne der neunundachtziger Klasse das Zeug hat, es zu etwas zu bringen. Immerhin haben wir Englisch bestanden, dann können wir auch alles andere schaffen.«

Aber vor der Zeremonie verbrachte Josh einige Zeit mit Peter Wilkinson, einem Reporter des *Rolling Stone* Magazins, und half, den Grund für den schlechten Ruf dieser Klasse zu erklären. »Manche Kids und ihre Eltern gehören zu den Privilegierten«, sagte Josh zu Wilkinson. »Das sind die besten Sportler, sie kommen aus den wohlhabenderen Familien und gehören dem Country Club an.« Josh klagte, daß die Schulathleten von Glen Ridge nicht nur das Gesetz mißachteten, sondern außerdem ein bizarres Sexualleben führten.

»Im ersten Jahr fingen sie an, sich täglich nach der Schule Pornofilme anzusehen«, fuhr Josh fort. »Wenn man sich Bier beschaffen kann«, erklärte er, »kann man sich auch Pornos beschaffen.«

Die Sportlerclique, der die Scherzers, die Archers und die anderen an dem Verbrechen Beteiligten angehörten, vertrieb sich die Zeit damit, »sich gegenseitig voyeuristisch zu beobachten«, erklärte einer der älteren Schüler Wilkinson. »Beobachten, wie zwei miteinander gehen«, formulierte es ein jüngerer Schüler. »Sich hinter dem Bett verstecken und zusehen«, nannte es ein dritter. »Bei Partys und solchem Scheiß«, erzählte der jüngere Schüler Wilkinson. »Manchmal waren bis zu zehn Jungs im Schrank versteckt und haben zugesehen.«

Josh war mit seinem Freund Willie zusammen, als er versuchte, das Verbrechen zu erklären, das die Abschlußklasse von 1989 bis an ihr Lebensende verfolgen wird, und Willie stellte eine direkte Verbindung zwischen den Pornofilmsitzungen und der Vergewaltigung her. »Sie wollten einen eigenen (Pornofilm) drehen. Sie hatten ein Mädchen, das ihnen ihre sexuellen Wünsche befriedigte und geistig zurückgeblieben war, also haben sie es getan. Ihnen war nicht bewußt, daß das, was sie taten, falsch war. Heute wissen sie es.«

»Sie waren nicht der Ansicht, daß es etwas sei, was sie für sich behalten sollten«, sagte Josh. Nicht, daß er selbst diese Ansicht vertrat. »Sie waren verdammt noch mal dreizehn, als sie es getan haben!« Wilkinson sagte aus, Josh sei immer zorniger geworden. »Die ganze Sache spiegelte wider, wie krank diese Stadt ist.« Wie die meisten seiner Klassenkameraden verwandte Josh viel Zeit und Mühe darauf, die Vergewaltigung zu verarbeiten. »Es gab Anzeichen dafür, daß so etwas passieren könnte. Ihre Eltern hatten keinen Schimmer. In Anbetracht der Dinge, mit denen die Kids sich bis dahin die Zeit vertrieben hatten, war abzusehen, daß das der nächste Schritt sein könnte. Die meisten tappen immer noch im Dunkeln. Es macht mich irgendwie traurig.«

In der Glen Ridge High School bleibt nur wenig geheim. Die meisten Schüler sind zusammen aufgewachsen, und Jugendliche tratschen für ihr Leben gern. Die

Vergewaltigung kam ans Licht, weil die Jungs aus dem Keller in der Schule und im ganzen Ort damit prahlten, was sie mit Betty gemacht hätten. Die Geschichte schockierte viele der Schüler, die von dem athletischen Nimbus der Vergewaltiger nicht geblendet waren. Einer der Schüler klebte in der Schule Plakate an die Wände, auf denen stand: VERGEWALTIGER SIND UNTER UNS und HA HA! WENN IHR MUSKELPROTZE ERST IN DEN KNAST KOMMT, WERDET IHR BALD WISSEN, WIE ES IST, VERGEWALTIGT ZU WERDEN.

Zwei Monate nach der Vergewaltigung trug ein Reporter, der für den New Yorker Fernsehsender WNBC arbeitete, die Geschichte aus dem inzestuösen Kreis Glen Ridges hinaus an die Öffentlichkeit. Die ersten Verhaftungen erfolgten im Anschluß an seinen Fernsehbericht. An diesem Punkt begann das Establishment von Glen Ridge, sich selbst in Frage zu stellen. Wann erfuhren Lehrer und Schulverwaltung von dem Vorfall und was unternahmen sie diesbezüglich? Warum verliefen die polizeilichen Ermittlungen so schleppend? Hatte es bei den Ermittlungen eine Rolle gespielt, daß einer der Angeklagten der Sohn des mit dem Fall betrauten Beamten war? Hatte die sportbegeisterte Gemeinde weggesehen, als ihre Athleten immer wieder gegen Schulregeln und staatliche Gesetze verstießen?

Michael Buonomo ließ den Blick über seine Absolventen und ihre Familien schweifen, erleichtert, daß sein schwierigstes Jahr als Direktor der Glen Ridge High School endlich ein Ende nahm. »Sie waren beim Abschluß eine völlig andere Klasse als bei ihrem Eintritt«, sagte er später im

Rahmen einer der oberflächlichsten Darstellungen während des gesamten Prozesses. »Die Klasse von neunundachtzig hat sich einer unglücklichen Lage gegenüber gesehen und sie gemeistert.«

Zahlreiche Reporter und Fotografen verfolgten das Geschehen von den Seitenlinien aus. Josh gehörte zu den Absolventen, die sie mit mit Wasser gefüllten Ballons bewarfen. Der Ärger über die Pressevertreter hatte im Ort stetig zugenommen, seit Fernsehreporter Miller im vergangenen Monat als erster über die Vergewaltigung berichtet hatte. Direktor Buonomo ließ anklingen, Reporter wären für ein Absinken der Leistungen einiger seiner Schüler zum Ende des Schuljahres hin verantwortlich, und der Bürgermeister von Glen Ridge, Edward Callahan, beklagte sich über eine »wahre Invasion seitens der nationalen Nachrichtenmedien.« Callahan wandte sich außerdem bei seiner Wahlrede mit folgenden Worten an seine Wähler: »Auch mußten wir mitansehen, wie der Name unserer Stadt ungerechterweise mit diesem abscheulichen Verbrechen in Verbindung gebracht wurde.«

Als die Ermittlungen sich den Juni über hinzogen, beklagte sich eine frustrierte Bürgerin beim Stadtrat von Glen Ridge, daß sie ›die Publicity‹ leid wäre und daß, wenn sie eine Erlaubnis für eine Versammlung brauchte, dies auch für die Presse gelten müßte. Sie forderte Bürgermeister Callahan und den Rat auf, ihren Einfluß geltend zu machen, um die Presse zu knebeln und die Reporter aus der Stadt fernzuhalten. Das *Glen Ridge Paper* reagierte mit einem Leitartikel, in dem es ihr und allen anderen Bewohnern von Glen Ridge, die sich über die schlechte Presse beklagten, den Artikel zur Pressefreiheit erläuterte. »Viele Bürger«, schrieb das Blatt, »sind beunruhigt, weil sie befürchten, daß der Ruf dieser Stadt

Schaden nehmen wird, und wünschen sich, daß die Presse verschwindet. Sie werfen der Presse vor, den Vorfall hochzuschaukeln. Sie behaupten, die Presse bausche die Geschichte unnötig auf. Vergessen Sie nicht, daß wir die Nachrichten nicht erfinden, sondern lediglich über sie berichten.«

Vier Jahre später, kurz nachdem seine Klassenkameraden für ihr Verbrechen verurteilt worden waren, suchte ich Josh im Haus seiner Eltern auf der Nordseite von Glen Ridge auf. Sie bewohnen ein geräumiges zweistöckiges Fachwerkhaus am Fuß des Hügels, jenseits der Conrail Geleise, gegenüber der Villen entlang der Ridgewood Avenue. Josh ließ es sich den Sommer über gut gehen, bevor er zum Endspurt überging und sein Englischstudium an der University of Delaware abschloß. Am Telefon beharrte er darauf, daß er in keiner Weise daran interessiert wäre, über den Fall zu sprechen.

»Dieses Interview mit dem Typen vom *Rolling Stone* hängt mir heute noch nach«, klagt er. Aber er stimmte einem Treffen zu, und als wir zusammen im Wohnzimmer saßen, gab er zu, daß ihm keine weiteren Schwierigkeiten daraus erwachsen würden, wenn er noch etwas zu seinem traurigen Abschlußjahr der High School sagte.

»Ich fühle mich hier seit dem Artikel im *Rolling Stone* nicht mehr wohl in meiner Haut.« Josh spricht leise, und seine Stimme drückt Resignation gegenüber einem Schicksal aus, über das er schon vor langer Zeit die Kontrolle verloren hat. »Ich habe das Gefühl, daß die mich nicht mögen.« Er bezieht sich hierbei auf die Vergewaltiger und ihre Anhänger. »Ich sage mir, daß es mir egal sein sollte in Anbetracht dessen, was sie sind. Aber es ist mir nun mal nicht egal, und das ist für mich das

Schlimmste: daß ich immer noch von diesen Leuten gemocht werden will, obwohl ich weiß, daß das falsch ist, weil sie das getan haben oder unterstützen, was passiert ist. Ich sollte eigentlich genügend Selbstbewußtsein besitzen, mir zu sagen, daß es völlig unwichtig ist, daß sie mich nicht mögen.«

Während wir uns unterhalten, weht eine leichte Brise durch eins der halb geöffneten Fenster. Ausladende schattenspendende Bäume breiten ihre Äste über dem Haus aus. Die schlimmste sommerliche Mittagshitze bleibt draußen. Josh sinkt auf das Sofa neben dem Klavier, lässig in Shorts, barfuß und in einem T-Shirt mit aufgedruckter Flagge der Vereinigten Staaten. Anstelle der Sterne füllen Baseball-Bälle das Blaue Feld aus, und unter der Fahne steht ›America's Pastime‹ – Amerikas Zeitvertreib. Er trägt das Haar sehr kurz und hat eine nahezu makellose Haut.

Als das Wort Vergewaltigung sich das erstemal über Gerüchte in der Glen Ridge High ausbreitete, wurde es so dargestellt, als habe Betty aus freien Stücken an einer Orgie mit den Footballstars der Schule teilgenommen. Die erste Reaktion unter den Freunden und Schulkameraden der Vergewaltiger sei Abscheu gewesen, da sie sich mit den Jungen identifiziert hätten, erinnert sich Josh. »Die Leute, die davon hörten«, erzählt Josh mir weiter, »reagierten alle gleich. ›O Mann, diese Typen sind ekelhaft. Wie konnten sie das nur tun, ich meine, ausgerechnet mit ihr? Sie ist doch geistig zurückgeblieben.‹ Niemand hielt es wirklich für etwas Ungesetzliches.«

Aber schon bald wurden die Witze über Sex mit einem geistig zurückgebliebenen Mädchen von Gerüchten dahingehend abgelöst, daß polizeiliche Ermittlungen im Gange seien. Und dann – als Channel 4 die Story brachte – wurde in der ganzen Schule von nichts anderem geredet als von den Einzelheiten der Vergewaltigung, und es kam zu ersten Stellungnahmen. Josh erfuhr von seinen Klassenkameraden, daß Betty das mit dem Schläger und dem Besenstiel selbst gewollt habe und es ihr Spaß gemacht habe. »Ich weiß nicht, ob irgend jemand das tatsächlich geglaubt hat«, sagte er rückblickend, »aber es gab viele, die es glauben wollten. Vor allem unter den Mädchen, die mit ihnen befreundet waren. Es gab massenhaft Schüler, die herumliefen und verbreiteten, daß Betty Spaß an solchen Sachen habe.«

Alle Kinder auf der Glen Ridge High kannten Betty. Obwohl sie Sonderkurse an der West Orange High besuchte, spielte sie in der Basketball- und der Softballmannschaft von Glen Ridge. »Sie war bekannt dafür, daß sie...« Josh versucht deutlich zu machen, daß Bettys offenes Interesse für Sex allen Schülern bekannt war, und er erzählt von einem Vorfall, den die Verteidiger während des Prozesses breitgetreten haben. »Sie hat ihre Brüste entblößt, anzügliche Bemerkungen gemacht und die Jungen eindeutig zum Sex aufgefordert.«

Während der Ermittlungen wurde Betty als ›leicht zu haben‹ und als »sexuell aktiv« bezeichnet, und die Mädchen, die mit den Vergewaltigern befreundet waren, gossen noch weiter Öl ins Feuer. »Jeder weiß doch, was Betty für eine ist«, hat Josh damals die Mädchen herumerzählen hören. »Sie macht alles mit und will alles mitmachen.«

Aber Josh meint, daß die Mädchen das nicht richtig durchdacht haben. »Die Leute, die die Jungs verteidigt und behauptet haben, es habe Betty Spaß gemacht, haben meiner Ansicht übersehen, daß es sich um einen Baseballschläger und einen Besen gehandelt hat. Sie haben einfach vage gesagt ›Ihr wißt ja, wie Betty ist‹, und der Baseballschläger wurde von den Anhängern der

Jungs nie erwähnt.« Josh denkt eine Weile über einen Baseballschläger und einen Besenstiel als Bestandteile von freiwilligem Sex nach. »Es ist wirklich schwer, sich das vorzustellen«, sagt er schließlich leise. »All die Mädchen, die behauptet haben, daß sie es gewollt habe – keine von ihnen hat den Schläger auch nur mit einem Wort erwähnt.«

Die Spitzengardinen vor dem offenen Fenster bauschten sich leicht. Bei dem Klavier im Wohnzimmer handelt es sich um ein altes Emerson Piano. Es ist mit Familienschnappschüssen geschmückt. Ein Schachspiel liegt auf dem Klavierhocker bereit, und ein Notenheft ist bei dem Lied »Tomorrow Never Knows« aufgeschlagen. Josh rutscht unruhig auf dem Sofa hin und her.

»Wenn man sagt, daß man aus Glen Ridge kommt, weiß heute jeder, wo das liegt.« Er lacht unbehaglich. »Ich bin nur im Sommer hier. Die meisten Leute sprechen nicht darüber, aber es ist allgegenwärtig. Ich spreche nur selten davon, weil die Leute Dinge sagen, die mich so wütend machen, daß ich nichts mehr mit ihnen zu tun haben will. Also vermeide ich es, darüber zu reden, weil ich Angst habe, daß mir sonst niemand bleibt, mit dem ich in den Ferien zusammen sein kann.«

Josh verhält sich zu Hause bewußt so distanziert, weil so viele seiner Nachbarn immer noch übereinstimmend mit den Vergewaltigern der Ansicht sind, daß kein Verbrechen begangen wurde. »Sie machen immer noch das Mädchen verantwortlich«, sagt Josh. »Sie sagen: ›Du weißt ja, wie Betty war‹.« Und Josh behält für sich, wie schockiert er von der lächerlichen Strafe ist, die Richter Cohen über die Schuldigen verhängt hat. »Man muß einfach glauben, daß es daran liegt, daß sie weiß sind und in der Vorstadt leben. Ich konnte es einfach nicht fassen. Ich meine, von einem Richter sollte man doch erwarten, daß er etwas mehr Selbstbewußtsein aufbringt und in der Lage ist, Verbrecher zu verurteilen, ohne zu befürchten, möglicherweise einen Fehler gemacht zu haben. Sollten sie überhaupt jemals einen Fuß in dieses Jugendgefängnis setzen, werden sie bis dahin achtundzwanzig oder dreißig sein.« Er lacht wieder dieses abgehackte, verbitterte Lachen. »In einer Anstalt für jugendliche Straftäter.«

Josh beantwortet mir ohne Zögern Fragen über den Fall und darüber, inwiefern die Vergewaltigung als Symptom gesellschaftlichen Verfalls anzusehen ist. Er hat ernsthaft über diese Fragen nachgedacht; sie haben ihn nicht mehr losgelassen, seit einige Tage nach Bekanntwerden des Verbrechens die Aufregung darüber nachließ, daß Fernsehkameras den High-School-Campus durchkämmten, und ihm die Abscheulichkeit der Vergewaltigung bewußt wurde. »Ich glaube, daß aus irgendeinem Grund überall auf der Welt Männer glauben gemacht werden – oder einfach glauben –, daß wenn eine Frau ihnen unterlegen ist, sie das Recht haben, sexuell mit ihr zu machen, was ihnen gefällt. Ich meine ...« Er sucht nach einem Beispiel und greift dann auf einen aktuellen Fall zurück. »... in Bosnien. Dieser Überzeugung scheinen die Männer zu sein, wenn sie meinen, eine Frau sei ihnen unterlegen. Sie scheinen zu glauben, daß das ganz natürlich sei. Man braucht sich nur anzuhören, was die Jungen in der Schule über weniger attraktive Mädchen sagen oder über solche, die nicht in Betracht gezogen werden, wissen Sie, die Top-Mädchen, allein ihre Einstellung diesen Mädchen gegenüber ...« Er führt den Satz nicht zu Ende, blickt jedoch zu mir herüber, in der Erwartung, daß ich als Amerikaner, der eine amerikanische High School hinter sich hat, weiß, was er meint. Ich bitte ihn, genauer zu sein, diese Haltung näher zu beschreiben. »Ich meine einfach, daß die glauben, daß ihnen in sexueller Hinsicht alles erlaubt sei und sie hinterher das Recht haben, über diese Person zu sagen, was ihnen gefällt. Sie wissen schon, das betreffende Mädchen eine Schlampe nennen oder sonstwas. Vor allem ist es doch so, daß, wenn ein Mädchen erst den Ruf eines Flittchens hat, die Jungs glauben, jeder von ihnen hätte ein Anrecht auf sie.«

Aber mit dem nächsten Atemzug räumt Josh ein, daß die meisten Männer, die er kennt, keine Anhänger dieser frauenfeindlichen Philosophie sind, auch nicht die Männer, die mit ihm die von der Welt abgeschnittene und Sporthelden verehrende High School von Glen Ridge besucht haben. Es war die Clique um die Scherzers und die Archers, auf die diese Beschreibung zutraf. »Ich weiß nicht, ob es einen homosexuellen Hintergrund hatte oder so was«, spekuliert er, »aber diese Jungs hatten zweifelsohne ein gestörtes Verhältnis zu Sex. Sie wollten immer, daß die anderen dabei waren oder zusahen. Das ging schon seit Jahren so.«

Josh legt eine Pause ein und verdeutlicht dann das Bild. Mitglieder der Clique behielten Einzelheiten zum Sex mit ihren festen Freundinnen für sich. »Aber bei allen anderen Mädchen hatten sie das schon Jahre praktiziert; sie bezeichneten sich selbst als Voyeure.« Er erzählt, wie das vor sich ging. »Sie sagten ihren Freunden, wo sie sich treffen würden, und die gingen dann vor und versteckten sich im Schrank. Dann amüsierte sich der Betreffende vor den Augen seiner Freunde mit dem Mädchen. Natürlich sprach sich das sofort in der ganzen Schule herum, und ich kann nur ahnen, wie die Mädchen sich gefühlt haben, wenn sie es erfuhren.«

Josh weiß, daß die Geschichten, die er erzählt, wahr sind. »Ich bin auf Partys gewesen, bei denen ich nach oben gegangen bin und selbst gesehen habe, wie drei Typen durch den Türspalt zusahen.« Er denkt an eine ganz bestimmte Party. »Das Mädchen war so betrunken, daß es nicht mehr viel mitbekommen hat, glaube ich, und die Jungs haben von der Tür aus leise gerufen: ›Dreh sie mehr nach hier! Dreh sie nach hier!‹, damit sie besser sehen konnten.«

Josh Golin steht mit seinen Interpretationen nicht allein. In ihrer Studie über Gruppenvergewaltigungen durch Angehörige studentischer Brüderschaften, die unter dem Titel *Fraternity Gang Rape* veröffentlicht wurde, hat Peggy Reeves Sanday, Professorin für Anthropologie an der Universität von Pennsylvania, festgestellt, daß »Vergewaltigung kein fester Bestandteil der männlichen Natur ist, sondern daß Männer, die auf Gewalt und Macht programmiert sind, sexuelle Gewalt benutzen, um Männlichkeit zu demonstrieren und jüngere Männer in männliche Rollen einzuführen.« So wie Josh ist auch sie der Ansicht, daß Homosexualität bei Gruppenvergewaltigungen wie der von Glen Ridge mit hineinspielt. ›Die Brüder‹, schreibt sie in ihrer Studie, ›äußern ihr Interesse aneinander durch den Körper einer Frau. In dem ablaufenden Soziodram wird der Gedanke, daß heterosexuelle Männer Frauen und Homosexuellen überlegen sind, offen zum Ausdruck gebracht und vermutlich subjektiv aufgenommen.‹

Josh interpretiert die Vergewaltigung von Betty Harris als offenkundige Folge des Voyeurismus der Clique. »Ich glaube, für sie war es die Krönung. Ich bin überzeugt, daß sie es vorgezogen hätten, wenn sie nicht geistig zurückgeblieben gewesen wäre. Aber auf diese Weise brauchten sie sich beim Zusehen nicht zu verstecken. Sie konnten besser sehen und in Anwesenheit der anderen mit ihr reden. Sie hatten endlich Gelegenheit, vor den anderen schmutzige Sachen zu ihr zu sagen. Sie hatten die Gelegenheit, sie deutlich zu sehen, sie zur Masturbation aufzufordern, und das muß für sie gewesen sein wie . . .« Josh unterbricht sich einen Augenblick, weil er weiß, daß er nur spekuliert, aber dann fährt er mit seiner Theorie fort, einer Theorie, von der er überzeugt ist, daß sie zutrifft. »Ich meine, ich weiß es natürlich nicht, aber es scheint, als hätten sie so alles auf einmal gehabt. Das war die Krönung.«

Josh zweifelt in keiner Weise daran, daß es sich um eine Vergewaltigung handelte. Aber er fängt an zu verstehen, warum Bettys geistige Behinderung einige seiner Klassenkameraden verwirrt. »Viele sagen: ›Sie haben sie nicht gezwungen, sie haben sie nicht festgehalten und Gegenstände in sie hineingesteckt.‹ Wäre sie nicht zurückgeblieben, hätten sie genau das tun müssen, und dann wären die Dinge viel klarer gewesen. Ich weiß nicht, ob die Tatsache, daß sie geistig behindert ist, es schlimmer macht. In mancher Hinsicht empfinden die Leute es deswegen als schlimmer, aber andererseits führt es auch dazu, daß die Leute meinen, es wäre weniger schlimm gewesen, da sie sie nicht dazu zwingen mußten.« Er verbesserte sich hastig. »Ich meine, natürlich haben sie sie gezwungen. Sie mußten sie nicht festhalten, aber ich glaube nicht, daß das zu den Dingen gehört, die sie tut, wenn sie allein zu Hause ist, oder daß sie sich vorgestellt hat, so etwas vor den Jungs zu tun, wenn sie sie im Park gesehen hat. Ich meine, sie haben ihr doch gedroht, es ihrer Mutter zu sagen, wenn sie dies oder jenes nicht täte. Und für sie war das genauso, als hätte man sie festgehalten.«

Josh ist ebenfalls absolut sicher, daß Bettys geistige Behinderung sämtlichen Vergewaltigern und deren Kumpanen bekannt war. »Man hat jahrelang Betty Harris' Namen nie ohne den Zusatz ›behindert‹ oder ›zurückgeblieben‹ gehört. Jeder wußte davon.«

Ebenso wie jeder wußte, daß die Scherzers, die Archers und ihre Kumpel die Stars auf dem Campus waren. »Gefürchtet und respektiert«, sagt Josh mit einem Rest von Bewunderung bei der Erinnerung an den Respekt, den er ihnen damals gezollt hat. »Sie waren auf der Schule schon immer der harte Kern gewesen. Sie bekamen die Mädchen. Vielleicht läßt es sich darauf reduzieren. Sie bekamen die Mädchen. Hinzu kommt, daß ihre Clique die einzige war, der man sich nicht einfach so anschließen konnte. Ich meine, wenn man zu den Junkies gehören wollte, nahm man einfach Drogen. Man konnte sich den Junkies einfach so anschließen. Wenn man zu den smarten Typen gehören wollte, konnte man mit ihnen herumhängen, auch wenn man selbst nicht unbedingt ein smarter Typ war. Und auch mit der Band konnte man herumhängen, wenn man Lust hatte. Aber bei diesen Typen mußte man ausgewählt werden, um dazugehören zu dürfen. Man konnte nicht einfach so sagen: ›He, von jetzt an hänge ich mit den Scherzers rum.‹ Alle hielten sie für Vollidioten, aber in diesem Alter kann man auch jemanden beneiden, den man für einen Vollidioten hält. Sie benahmen sich, als gehörte die Schule ihnen, und sie hatten die Mädchen.

Zweifellos sprachen sie weit mehr über Sex und Dinge, die sie erlebt hatten, als andere. Aber sie hatten auch schon viel mehr erlebt als die Leute, mit den ich zusammen war. Wenn ich sie so reden hörte, habe ich mir immer gesagt, daß es falsch wäre, über Mädchen herzuziehen, mit denen man seinen Spaß gehabt hatte. Das war der eine Teil von mir. Aber ein anderer Teil von mir hat sie bewundert.« Joshs verwirrte Offenheit ist erfrischend, als er gesteht: »Ich meine, ich weiß nicht, was passiert wäre, wenn ich und meine Freunde ... Also, ich glaube nicht, daß wir so gewesen wären wie sie, aber andererseits wären wir in gewisser Weise wohl doch so gewesen.«

Als Josh an diese Zeit zurückdenkt, erinnert er sich lebhaft an die Arroganz der Sportstars der Glen Ridge High, daran, wie sie herumstolzierten. »Sie hatten diesen überdimensionalen Tisch beim Mittagessen, genau genommen waren es mehrere aneinandergereihte Tische. Da machten sie sich dann breit und veranstalteten ein Riesenspektakel. Sie erweckten den Eindruck, als wären sie ...« Er verstummte und suchte nach den passenden Worten. »... nun ja, als wären sie *es*.« Und auch heute noch halten einige sie für das Größte, weil sie der Strafe für ihr Verbrechen entgangen sind. »Ich schätze, inzwischen dürften sie begriffen haben, wie schlimm und falsch das, was sie getan haben, war. Aber die Tatsache, daß sie frei herumlaufen und möglicherweise nie oder zumindest nicht für lange Zeit ins Gefängnis kommen, und wenn, dann in eine Strafanstalt mit allerlei Begünstigungen, aus der sie nach sechs Monaten wieder entlassen werden, das ist es, was nicht dafür spricht, daß sie etwas Schlimmes und Falsches getan haben.« Nicht nur daß die Strafe für die Verurteilten durch die niedrige Kaution hinausgezögert wurde – darüber hinaus war die Gesellschaft der Gefahr ausgesetzt, daß die Vergewaltiger erneut zuschlugen, während die Vorbereitungen für das Berufungsverfahren liefen. Auch wenn keine weiteren Anklagen erhoben wurden, gibt es doch Beweise dafür, daß zumindest einer der vier Vergewaltiger von Glen Ridge seine Lektion noch nicht gelernt hat und Richter Cohens Einschätzung zum Trotz immer noch eine Gefahr für die Allgemeinheit darstellt.

Während sein Fall in langwierigen Prozessen verhandelt wurde, begann Christopher Archer sein Studium am Boston College. Im Oktober 1990 ging er mit einem Mädchen aus, das er dort kennengelernt hatte. Staatsanwalt Robert Laurino zufolge haben seine Ermittlungen zweifelsfrei belegt, daß das, was hierauf geschah, als ›brutaler Akt‹ zu bezeichnen sei. Am Ende dieser Verabredung, sagt Laurino weiter, »habe Archer das Mädchen offenbar schwer mißhandelt und zum Geschlechtsverkehr gezwungen.« Laurino zufolge habe Archer sich hinterher selbst als Vergewaltiger bezeichnet.

Das Opfer unterzeichnete eine eidesstattliche Erklärung, in der seine Sicht des Vorfalls festgehalten war, aber das reichte nicht aus, den Richter zu bewegen, Archer aus dem Verkehr zu ziehen. In der schriftlichen Erklärung habe die junge Frau Laurino zufolge ausgesagt, Archer habe sie gezwungen, sich auf den Bauch zu legen, sie ausgezogen und zwischen die Beine geschlagen. Sie hat ihn nie angezeigt, und so kam es auch zu keinen polizeilichen Ermittlungen.

Richter Cohen wollte, daß die Frau vor Gericht aussagte, eine Aufforderung, die Laurino mit folgender Begründung ablehnte: »Wir würden niemals ein Vergewaltigungsopfer zur Aussage zwingen. Vergewaltigung ist das intimste Verbrechen, das man einer Frau antun kann. Es wäre weder Vergewaltigungsopfern allgemein noch ihr selbst von Nutzen, sie als Zeugin zu laden.« Die Staatsanwaltschaft befürchtete, daß bei einer Aussage ihre Identität, die sie unbedingt geheim halten wollte, öffentlich bekannt werden würde.

Laurino fürchtet, daß Archer und die anderen auch weiterhin eine Gefahr für die Gesellschaft darstellen. »Ja, ich denke, das Potential ist gegeben. Ich glaube, daß bei jedem, der zu einer so abscheulichen Tat fähig ist, diese

Gefahr, diese Bedrohung, weiterbesteht.« Er seufzt mit der Resignation, die mit den Kompromissen einhergeht, die ein Staatsanwalt im Essex County Tag für Tag eingehen muß. Nur 2500 Dollar Kaution bewahrten Christopher, den Verbrecher, dessen Verurteilung zu erwirken Laurino und seine Kollegen alles versucht hatten, vor dem Gefängnis.

# Der Prozeß: Die Staatsanwaltschaft eröffnet

Es dauerte mehr als drei Jahre, ehe der Fall gegen die Scherzer-Zwillinge, Christopher Archer und Bryant Grober vor ein Schwurgericht kam. Als der Prozeß schließlich begann, hatten zwei der sechs Angeklagten, die im Keller zugegen gewesen waren, bereits mit der Staatsanwaltschaft eine Strafminderung ausgehandelt. Im April 1992 erklärte Peter Quigley sich bereit, sechzig Stunden Sozialdienst zu leisten und auf Verlangen der Staatsanwaltschaft auszusagen, wenn der Glen-Ridge-Fall vor Gericht käme. Im Gegenzug wurde die Anklage gegen ihn in ein minderschweres Vergehen umgewandelt: wegen Gefährdung des Wohls einer geistig behinderten Person. Quigley erklärte, Teil des Handels sei es gewesen, daß er den Keller der Scherzers hätte verlassen und andere ermutigen sollen, es ihm gleichzutun. Auch hätte er versuchen sollen, die Vergewaltigung zu verhindern.

Zwei Monate später erklärte Paul Archer sich zu einem Handel unter denselben Bedingungen bereit.

Nachdem am 14. Oktober 1992 sechzehn Geschworene und Ersatzgeschworene für den Prozeß gegen die Clique ausgewählt worden waren, hielt Christopher Archers Verteidiger, Thomas Ford, eine seiner zahllosen spontanen Pressekonferenzen ab und faßte die komplexen

Schwierigkeiten zusammen, denen die neuen Geschworenen sich gegenüber stehen sähen. »Einwilligung ist der Kernpunkt dieses Falles«, erklärte Ford.

Die National Organization for Women, die nationale Frauenvereinigung, erregte an diesem Tag ebenfalls Aufsehen, als die Vorsitzende der Ortsgruppe New Jersey unwissentlich eine Formulierung benutzte, die Verteidiger Michael Querques wenig später den Geschworenen gegenüber verwenden sollte. »Wir werden dieser ›Jungs-sind-eben-Jungs‹-Haltung in diesem Land ein Ende machen«, verkündete sie vor NOW-Demonstranten. »Es handelt sich hier um ein mitleiderregendes achtjähriges Mädchen im Körper einer Frau. Wie hätte sie einwilligen können?« Richter Cohen blickte auf, als die Geschworenen seinen Gerichtssaal betraten. »Also dann, Geschworene«, sagte er, »wir sind bereit anzufangen.« Er wandte sich an den Staatsanwalt Glenn Goldberg, Leiter der für besonders schwere Sexualdelikte verantwortlichen Abteilung im Büro der Staatsanwaltschaft von Essex County. »Herr Staatsanwalt«, sagte er zu Goldberg, »beginnen Sie mit Ihrer Darstellung der Sachlage aus Sicht des Staates.«

Nachdem er in Rutgers erst ein Diplom in Psychologie und anschließend einen Abschluß in Rechtswissenschaften erlangt hatte, hatte Goldberg kurze Zeit als selbständiger Rechtsanwalt praktiziert und sich auf zivilrechtliche Vergehen spezialisiert, bevor er neunzehnhundertdreiundsiebzig dem Büro der Staatsanwaltschaft von Essex County beigetreten war. Seitdem ist er dort tätig, und in seinem Lebenslauf ist sein Aufgabenbereich wie folgt beschrieben: ›Die Ahndung vieler der komplexesten, schwierigsten und schwerwiegendsten Verbrechen von Essex County, einschließlich jener Fälle, die großes öffentliches Interesse auf sich ziehen.‹

»Vielen Dank, Euer Ehren.« Goldberg trat vor den

Richtertisch. »Meine Herren«, grüßte er die Anwälte mit einem Nicken. »Guten Morgen, meine Damen und Herren Geschworenen«, wandte er sich sodann an die bunt gemischte Gruppe der Geschworenen, die versammelt waren, um den Fall zu beurteilen, den er nun vortragen würde.

Gewissenhaft begann Goldberg ganz am Anfang von Betty Harris' Geschichte, erzählte von der Adoption, ihren frühen ›andersartigen‹ Jahren und der ärztlichen Diagnose, daß mit dem Kind etwas nicht stimme.

»Neurologisch behindert«, sagte Goldberg. »Statische Enzephalopathie – eine unheilbare organische Hirnschädigung. In Bettys Gehirn stimmte etwas nicht mit den Hirnzellen. Etwas war nicht so, wie es sein sollte.«

Er sagte den Geschworenen, daß die Ursache nicht bekannt gewesen sei, als er ihnen ihre Konzentrationsschwäche und ihre intellektuellen Grenzen beschrieb. »1983 war Betty elfeinhalb Jahre alt. Nun, wie Sie wissen, ist ein Kind von elfeinhalb Jahren normalerweise in der Schule in der sechsten Klasse, und Sechstkläßler sind für gewöhnlich auf dem Stand von Sechstkläßlern und in der Lage, den ihrem Alter entsprechenden Stoff zu verarbeiten. Aber«, fuhr er, an die Geschworenen gewandt, fort, »Sie werden hier erfahren, daß Betty im Alter von elfeinhalb Jahren erst das Niveau eines Zweit- oder Drittkläßlers erreicht hatte, und von 1983 bis heute sind Bettys Fähigkeiten weitestgehend auf demselben Stand geblieben.«

Goldberg erzählte von dem Sonderunterricht, den die Eltern für ihr zweites Adoptivkind arrangierten, und daß Betty, lange nach der Vergewaltigung, im Alter von einundzwanzig Jahren, nur wenige Monate vor Prozeßbeginn, an der West Orange High School ihren Abschluß gemacht habe. »Wenn ich von Abschluß spreche, meine ich damit nicht, daß sie ein Diplom erhalten hat, das dem üblichen High-School-Diplom entspricht, oder den Wissensstand und die Reife erlangt hat, mit denen gewöhnliche Schüler von der High School abgehen. Betty Harris wurde volljährig und konnte nicht länger auf der Schule bleiben – und so machte sie ihren Abschluß.«

Während er die Geschworenen über Bettys Biographie informierte, wies er mehrfach auf die Diagnose geistiger Behinderung hin. »Natürlich ist das nicht das Ende des Weges. Diese Worte sollten nicht mit dem Stigma behaftet sein, wie es in der Vergangenheit der Fall war, da heute viel für geistig zurückgebliebene Menschen getan wird.« Er erwähnte Sonderunterricht und die Behindertenolympiade und ließ es sich nicht nehmen, darauf hinzuweisen, daß Betty nach Gehör Klavier spiele und darüber hinaus eine gute Schwimmerin und Basketballspielerin sei – sportliche Aktivitäten, die sie mit anderen Kindern zusammengebracht hätten.

»Natürlich«, fuhr er fort, »muß man sich klar machen, daß ein erhöhtes Risiko entsteht, wenn geistig Behinderte am normalen Leben teilnehmen und mit normalen Kindern umgehen, mit Menschen, die nicht dieselben begrenzten Fähigkeiten besitzen wie Betty seinerzeit und heute.«

Er erklärte, daß ihr ermittelter IQ dem niedrigsten Wert von ein bis zwei Prozent der Bevölkerung entspräche. Auch wies er die Geschworenen darauf hin, daß Bettys IQ, bevor er speziell für den Prozeß ermittelt wurde, jedes Jahr getestet worden wäre, mit einem Ergebnis von unter fünfzig. Dieses Niveau, sagte Goldberg, reihe sich in die Kategorie der sogenannten »lernfähigen geistig Behinderten« ein, technisch gesehen eine Unterstufe der »ausbildungsfähigen geistig Behinderten«. An diesem Punkt seines Eröffnungsplädoyers stellte Goldberg den

Vergleich an, der Betty den ganzen Prozeß hindurch verfolgen würde: Zum Zeitpunkt der Vergewaltigung, sagte er, sei Betty »siebzehn, beinahe achtzehn gewesen, aber auf dem geistigen Entwicklungsstand einer Achtjährigen. Betty hatte damals die Anpassungsfunktionalität einer Achtjährigen. Ihre soziale Urteilsfähigkeit, ihre Fähigkeit, Situationen zu erfassen und zu beurteilen, zu wissen, was sich gehört und was nicht, war die einer Achtjährigen.«

Goldbergs Ausführungen folgend hat das Oberste Gericht von New Jersey am 1. Mai 1991, noch während Goldberg und die anderen Anklagevertreter daran arbeiteten, die Vergewaltiger von Glen Ridge vor Gericht zu bringen, eine richterliche Entscheidung gefällt, die in direkter Verbindung zu dem Verbrechen an Betty Harris stand. Der Gerichtshof definiert die Einschränkungen des New Jersey Gesetzes – N.J.S.A. 2C: 14-2C (2) –, das zur Bestrafung einer sexuellen Penetration einer im Vergleich zur Mehrheit der Bevölkerung als geistig behindert eingestuften Person erlassen wurde. Der Gerichtshof bestimmt, daß in New Jersey eine Person vor dem Gesetz als ›schwachsinnig‹ (diese Bezeichnung wurde von der Legislative von New Jersey gewählt) gelte, wenn diese Person zum Zeitpunkt des sexuellen Aktes nicht in der Lage sei, diesen als solchen zu begreifen – und diese Klausel ist entscheidend für die Anklage von Bettys Peinigern – oder unfähig sei, ihr Recht, den Akt zu verweigern, zu verstehen oder dieses Recht geltend zu machen.

Betty, erklärte Goldberg den Geschworenen – und dies war einer der Hauptpunkte, die er würde beweisen müssen, um eine Verurteilung durchzusetzen – sei »schwachsinnig« im Sinne des Gesetzes. Goldberg führte die Definition »schwachsinnig« näher aus: Ein IQ unter siebzig, »eine Schwäche im Bereich des adaptiven Lernens, was bedeutet, daß sie nicht mit den anderen Kindern ihres

Alters mithalten kann. Sie kann nicht lernen und umsetzen wie die anderen Kinder«, und dieser Zustand muß vor dem achtzehnten Lebensjahr bereits bestanden haben.

Hierauf folgte eine deprimierende Aufzählung von Beispielen, die belegten, was jeder in Glen Ridge bereits wußte, nämlich daß Betty schon immer an einer Lernschwäche gelitten hatte. »Im Alter von siebzehn, fast achtzehn Jahren, konnte Betty noch nicht kochen. Sie konnte kein Rezept nehmen und danach eine Mahlzeit zubereiten.« Sie konnte die Mikrowelle einschalten und Popcorn zubereiten, sagte er, sei aber außerstande gewesen, so komplexe Schritte durchzuführen, wie sie die Zubereitung einer Mahlzeit erfordert.

»Betty Harris war nicht in der Lage, öffentliche Verkehrsmittel zu benutzen. Betty ging viel spazieren. Sie war viel in Glen Ridge unterwegs und tat auch vieles, aber sie war unfähig, den Bus zu nehmen, weil sie nicht gewußt hätte, wo sie ein und aussteigen sollte. Sie konnte auch keinen Zug nehmen oder sich auch nur vorstellen, allein in ein Flugzeug zu steigen.«

Auch hatte Betty nach einem Einkauf Schwierigkeiten mit dem Wechselgeld. Sie konnte weder die Funktionsweise eines Bankkontos begreifen noch Einstellungsgespräche führen. Goldberg sagte, Betty sei nicht in der Lage, zu Hause allein zu spülen oder auch nur dem Handlungsverlauf beliebter Seifenopern im Fernsehen zu folgen. »Betty konnte einfach nicht verstehen, wie eine Filmfigur an einem Tag erschossen werden konnte, um am nächsten Tag in einem anderen Programm wieder lebendig herumzulaufen, als wäre nichts passiert.«

Goldberg zeichnete ein Porträt, auf das im Verlauf des Prozesses wiederholt Bezug genommen werden würde, er beschrieb Bettys Persönlichkeit, und hierdurch wurde das

Verbrechen, das die Vergewaltiger an ihr begangen hatten, um so verabscheuungswürdiger. Die vier Angeklagten sahen und hörten zu, während Goldberg sich über Naivität und Leichtgläubigkeit ausließ. »Wenn jemand zu der siebzehnjährigen Betty nett war, betrachtete sie ihn gleich als ihren besten Freund. Bettys Denkweise nach wurde jemand, der ihr ein klein wenig Aufmerksamkeit schenkte und nett zu ihr war, sofort zu einem guten, vielleicht sogar zu ihrem besten Freund. Betty Harris war im Alter von siebzehn Jahren extrem naiv und vertrauensvoll.«

Goldberg lenkte die Aufmerksamkeit der Geschworenen auf Bettys ehemalige Klassenkameraden, die mit verdrossener Miene auf der Anklagebank saßen. Da Glen Ridge eine so kleine Stadt sei und alle Angeklagten außer Bryant Grober Betty seit ihrer Kindheit gekannt hätten, hätten alle vier gewußt, daß sie »leicht zu täuschen war. Sie konnte leicht hereingelegt werden. Sie wußten, daß sie fast alles tun würde, was man von ihr verlangte, fast alles. Sie war leicht zu manipulieren und dadurch leicht auszunutzen.« Der Staatsanwalt errichtete das Fundament für den zweiten Punkt, den es zu beweisen galt: Daß die vier Angeklagten zum Zeitpunkt des Verbrechens wußten, daß Betty Harris geistig behindert war.

»Sie wissen selbst aus eigener Erfahrung«, wandte er sich an die Geschworenen, »das, wenn ein Kind anders ist, die anderen darüber reden, es verspotten. Und kleine Kinder können sehr grausam sein.« Er schwieg einen Augenblick. »Ebenso wie große Kinder.«

Durch Goldbergs Eröffnungsplädoyer begannen die Geschworenen Betty zu verstehen, lernten sie kennen. Er erklärte ihre Bedürfnisse und Wünsche im Kontext ihrer geistigen Schwäche. »Betty Harris hatte ein stark ausgeprägtes Bedürfnis nach Freundschaft. Betty Harris brauchte und wünschte sich Freunde. Betty Harris hat damals so wie heute Menschen ganz allgemein gemocht. Sie ist gern unter Menschen.« Nicht unter irgendwelchen Menschen, sondern unter »normalen, alltäglichen Menschen.« Und sie ist sich ihrer Behinderung nicht bewußt. »Betty Harris ist nicht bewußt, daß sie geistig zurückgeblieben ist. Sollten Sie Betty Harris jemals sagen, daß sie geistig zurückgeblieben sei«, erklärte Goldberg, »würde sie es nicht glauben. Sie möchte normal sein, und sie möchte akzeptiert werden. Sie wollte 1989 von den Jugendlichen ihres Alters akzeptiert werden, von Jugendlichen, die sie kannte. Sie wollte jemand sein, der ebenso mit einem Jungen ausgehen konnte wie jedes normale junge Mädchen.«

Aber sie war kein normaler Teenager, und sie hatte keine Verabredungen. Goldberg legte ihr unglückliches Leben dar. »In Wahrheit hatte Betty Harris so gut wie keine Freunde. Viele Bekannte, aber von denen lassen sich nur sehr wenige als wahre Freunde einstufen – geschweige denn als gute Freunde. Wie sollte Betty Harris mit einem normalen Teenager ausgehen, wo sie doch im Grunde nicht einmal eine ganz alltägliche Unterhaltung führen konnte?« fragte Goldberg die Geschworenen.

Als Beispiel bot Goldberg den Geschworenen einen Einblick in Bettys Schulalltag. »Der Lehrer stellt während des Unterrichts eine Frage. Betty hebt die Hand und antwortet etwas, das nicht das geringste mit dem Thema zu tun hat, etwas völlig Unzusammenhängendes, und das ärgert die anderen. Ihre Klassenkameraden ärgern sich über sie.«

Goldberg erzählte, wie Betty am 1. März 1989 mit ihrem Basketball und ihrem Radio zum Spielfeld im Park gegangen war, wo sie die Jungen getroffen hatte, die sie später vergewaltigten. »Jungen, die sie ganz besonders bewunderte. Sie waren beliebt. Sie waren Footballspieler, Ringer, Baseballspieler, die Art von Jungen, die Teenager aufgrund ihrer körperlichen Leistungen und Überlegenheit bewundern und respektieren, und Betty hielt große Stücke auf sie. Sie waren gewissermaßen ihre Helden. Sie waren die Stars.«

Christopher Archer sprach Betty an und schlug ihr vor, mit ihnen zu den Scherzers zu gehen. Als zusätzliches Lockmittel stellte er ihr eine Verabredung mit seinem Bruder, Paul Archer, einem sehr gutaussehenden jungen Mann, in Aussicht, und so sehr Betty Chris Archer auch gern hatte und bewunderte, mochte sie seinen Bruder doch ganz besonders. Als sie erfuhr, daß Paul Archer auch im Keller der Scherzers sein und sie ihn dort sehen würde, wenn sie mitkäme, weckte das ihr Interesse. Als ihr dann außerdem gesagt wurde, daß, wenn sie mit in den Keller der Scherzers käme, Paul Archer vielleicht mit ihr ausgehen würde, war es um sie geschehen. Die Aussicht auf ein richtiges Rendezvous war viel zu verlockend, als daß sie hätte widerstehen können.«

Goldberg wies auf die arglistige, geplante Annäherungsweise von Christopher Archer hin. »Christopher Archer nahm also Betty mit, führte Betty, legte den Arm um Betty und brachte sie zum Haus der Scherzers gleich am Rand der parkähnlichen Anlage. Als er den Arm um sie legte, war sie im siebten Himmel. Einer der gutaussehenden Jungen, die sie mochte und bewunderte, schenkte ihr Aufmerksamkeit und Zuneigung. Er hatte ihr in aller Öffentlichkeit den Arm um die Schultern gelegt.«

Goldberg hob den Aspekt der Verführung durch die Art hervor, wie sie aus dem Park gelockt worden war. »Er hatte öffentlich den Arm um sie gelegt, und so ging sie mit Chris Archer zum Haus der Scherzers. Man hatte

Betty Freundschaft angeboten, um sie dazu zu bewegen, mit in den Keller zu gehen. Eine Verabredung mit Paul. Ein Gefühl von Normalität. Und Betty wünschte sich nichts sehnlicher, als dazu zu gehören, Teil einer Gruppe von Kindern, Jugendlichen, Freunden zu sein. Betty Harris sehnte sich verzweifelt nach Freundschaft.«

Goldberg verglich den Gang in den Keller mit der Fata Morgana einer Oase, die ein Verdurstender in der Wüste sieht.

»Betty wurde arglistig in den Keller gelockt«, sagte er. »Man hielt ihr eine Möhre vor die Nase, aber es war alles nur Täuschung. Betty sollte sie nie bekommen.«

Goldberg beschrieb den Keller, klein und überfüllt, da sich dort bereits dreizehn neugierige Jugendliche drängten – allesamt männlich. Er erzählte, wie Betty überredet wurde, sich auszuziehen, beschrieb die erste sexuelle Handlung zwischen Betty und Bryant Grober und lenkte die Aufmerksamkeit auf jene Jungen, die es vorzogen, den Keller zu verlassen. »Es war kein Polizist dort, der sie aufgefordert hätte zu gehen. Sehen Sie, es gibt nämlich nicht genügend Polizisten auf der Welt, als daß sie in jedem Keller oder in jeder Situation präsent sein könnten, aber diese Jungen besaßen genügend eigenen Menschenverstand und ein gesundes Empfinden für Recht und Unrecht, und sie wollten an dem, was geschah – und noch geschehen würde –, keinen Anteil haben. Also gingen sie.«

Die Jungen, die blieben, sagte Goldberg den Geschworenen, sahen zu und machten mit, als die bizarre Kellerparty ihren Verlauf nahm.

»Chris Archer nahm einen Besen und schob ihn zwischen Bettys Beine – in ihre Scheide«, erklärte Goldberg und zeigte auf den Angeklagten.

»Steh auf, Chris«, forderte Archers Verteidiger, Thomas Ford, seinen Mandanten auf. »Das ist er«, sagte er, an die Geschworenen gewandt.

»Der zweite von rechts dort drüben an der Wand«, sagte Goldberg, Archer identifizierend. »Der, der jetzt steht, führte den Besenstiel in Betty Harris' Körper ein und stieß ihn vor und zurück, vor und zurück, vor und zurück.« Er bediente sich der Wiederholung, um den krassen Kontrast zwischen der Abscheulichkeit des Verbrechens und Christopher Archers typisch amerikanischem, adrettem Aussehen hervorzuheben.

Dann übernahm Kevin Scherzer den Besen, sagte Goldberg, und schob ihn einige Zeit vor und zurück, vor und zurück, vor und zurück. So etwas hätten sie mit, sagen wir, der Freundin eines der Angeklagten weder machen wollen noch machen können. So etwas hätten sie unter den gegebenen Umständen mit keinem weiblichen – Zitat – »normalen Menschen« machen wollen noch machen können. »Normale Frauen«, sagte er, würden »ein solches Verhalten nicht hinnehmen.«

Goldberg nannte die Vergewaltigung einen Akt der Gewalt, der Grausamkeit, der Erniedrigung und Demütigung. Das sei kein Sex gewesen. »Als sie Betty in dieser Weise sexuell mißhandelten und ihr Schmerzen zufügten – und genau das taten sie – war das nicht das, was einem vorschwebt, wenn man an Sex denkt.« Er nannte den Akt ein »obszönes wissenschaftliches Experiment« und ein »Schauspiel«, als er die weiteren Mißhandlungen mit dem Baseballschläger und dem Holzstock beschrieb und die Anklagepunkte gegen die vier Angeklagten exakt benannte.

Nach einer kurzen Unterbrechung kehrten die Geschworenen in den Gerichtssaal zurück, um den Rest des Eröffnungsplädoyers des Staatsanwaltes zu hören.

Richter Cohen sah zu den Geschworenen hinüber. »Meine Damen und Herren Geschworenen, ich weiß, daß diese Stühle etwas unbequem sind.« Er wußte, daß es ein langer Prozeß werden würde. »Ich werde sie austauschen lassen. Sagen Sie«, fuhr er in besorgtem Tonfall fort, »ist einem von Ihnen vielleicht unangenehm warm? Wenn dem so ist, heben Sie nur die Hand. Es ist ein wenig warm im Saal.«

»Stickig«, stimmte einer der Geschworenen ihm zu.

»Ich weiß nicht, ob wir viel dagegen tun können. Vielleicht sollten wir eins der Fenster dort drüben öffnen«, entgegnete er und deutete auf die schmalen Schlitze. »Das könnte etwas Linderung schaffen. Mir selbst ist auch ein wenig warm.« Trotz der Rohheit der Geschichte, die Goldberg erzählte, wirkte die stickige Luft im Saal auf einige der Anwesenden einschläfernd, und tatsächlich geschah es während der Zeugenaussagen immer wieder, daß der eine oder andere der Geschworenen einnickte. »Herr Staatsanwalt, fahren Sie bitte fort.«

»Warum haben sie es getan?« fragte Goldberg. Er zählte eine ganze Liste von Möglichkeiten auf: Genugtuung, Erregung, Nervenkitzel, um sich wichtig zu tun, um voreinander anzugeben. Das genaue Motiv zu bestimmen sei nicht so wichtig wie seine Schlußfolgerung, daß sie Betty das alles angetan hatten, weil sich ihnen die Möglichkeit dazu bot. Sie wußten, daß sie damit durchkommen würden, weil sie einiges über Betty wußten. Sie wußten, daß sie loyal war. Sie waren sicher, sich auf ihr Wort verlassen zu können, als sie versprach, niemandem etwas zu verraten. »Und auch wenn sie es irgend jemandem gesagt hätte«, spekulierte Goldberg. »Was dann? Wer würde

Betty Harris geglaubt haben, diesem schwachsinnigen, geistig zurückgebliebenen jungen Mädchen?«

Tatsächlich war Betty Harris so loyal, daß sie, als sie schließlich doch jemandem erzählte, was sich zugetragen hatte, dies nicht tat, um ihre Peiniger zu verraten, sondern weil sie eine weitere Vergewaltigung vermeiden wollte. »Es war ihre Absicht«, sagte Goldberg, »die Angeklagten zu schützen und zu decken, nicht zu verraten, was sie ihr angetan hatten. Und falls sie doch jemals darüber sprechen mußte, wollte sie deren Verbrechen herunterspielen und verharmlosen. Sehen Sie«, erklärte er den Geschworenen, »Betty Harris hatte einen ausgeprägten Sinn für Loyalität und ein gutes Herz. Sie hatte große Angst, diesen Angeklagten Unannehmlichkeiten zu machen. Heute noch betrachtet Betty Harris die vier Angeklagten als gute Freunde. Sie möchte nicht, daß sie irgendwelche Schwierigkeiten bekommen. Sie möchte nicht, daß den Angeklagten, die heute hier vor Gericht stehen, etwas Schlimmes widerfährt. Sie werden im Laufe des Prozesses feststellen, daß Betty Harris ein gutes Herz hat. Betty Harris ist ein guter Mensch.«

Zum Zeitpunkt des Verbrechens war Betty bereits theoretisch mit Sex vertraut, teilte Goldberg den Geschworenen mit. »Sie wußte, daß Sex bedeutete, etwas in etwas anderes hineinzustecken.« Was Betty an jenem Nachmittag jedoch nicht wußte, war, daß sie das Recht hatte, Sex zu verweigern. Auch wußte sie nicht, wie man eine Bitte oder Aufforderung zum Sex verweigert. »Sie war unter den Umständen, die an jenem Tag in jenem Keller herrschten, einfach nicht in der Lage, nein zu sagen.«

Glenn Goldberg war beinahe am Ende seines Plädoyers angelangt. »Meine Damen und Herren Geschworenen«, sagte er zum Abschluß, »für mich steht unzweifelhaft fest, daß, wenn dieser Prozeß vorbei ist, jeder einzelne von ihnen absolut überzeugt sein wird, daß die Angeklagten in allen Punkten schuldig sind. Ich danke für Ihre Aufmerksamkeit.«

Goldberg nahm wieder Platz.

»Wenn die Staatsanwaltschaft es als ›theoretisches‹ Verständnis von Sex bezeichnen will«, zog Thomas Ford, Christopher Archers Verteidiger Goldbergs Formulierung ins Lächerliche, »war sie eine Expertin in Sachen Theorie.« Einer nach dem anderen hielten die vier Verteidiger ihre Eröffnungsplädoyers.

»Sie hätte nur zu sagen brauchen: ›Hört auf, ich will nicht.‹« Ford vereinfachte den Tathergang, indem er die implizierten Drohungen und die einschüchternde Wirkung von dreizehn kräftigen Jungen auf ein geistig zurückgebliebenes Mädchen einfach überging. »Wenn sie nur ein Wort gesagt hätte, wäre dies alles nicht passiert.« Er rationalisierte die Verantwortung der Jungen einfach fort, indem er darauf verwies, daß Betty den Besen selbst in die Hand genommen und in einer Art und Weise in sich eingeführt habe, die für sie in keiner Weise schmerzhaft gewesen sei. Daß der Verteidiger Betty Harris als Schuldige darstellte, dafür, daß sie versucht hatte, den Schmerz zu mindern, den der Besenstiel ihr verursachte, erinnert an das Argument in einem späteren Vergewaltigungsfall in Texas, wo behauptet wurde, das Opfer habe eingewilligt, weil es den Vergewaltiger gebeten hatte, ein Kondom zu verwenden. Das Opfer in jenem Fall in Texas gewann jedoch den Prozeß, weil es der Frau gelang, klar zu stellen, daß sie sich, da sie der Überzeugung war, die Vergewaltigung doch nicht verhindern zu können, wenigstens vor einer HIV-Infizierung schützen wollte.

Michael Querques, Kevin Scherzers Anwalt, behauptete, Betty sei eine raffinierte, sexbesessene Verführerin gewesen, die es liebte, »den glücklichen Ausdruck auf dem Gesicht eines Jungen zu sehen, wenn dieser ejakulierte.«

Alan Zegas, der Anwalt von Bryant Grober, führte Einzelheiten aus Bettys Sexualleben auf und behauptete, das Kellertreffen sei von Betty angeregt worden, als sie Grober im Park ansprach und ihm zwischen die Beine faßte.

Louis Esposito, Kyle Scherzers Anwalt, unterstützte ebenfalls die These, daß Betty für alles verantwortlich sei, was ihr widerfahren sei, und daß es ihr freier Wille gewesen sei, Fremdkörper in ihre Vagina einzuführen, Gegenstände, die ihre Klassenkameraden ihr willig besorgten.

Um ihren Standpunkt zu untermauern, rief die Anklagevertretung Dr. Susan Esquilin, eine Psychologin, die Vergewaltigungsopfer behandelt und von staatlicher Seite gebeten worden war, sich einen Eindruck von Betty Harris zu verschaffen, in den Zeugenstand. Sie hatte schon zuvor als Sachverständige für den Staat New Jersey ausgesagt. Glenn Goldberg hatte sie bereits beim Prozeß gegen Kelly Michaels, einer Vorschullehrerin, die des sexuellen Mißbrauchs ihrer Schüler angeklagt worden war, als Sachverständige beauftragt. Dr. Esquilin war es gewesen, die Bettys IQ mit vierundsechzig beziffert und ihr die Lernfähigkeit und soziale Reife einer Achtjährigen bescheinigt hatte. Die Psychologin sagte aus, daß sie aufgrund der Tests, die sie an Betty Harris durchgeführt hatte, der Überzeugung sei, das Mädchen sei zum Zeitpunkt des Verbrechens ›schwachsinnig‹ gewesen.

Staatsanwalt Robert Laurino befragte Dr. Esquilin zu Bettys Persönlichkeit. »Sie ist so eifrig darauf bedacht, alles zu tun, was man von ihr verlangt«, sagte Dr. Esquilin zu Bettys Verhalten im allgemeinen. Hinsichtlich ihrer

Unfähigkeit, die Aufforderung zu sexuellen Handlungen zurückzuweisen, sagte Dr. Esquilin: »Ich glaube nicht, daß sie es soweit versteht, daß sie selbst entscheiden kann. Sexualität hängt für sie viel mehr mit dem zusammen, was jemand sie auffordert zu tun.«

Darum bemüht, jeden Schaden abzuwenden, den die Verteidigung bei ihrer Befragung der Zeugin zu ihren Gesprächen mit Betty anzurichten hoffte, gab Laurino Dr. Esquilin Gelegenheit anzuführen, daß Betty ihr gesagt habe, sie hätte sexuelle Erfahrung: Sie habe sexuelle Beziehungen zu Jungen in Bloomfield unterhalten, Jungen haben ihr angeboten, sie dafür zu bezahlen, daß sie sie mit der Hand befriedigte, und in der Junior-High-School habe sie zweimal versucht, mit Christopher Archer Geschlechtsverkehr zu haben. Betty erzählte der Psychologin, daß sie nicht gezwungen worden sei, zu tun, was im Keller der Scherzers vorgefallen war, aber Dr. Esquilin sagte aus, sie sei zu dem Schluß gekommen, Betty sei insoweit gezwungen worden, als man ihr angedroht habe, ihren Eltern von ihren sexuellen Aktivitäten zu erzählen, falls sie nicht mitmachte.

Während des Kreuzverhörs fragte Thomas Ford, ob Betty sexbesessen sei.

»Dafür gibt es keinen Anhaltspunkt«, entgegnete Dr. Esquilin. »Was auf sexueller Ebene mit anderen geschehen war, war offensichtlich ein Problem, aber Besessenheit würde ich es nicht nennen.«

Ford bezog sich auf eine Unterhaltung, bei der Betty gesagt habe, daß es ihr Spaß mache, nackte Jungen in der Umkleidekabine zu sehen. Er fragte Dr. Esquilin, ob eine solche Bemerkung auf ›intensives Interesse‹ an Sex hindeute.

»Diese Bemerkung würde für sexuelles Interesse sprechen«, entgegnete Dr. Esquilin, worauf rasch das Offensichtliche folgte: »Es liegt in der Natur des Menschen, sich für Sex zu interessieren. Sie war am Hinsehen interessiert.«

Darauf kam eine sehr wichtige Frage. Ford fragte Dr. Esquilin, ob Betty von ihrem Recht gewußt habe, Sex zu verweigern.

Dr. Esquilin erwiderte, Betty verstehe die Bedeutung des Wortes ›Nein‹. »Aber ich glaube nicht, daß sie versteht, wie man damit umgeht. Sobald es um zwischenmenschliche Beziehungen geht und jemand von ihr verlangt, etwas zu tun, ist sie meiner Auffassung nach einfach unfähig, nein zu sagen.«

Aber die Staatsanwaltschaft mußte nicht nur den Beweis erbringen, daß Betty unfähig war, nein zu sagen. Darüber hinaus galt es zu beweisen, daß die Vergewaltiger sich dieser Unfähigkeit bewußt waren. Ford fragte Dr. Esquilin, wie sie Betty ohne den vorangegangenen Intelligenztest eingeschätzt hätte.

»Jeder, der länger als fünf Minuten« mit Betty spricht, entgegnete Dr. Esquilin in Übereinstimmung mit den immer wiederkehrenden Aussagen im Laufe des Prozesses, mußte an ihr eine »andere, falsche, eigenartige, mangelhafte« Mentalität feststellen.

Michael Querques nutzte die Gelegenheit, Dr. Esquilin zu befragen, um den Geschworenen Bettys sexuelle Vergangenheit zu verdeutlichen. Er fragte, ob Dr. Esquilin von verschiedenen sexuellen Eskapaden wüßte, derer er Betty beschuldigte. Von einigen wußte die Psychologin, von anderen nicht. Aber die Geschworenen bekamen jede einzelne zu hören. Schließlich fragte Querques die Zeugin, ob ihre berufliche Erfahrung gezeigt habe, daß geistig Behinderte ihre sexuellen Bedürfnisse allgemein nicht unter Kontrolle haben. »Einige ja, andere nein«, antwortete Dr. Esquilin.

Querques unternahm während des Kreuzverhörs zweimal den Versuch, die Behauptung der Staatsanwaltschaft zu widerlegen, Betty sei unfähig gewesen, nein zu sagen. Er las aus einem Protokoll von Bettys Untersuchung durch einen staatlichen Psychiater vor, in dem Betty gefragt wurde, ob sie noch einmal bei sexuellen Handlungen mitmachen würde, wie sie während der Vergewaltigung stattgefunden hatten. »Wahrscheinlich würde ich nein sagen, aber für Geld würde ich es tun«, lautete ihre Antwort. Querques fragte Dr. Esquilin, ob diese Antwort beweise, daß Betty in der Lage sei, Sex zu verweigern. »Das ist richtig«, bestätigte Dr. Esquilin.

Als nächstes las Querques dem Gericht aus Bettys Aussage vor. »Ich habe es nicht mit Kyle gemacht, weil ich nicht wollte.« Auch diese Bemerkung, meinte Querques, zeigte, daß Betty sehr wohl in der Lage wäre, beim Sex eigene Entscheidungen zu treffen und ›nein‹ zu sagen. Dr. Esquilin wies diese Behauptung zurück. Die Schlußfolgerung ihrer Diagnose besagte, daß Betty den Sinn der Begriffe ›Einwilligung‹ und ›Verweigerung‹ nicht begreife.

»Ich nehme an, sie wurde immer verwirrter. Sie verstand nicht, daß sie das Recht hatte, sich zu weigern. Sie begriff nicht, daß sie sich weigern konnte mitzumachen«, sagte Dr. Gerald Meyerhoff aus, ehemaliger Leiter der Psychiatrie im Bergen Pines County Hospital in Paramus, New Jersey, der ebenfalls von der Staatsanwaltschaft als Sachverständiger geladen worden war. Er hatte sich in einem mehrstündigen Gespräch mit Betty befaßt und darüber hinaus ihre Eltern, ihre Schwester, Lehrer und Sporttrainer befragt, ehe er zu diesem Schluß gekommen war.

Betty sei geistig behindert, sagte Dr. Meyerhoff ohne

Zögern vor Gericht aus. Weiterhin sagte er, die Tatsache, daß Betty die Mißhandlungen im Keller der Scherzers über sich habe ergehen lassen, – daß sie nicht weggelaufen sei, geschrien, protestiert oder zu fliehen versucht habe – beweise, was sie selbst zu einem späteren Zeitpunkt durch ihren Hilferuf an ihre Schwimmlehrerin deutlich gemacht habe: Sie wußte nicht, wie sie nein sagen sollte. Zu ihrer Unfähigkeit, ihr Recht zu begreifen, Sex zu verweigern, sowie ihrer Unfähigkeit, von ihr unerwünschten Sex zu verhindern, kam an diesem Nachmittag hinzu, teilte Dr. Meyerhoff den Geschworenen mit, daß sie sich nach Freundschaft sehnte.

»Ihre Suche nach Freunden ist ein wichtiger Bestandteil ihres Lebens«, sagte der Psychiater. Während ihrer Sitzungen habe Betty erklärt: »Ich habe es sie tun lassen. Ich wollte sie nicht verlieren. Sie würden nicht schlecht von mir reden. Sie wußten, daß ich ein nettes Mädchen bin und sie nicht verraten würde. Sie mögen mich wirklich, lieben mich und halten mich für etwas ganz Besonderes. Ich verstehe nicht, warum sie mich mögen und mich mit in den Keller nehmen, wo sie mich doch immer als zurückgeblieben bezeichnen.« Meyerhoff sagte, Bettys verwirrte Versuche zu ergründen, warum die Jungen sie mit in den Keller genommen hätten, seien der einzige Hinweis für ihn gewesen, daß sie wenn auch nur ganz vage, begriffen habe, an jenem Nachmittag ein Opfer gewesen zu sein. »Sie hat nicht ganz begriffen, daß sie benutzt wurde«, sagte er weiter. Als er Betty gefragt habe, ob sie ›Spaß am Sex habe‹, schien sie nicht zu verstehen, was ich meinte. Ich hatte den Eindruck, daß sie beinahe asexuell war. Für sie war es eine unbefriedigende, nicht einmal sonderlich angenehme Handlung.«

Die Verteidigung versuchte, Dr. Meyerhoffs Glaubwürdigkeit in Frage zu stellen, indem sie auf seine hohen

Sachverständigenhonorare verwies – er berechnete zweihundert Dollar die Stunde und habe insgesamt beinahe zwanzigtausend Dollar kassiert. Louis Esposito bezeichnete den Psychiater als ›überheblichen, arroganten Schaumschläger‹. Im Laufe seines Schlußplädoyers am Ende des Prozesses versuchte Esposito die Geschworenen davon zu überzeugen, daß Dr. Meyerhoffs Diagnose, Betty sei geistig behindert, durch seine Honorarforderung ebenso fragwürdig sei wie Dr. Esquilins Urteil. »Ihre Ansichten sind erkauft worden«, erklärte Esposito den Geschworenen.

Esposito forderte die Geschworenen auf, statt dessen daran zu denken, daß während Bettys unglücklicher Schulzeit ihre Eltern widersprüchliche Urteile zu den geistigen Fähigkeiten ihrer Tochter gehört hätten – ein Beweis dafür, wie er behauptete, daß nicht einmal Experten der Schulen von Essex County zu einer eindeutigen Diagnose fähig gewesen seien. Esposito versuchte, diesen Umstand für den Beweis zu nutzen, daß die Vergewaltiger nicht notwendigerweise gewußt haben mußten, daß Betty geistig behindert war, als sie sie mit in den Keller nahmen. »Mein Mandant«, beharrte er, als er die lange Liste der Diagnosen aufzählte, die im Laufe der Jahre zu Bettys geistigen Schwächen gestellt worden waren, »ist nicht befähigter als all diese Personen, über Bettys Geisteszustand zu urteilen.«

Für die abschließende Beweisführung, unmittelbar bevor die Verteidiger sich erhoben, um ihre Version des Falles darzulegen, ließ die Staatsanwaltschaft Fernsehgeräte im Gerichtssaal aufstellen, um Bilder zu zeigen, die Betty einige Monate nach der Vergewaltigung gemalt hatte. Zeichnungen, die die Vergewaltigung schildern. Die

Geschworenen betrachteten Bettys schockierende Strichmännchen, die sie selbst im Keller darstellten: Wie sie einen der Jungen oral befriedigt, wie sie bäuchlings auf dem Sofa liegt und mit Besenstiel, Baseballschläger und Stock sexuell mißbraucht wird.

Ann Burgess, Krankenschwester in der Psychiatrie und Dozentin an der Universität von Pennsylvania, regte Betty während ihres Gesprächs im Oktober 1989 zu den Zeichnungen an. Dr. Burgess und ein Kollege hatten im Jahre 1974 das Konzept des Vergewaltigungstraumasyndroms entwickelt, einer Diagnose, die zu der Erklärung verwendet wird, warum Vergewaltigungsopfer häufig erst nach längerer Zeit erzählen, was ihnen widerfahren ist, und warum sie ihre Beschreibungen des Tathergangs im Laufe der Ermittlungen manchmal abändern. Sie interpretierte die dunklen Striche, die Betty um die sexuellen Handlungen zeichnete, als Beweis dafür, daß die Ereignisse, die sie malte, sie tief belasteten. Ihre Zeugenaussage war insofern ein Durchbruch, als zum erstenmal ein Richter des Staates New Jersey eine Aussage zum Vergewaltigungstraumasyndrom als Beweismittel zuließ. Nach der Verurteilung der Vergewaltiger verkündeten ihre Verteidiger, daß ihre Berufung sich unter anderem auf die Infragestellung des Wahrheitsgehalts von Dr. Burgess' Theorien und Zeugenaussage stützen würde.

## Querques' Lolita-Verteidigungsstrategie

Wenn Sie Michael Querques anrufen, um ihn zu seiner verpfuschten Verteidigung von Kevin Scherzer zu befragen, wird der abgestumpfte, in Jersey praktizierende Rechtsanwalt – dessen Lebenslauf die Verteidigung von Klienten einschließt, deren Verwicklung in das organisierte Verbrechen erwiesen ist – den Hörer auf die Gabel knallen und die Verbindung unterbrechen. Sein Widerwillen, über das zu sprechen, was als seine ›Lolita-Verteidigungsstrategie‹ zweifelhaften Ruhm erlangte, ist nur verständlich. Nicht nur, daß Querques den Fall verlor; er verlor ihn mit der bizarren und häßlichen Behauptung, Betty habe die Vergewaltigung nicht nur Spaß gemacht, sondern sie sei außerdem ihre Idee gewesen.

Betty Harris gefiel es, »den glücklichen Ausdruck auf dem Gesicht eines Jungen zu sehen, wenn er ejakulierte«, erzählte er den Geschworenen, als die Verteidigung mit ihrer Darstellung an der Reihe war. »Sie sehnte sich nach Zuneigung«, fuhr er fort, »aber sie sehnte sich ebenso sehr nach Küssen, Streicheleinheiten und einer Umarmung, sie sehnte sich nach dem euphorischen Glücksgefühl, weil ihr Hirn auf dieser Ebene funktioniert. Es ist durchaus möglich, daß in Anbetracht ihres Zustandes und ihres Sexhungers ihre Genitalien stärkere Signale aussenden als normal.«

Sich vor den Geschworenen lächerlich zu machen, ist für Michael Querques nichts Neues. Mitte der achtziger

Jahre arbeitete er für Francesco ›Frank‹ Polizzi, einen Angeklagten im sogenannten Pizza-Connection-Prozeß, einem Prozeß, den der Staat als einen der bedeutendsten Drogen- und Mafia-Prozesse bezeichnete, der jemals verhandelt wurde. Als ›klein und leidenschaftlich‹ beschreibt Shana Alexander Querques in ihrem Buch zum Fall, ›mit bleicher Hautfarbe, dunkler Brille und feingeschnittenen Zügen‹.

Querques verlor den Pizza-Connection-Prozeß; zu seinen Gegnern auf der Seite der Anklage in jenem Gerichtssaal gehörte Louis Freeh, der später von Präsident Clinton zum Direktor des Federal Bureau of Investigation ernannt werden sollte. In *The Pizza Connection* beschreibt die Autorin den Augenblick, als Querques die Geschworenen glauben machen wollte, daß eine Tüte, die Polizzi überreicht wurde, kein Mafia-Geld, sondern Sardinen enthalten habe:

> Querques bittet Mrs. Polizzi, dem Gericht und den Geschworenen den Inhalt ihrer Papiertüte zu zeigen. Sie hebt zwei Packungen Eis und zwei Pfund halb aufgetaute Fische hoch und erklärt, frische Sardinen gäbe es um diese Jahreszeit nicht mehr. Mit eindrucksvollen Gesten holt Querques eine zweite, zusammengefaltete Papiertüte hervor – dieselbe Tüte, die die Geschworenen den Beamten Monate zuvor hatten falten sehen, um darzustellen, wie die Tüte ausgesehen habe, die Salamone vor seinen Augen auf dem dunklen Parkplatz Polizzi übergeben habe.
>
> Querques bittet Mrs. Polizzi, den Fisch von ihrer Tüte in die zweite umzupacken, damit die Geschworenen sehen können, daß die andere Tüte groß genug ist für zwei Pfund Fisch und zwei Pakete

Eis. Das Ganze ist reine Theatralik – und die Vorstellung wird unbeabsichtigt zur lachhaften Farce, als Cecolia Polizzi ihre Tüte aufhebt. Die schmelzenden Eispackungen haben den Boden durchweicht. Er reißt, und der Fisch fällt heraus und verspritzt Salzlake in alle Richtungen. Die Szene wirft Polizzis Verteidigung über den Haufen. Die Anklage braucht nicht einmal anzuführen, daß eine Papiertüte, die Fisch und Eis enthält, unmöglich während einer dreistündigen Fahrt in einer Juni-Nacht hätte intakt bleiben können. Die Verteidigung hatte dies soeben anschaulich bewiesen.

Querques Vorliebe für dramatische Auftritte endet in der Mitte des Glen-Ridge-Prozesses erneut mit einer Farce, als er versucht, Betty Harris nicht als Opfer, sondern als Verantwortliche für das an ihr begangene Verbrechen darzustellen. »Mädchen sind nicht alle gleich. Einige sind Lolitas«, verkündet Querques den Geschworenen in einem der beklagenswertesten Augenblicke des Prozesses. »Kennen Sie Lolitas im Alter von vierzehn, fünfzehn Jahren, die sich kleiden, als seien sie achtzehn oder neunzehn, um Männer anzumachen?« fragt er rhetorisch.

Sein Vergleich Bettys mit Vladimir Nabokovs erfundener Figur ist nicht nur beleidigend, sondern darüber hinaus an den Haaren herbeigezogen. Lolita wurde nicht von einer Gruppe von Klassenkameraden vergewaltigt, die sich auf ihre Unfähigkeit verließen, ›nein‹ zu sagen. Lolita wurde nicht mit einem Besenstiel, einem Baseballschläger und einem schmutzigen Stock vergewaltigt. Lolitas IQ wurde mit einhunderteinundzwanzig bemessen und nicht mit vierundsechzig. Und der wohl wichtigste Punkt, den Querques übersah, als er Lolita vor Gericht zerrte, war der, daß Humbert Humbert gleich zu Beginn des Romans eingesteht, daß er ein Krimineller ist – obwohl es Lolita ist, die in Zimmer 342 des Enchanted Hunter schließlich zu Humbert sagt: »Okay, fangen wir an.«

»Sind Sie bereit fortzufahren?« fragte Richter Cohen Michael Querques, als es an der Verteidigung war, sich zu den von der Staatsanwaltschaft angeführten Anklagepunkten zu äußern.

Christopher Archers Verteidiger, Thomas Ford, hatte den Geschworenen bereits Einzelheiten von Bettys sexuellen Erfahrungen vor der Vergewaltigung berichtet. Bryant Grobers Anwalt, Alan Zegas, hatte das gleiche getan. Louis Esposito, Kyle Scherzers Verteidiger, folgte Querques' Argumentation bei Prozeßbeginn und beharrte darauf, daß Betty sich aus freiem Willen nicht nur ausgezogen, sondern auch den Besenstiel selbst eingeführt und bei dem Baseballschläger um Hilfe ersucht habe, weil sie ihn allein nicht handhaben konnte.

»Ich bin bereit«, entgegnete Querques dem Richter.

»Bringen Sie die Geschworenen bitte herein«, befahl Richter Cohen.

Als die Geschworenen wieder im Gerichtssaal Platz genommen hatten, setzte Richter Cohen die Verhandlung fort. »Meine Damen und Herren Geschworenen«, wandte er sich mit der üblichen ruhigen Stimme und dem unergründlichen Gesichtsausdruck an das Schwurgericht. »Wir sind bereit fortzufahren. Als nächstes hören wir das Plädoyer von Mr. Michael Querques, dem Verteidiger des Angeklagten Kevin Scherzer.«

Querques ergriff das Wort und begann mit seiner Lolita-Verteidigungsstrategie. Er fing mit einer verzerrten Wiedergabe von Abraham Lincolns Spruch an, daß man ›nicht auf Dauer alle täuschen‹ könne. »Natürlich bin ich kein Abe Lincoln«, sagte Querques in einer ersten von mehreren Bemerkungen, mit denen er sich selbst herabsetzte. »Ich habe nur das Glück zu wissen, was er gesagt hat, und ich habe das Glück, an das zu glauben, was er gesagt hat.«

Nach einem ausschweifenden Bekenntnis zu »menschlichem Anstand, Ehrlichkeit, Wahrheit, Charakter und Integrität« rief Querques seinen Klienten auf. »Mr. Scherzer«, sagte er. »Kommen Sie doch bitte einen Augenblick her. Kommen Sie.«

Als Kevin Scherzer sich erhob, sagte Querques, an die Geschworenen gewandt: »Sehen Sie genau hin. Lassen Sie sich Zeit.« Die Angeklagten wirkten während des ganzen Prozesses abgeklärt, sportlich, gut gekleidet und beherrscht. »Kommen Sie näher, Kevin«, forderte Querques seinen Mandanten freundlich auf. »Damit die Damen und Herren Geschworenen Sie aus der Nähe betrachten können.«

Wieder an die Geschworenen gewandt, sagte Querques: »Sie wissen, was Sie sehen, weil er dicht vor Ihnen steht. Was Sie sehen, ist das, was ich einen ›jungen Mann‹ genannt habe. Aber Sie haben nicht über einen jungen Mann von inzwischen einundzwanzig zu urteilen, sondern über einen Teenager von achtzehn Jahren.«

Querques setzte zu seiner Darstellung an, daß die Vergewaltigung nicht mehr gewesen wäre als ein Dummejungenstreich. »Die Fairneß gebietet, daß Sie die Uhr bis zum 1. März 1989 zurückdrehen, also exakt um drei Jahre und siebeneinhalb Monate. Darüber wollen wir reden, nicht vom Heute.

Ich habe meinen Mandanten hergebeten, weil Mr. Goldberg Ihnen gestern erzählt hat, Kevin Scherzer sei ein hassenswerter, böser Mensch und habe sich eines

Verbrechens ersten Grades schuldig gemacht, wobei es sich hierbei um diverse Verbrechen handelt, denen nur Mord übergeordnet wird. Das ist es, was er Ihnen gesagt hat.

Und als er sagte, daß die jungen Männer sich zur Verübung einer Straftat verabredet haben, meinte er damit, daß dieser Teenager gemeinsam mit anderen eine Vergewaltigung geplant und einer gewissen Betty Harris Gewalt angetan habe.«

Querques erzählte den Geschworenen, er werde beweisen, daß es keine Vergewaltigung gegeben habe, weil »das Leben etwas anderes ist als reine Theorie. Das Leben hat Vor- und Nachteile«, sagte er und spielte auf Scherzers sportliche Erfolge und Beliebtheit und Betty Harris' geistige Behinderung an. »Es hat gute und schlechte Seiten, Schönes und Häßliches.«

Darauf folgte eine weitere Ermahnung an die Geschworenen. »Sie werden Ihren gesunden Menschenverstand nicht außer acht lassen. Sie werden Ihre persönlichen Erfahrungen nicht unberücksichtigt lassen.«

An diesem Punkt begann Querques mit seinem ›Jungs-sind-eben-Jungs‹-Argument und der Behauptung, daß Betty ihre eigene Vergewaltigung selbst herbeigeführt habe. »Die Damen werden in sich hineinhorchen müssen«, sagte Querques, an die weiblichen Geschworenen gewandt, »und sich fragen, wie es war, 1989 ein junges Mädchen von siebzehn Jahren zu sein. Zudem bitte ich Sie, auch wenn Sie Frauen sind, darüber nachzudenken, was ein Jugendlicher von achtzehn, siebzehn oder sogar sechzehn Jahren durchmacht, wie er sich verhält, was er denkt und tut.« Letzteres wiederholt er noch einmal. »Was er tut.«

Und er fügte hinzu, als sei es unter Jugendlichen in New Jersey üblich, in Kellerräumen herumzuhängen und geistig behinderte Klassenkameradinnen mit Baseballschlägern und Besenstielen zu mißbrauchen: »Wenn Sie fair sind, werden Sie nicht strenger über einen anderen urteilen als über sich selbst.« Sich wieder auf Staatsanwalt Goldbergs Anklage berufend, fuhr Querques fort: »Wir werden Ihnen beweisen, daß das, was seiner Behauptung nach passiert sein soll, tatsächlich nie stattgefunden hat.« An diesem Punkt fügte Querques eine technische Korrektur ein, da die Verteidigung den Vorwurf der Staatsanwaltschaft, Betty sei mit einem Baseballschläger, einem Besenstiel und einem Stück Holz vergewaltigt worden, nie geleugnet hatte: »... nicht in dieser Weise und in böser Absicht stattgefunden hat«, verbesserte sich Querques, »und zu keiner Zeit die Absicht bestand, dieser jungen Dame weh zu tun oder sie zu mißbrauchen.«

Im Gegenteil, behauptete Querques, sei Betty »willens, bereit und fähig gewesen, daß zu tun, was sie getan habe. Und darüber hinaus sei sie begierig darauf gewesen.«

Irgendwo, irgendwann mag es Frauen geben, die willens, bereit und begierig darauf sind, sich von einer Gruppe von Männern Besenstiele, Baseballschläger und schmutzige Stöcke in die Vagina stecken zu lassen. Die Geschworenen im Glen-Ridge-Prozeß urteilten, daß Betty Harris nicht willens, bereit und begierig gewesen war, Kevin Scherzers Perversitäten im Keller seiner Eltern über sich ergehen zu lassen.

In ihrer gründlichen Vergewaltigungsstudie *Against Our Will: Men, Women and Rape,* einem Buch, das erheblich dazu beigetragen hat, die Öffentlichkeit für das Verbrechen der Vergewaltigung zu sensibilisieren, schreibt die Autorin, Susan Brownmiller, daß ›das brutale Einführen eines Stockes, einer Flasche oder eines anderen Gegenstandes in die Scheide einer Frau kein ungewöhnlicher *coup de grâce*‹ bei einer Vergewaltigung ist. Bei ihren Recherchen der Kriegsgeschichte stellte Susan Brownmiller fest, daß der sexuelle Mißbrauch von Frauen mit irgendwelchen Gegenständen durchaus nicht ungewöhnlich sei.

So berichteten beispielsweise 1946 beim Internationalen Militärtribunal für den fernen Osten in Tokio mehrere Zeugen von Vergewaltigungen durch japanische Soldaten in Nanking, darunter auch von Fällen, bei denen dem Opfer ein Stock in die Vagina gesteckt wurde.

Andere Beispiele fand Susan Brownmiller in der Winter Soldier Investigation aus dem Jahre 1971, einer Untersuchung amerikanischer Kriegsverbrechen, auf einer Versammlung, die von der Vereinigung Vietnamveteranen gegen den Krieg organisiert worden war. Ein Sergeant namens Scott Camil, der 1966 und 1967 dem First Battalion, Eleventh Marine Regiment, First Marine Division angehört hatte, erzählte seinen Kameraden davon, wie er in ein Dorf gekommen sei, in dem eine Vietnamesin von einem amerikanischen Heckenschützen angeschossen worden war.

»Als wir bei ihr waren, bat sie um Wasser. Der Lieutenant befahl uns, sie zu töten. Er riß ihr die Kleider vom Leib, sie stießen ihr Messer in beide Brüste, spreizten ihre Arme und Beine und rammten ihr einen Pickel zum Ausheben von Schützengräben in die Vagina, während sie weiter um Wasser flehte. Dann zogen sie den Pickel heraus und steckten statt dessen einen Ast in sie hinein. Dann erschossen sie sie.«

Bei derselben Veteranenversammlung erzählte John Mallory, ein Vorstandsmitglied der Bürgerinitiative, der 1969 und 1970 der First Squadron, Eleventh Armored Cavalry Regiment, First Air Cavalry Division angehört hatte, eine ähnliche Geschichte. »Einmal«, erinnerte er sich, »wurde eine nordvietnamesische Armeekrankenschwester von den 11th Armored Cavalry Troops getötet. Vorher steckte man ihr eine Schmierpresse von der Art, wie sie von KFZ-Mechanikern benutzt wird, in die Vagina und pumpte sie mit Schmieröl voll.«

Nicht alle Vorfälle, bei denen Stöcke oder andere Fremdkörper gewaltsam in Frauen eingeführt werden, ereignen sich in Kriegszeiten. Der Würger von Boston tötete, vergewaltigte und ließ seine Opfer mit einem Besenstiel oder einer Weinflasche in der Vagina zurück. »Ich denke, im allgemeinen ist es eine Frage der Greifbarkeit«, theoretisiert Robert Laurino das häufige Vorkommen von Besenstielen bei Fällen von Vergewaltigung mit Gegenständen. »Er ist eben da. Sie greifen sich, was gerade zur Hand ist.«

Für die umfassende Studie *Rape in America* haben Wissenschaftler mit Hilfe des National Victims Center in Washington und dem Crime Victims Research and Treatment Center der medizinischen Fakultät Süd-Carolina über viertausend Amerikanerinnen gezählt, die landesweit auf diese Weise vergewaltigt wurden. Wenngleich Vergewaltigungen mit Fremdkörpern im Vergleich zur Gesamtzahl der Vergewaltigungen in Amerika verhältnismäßig selten sind, legt die Studie dar, daß solche sexuellen Mißhandlungen ein unleugbares und reales Element gewaltsamer und ungewollter sexueller Nötigung an Frauen darstellen. Solche Fälle treten dennoch so häufig auf, daß in einigen Distrikten auf den Formularen, auf denen Polizeibeamte Informationen zu angezeigten Vergewaltigungen festhalten, ein freies Feld für die Benennung der Fremdkörper vorgesehen ist, die der Vergewaltiger verwendet hat.

In den meisten Büchern zu diesem Thema sind die

Frauen weder ›willens‹, noch ›bereit‹ oder gar ›begierig‹. Die sehr plastische Gruppenvergewaltigung von Tralala in *Last Exit to Brooklyn* beginnt mit ihrem in angetrunkenem Zustand vorgebrachten Angebot, jeden in der Bar sexuell zu befriedigen. Es endet mit Vergewaltigung. Autor Hubert Selby beschreibt wie ›die Kids, die zusahen und darauf warteten, daß sie an die Reihe kämen, ihre Enttäuschung an Tralala ausließen, ihre Kleider zerfetzten, mehrere Zigaretten auf ihren Brustwarzen ausdrückten, sie anpinkelten, auf ihr ejakulierten und ihr einen Besenstiel in die Vagina rammten, ehe sie sie gelangweilt inmitten von zerbrochenen Flaschen, rostigen Büchsen und Schutt liegen ließen ...‹

Obwohl der Falsche von den Geschworenen in Mississippi schuldig gesprochen wurde, ist auch in William Faulkners *Sanctuary* von Vergewaltigung mit Fremdkörpern die Rede. In der Geschichte benutzt Faulkners gewalttätige Romanfigur Popeye bei der Vergewaltigung von Temple einen Maiskolben, als seine Männlichkeit ihn im Stich läßt. Nachdem das Geheimnis vor Gericht enthüllt wurde, war es natürlich Stadtgespräch:

> Die Trommler saßen ein wenig länger am Straßenrand vor dem Hotel, Horace unter ihnen; der Zug nach Süden ging um eins. »Sie werden es ihm durchgehen lassen, oder?« sagte einer der Trommler. »Das mit dem Maiskolben? Was habt ihr denn hier für Menschen? Was braucht es denn, um euch wütend zu machen?«
>
> »In meiner Stadt hätte es keine Gerichtsverhandlung gegeben«, sagte ein zweiter.
>
> »Und schon gar kein Gefängnis«, sagte ein dritter.

Was in der Geschichte und der Literatur fehlt, sind Beispiele dafür, daß Frauen ›willens, bereit und begierig‹ wären, auf diese Weise mißhandelt zu werden. Sogar Anbietern einer großen Palette von Liebesdiensten, deren Telefonnummern sich auf den letzten Seiten einschlägiger amerikanischer Boulevardblätter finden, und an die ich mich telefonisch wandte, wußten von keiner speziellen Subkultur, bei der Besenstiele und Baseballschläger beim einvernehmlichen Geschlechtsverkehr benutzt würden. Und dennoch, irgendwo wählt irgendwer – und vermutlich mehr als einer – Schläger und Besen als Beiwerk zur Penetration.

In seinen *Studies in the Psychology of Sex* verfolgt der selbsternannte Sexexperte Havelock Ellis die lange Geschichte der Dildos zurück bis zu den Anfängen der Zivilisation. »Die Verwendung eines künstlichen Penisses bei der Selbstbefriedigung reicht bis in das Zeitalter der Klassik zurück«, schreibt er, »und existierte zweifellos schon in den frühesten Menschlichen Kulturen.« Er führt eine lange Liste von Gegenständen auf, die in Scheiden oder Blasen gefunden wurden und operativ entfernt werden mußten: »Stifte, Siegelwachsstifte, Wattestäbchen, Haarnadeln, Schnürnadeln, Stricknadeln, Häkelnadeln, Zirkel, Flaschenstöpsel, Kerzen, Korken, Gläser, Gabeln, Zahnstochter, Zahnbürsten«, stehen allesamt auf seiner Liste, ebenso wie ein »original Hühnerei, das aus der Vagina einer Frau mittleren Alters entfernt wurde.«

Natürlich führten nicht alle Gegenstände, auf die Ellis stieß, zu medizinischen Problemen. »Die Banane scheint als Masturbationsinstrument bei Frauen sehr beliebt zu sein«, schreibt Ellis und zitiert ein Gedicht aus *Arabische Nächte*: »O Bananen, mit so weicher glatter Haut, bei deren Anblick die Augen junger Mädchen sich weiten. Nur ihr allein unter den Früchten habt ein mitleidiges

Herz, o Trösterinnen der Witwen und geschiedenen Frauen.« Salatgurken, Möhren und Rüben gehören ebenso zu Ellis' Inventarliste der verwendeten Gegenstände.

Die Schriftstellerin Laura Miller hat sich darauf spezialisiert, bezüglich der Trends auf dem Gebiet der Sexualität auf dem laufenden zu bleiben. »Sagen Sie irgend etwas«, faßt sie die Welt der Sexualpraktiken zusammen, »und irgendwo gibt es jemanden, dem es gefällt.« Miller sichtet Pornovideos für das *Future Sex* Magazin. Aufgrund ihrer persönlichen journalistischen Studien sagte sie mir, daß sie Querques' Argument, der Baseballschläger, der Besen und der Stock seien Bettys Vorstellung von Spaß gewesen, zurückweise. »Frauen benutzen kein Sexspielzeug in Anwesenheit von Männern.«

Susie Bright hat einen Stock als Penisersatz in ihrer Kiste mit dem Sexspielzeug und stimmt zu, daß die meisten Frauen keine Gegenstände zur sexuellen Befriedigung verwenden, wenn sie einen Partner bei sich haben. Der eine Grund ist Scheu, eine gesellschaftliche Ablehnung solchen Verhaltens im Beisein anderer. Eine zweite, praktischere Erklärung ist, daß die Frau selbst am besten weiß, wie sie mit dem Gegenstand umzugehen hat, damit er ihr Genuß verschafft und keine Schmerzen zufügt. »Es ist viel leichter, es selbst zu tun, sich selbst zu penetrieren und alles unter Kontrolle zu haben. Man weiß, ob es sich gut anfühlt oder nicht. Man selbst bestimmt die Art der Handhabung«, sagte Susie Bright, eine extravagante Sexualpädagogin, die anhand von Material doziert und schreibt, das sie aus ihren weitreichenden persönlichen Erfahrungen an den Grenzen der amerikanischen Sexkultur gesammelt hat.

Als wir uns über Sex und den Glen-Ridge-Fall unterhielten, brachte sie ihre Überzeugung zum Ausdruck, daß

Pornographie nicht zu Verbrechen wie dem der Glen-Ridge-Vergewaltigung führt und vermutlich auch nicht als Anleitung diente. Bright wies darauf hin, wie schwierig es ihrer Ansicht nach für Kids aus Glen Ridge gewesen sein müßte, spezifische Filme in die Finger zu bekommen, in denen Vergewaltigung mit Fremdgegenständen gezeigt wird. Sie erklärte, daß nach Veröffentlichung des Berichts der Meese Kommission über Pornographie im Auftrag des Justizministeriums während Reagans Amtszeit die meisten kommerziellen Pornographen darauf verzichtet hätten, Filme zu produzieren, in denen Besenstiele, Baseballschläger und dergleichen benutzt würden. Der Bericht hatte Vergewaltigungsszenen als besonders schädlich und gefährlich bezeichnet. Daraufhin klagten Staatsanwälte im ganzen Land häufig und erfolgreich gegen die Hersteller von Vergewaltigungsfilmen. Filmemacher reagierten darauf, indem sie zu anderen, rechtlich weniger riskanten Themen übergingen. »Falls die Jungen tatsächlich einen solchen Film gesehen haben sollten«, sagte sie mir zu den Jungen aus Glen Ridge, »muß es sich um einen Amateurstreifen oder aber um einen sehr alten Film gehandelt haben.« Besenstiele und Baseballschläger werden für gewöhnlich nicht in pornographischen Filmen verwendet, unabhängig davon, wie entschieden das Gesetz darauf reagiert, sagte Susie Bright. »Nicht einmal in den Tagen, in denen die Pornographie Hochkonjunktur hatte und die Regisseure noch eher dazu neigten, Gewalt in ihre Filme einzubringen, habe ich je so etwas wie einen Besenstiel in einem Porno gesehen. Dieses Bild stammt nicht aus der Hardcore-Pornographie, wo ganz anderes Gerät eingesetzt wird, um Frauen zu terrorisieren. In Schlitzer- oder Horrorfilmen werden immer wieder gern Phallussymbole eingesetzt, um Frauen Angst einzujagen.«

Zu der Zeit, als der Bericht der Meese Kommission veröffentlicht wurde, war Patrick Trueman Leiter des Dezernats für Kindesmißbrauch und Sittlichkeitsverbrechen der Kriminalabteilung des Justizministeriums. Er stimmt Susie Bright zu, daß der Bericht dazu geführt hat, daß fortan kaum noch Vergewaltigungsfilme produziert wurden. »Bei den härteren Filmen konnten wir sicher sein, vor Gericht zu gewinnen und problemlos eine Verurteilung zu erreichen«, erzählte er mir über seine Erfahrungen bei der Arbeit mit den Staatsanwälten nach Erscheinen des Berichts. »Keine der Pornogesellschaften produziert heute noch Vergewaltigungsfilme«, sagte er. Aber er ist überzeugt, daß immer noch viele in den Regalen einschlägiger Läden zu finden sind. »Sie würden heute welche finden, wenn Sie sich in Manhattan umsähen«, sagte er zu Filmen, in denen Vergewaltigungen, Penetration mit Fremdgegenständen und dergleichen gezeigt werden.

Es sei nicht unüblich, meint Susie Bright in Übereinstimmung mit Havelock Ellis, daß Mädchen und Frauen Gegenstände in ihre Vagina einführen – ebenso zu Versuchszwecken wie zur sexuellen Befriedigung. »Junge Mädchen neigen dazu, Gegenstände in sich hineinzustecken«, sagt sie und denkt an ihre persönliche erste Erfahrung auf dem Gebiet mit einem Apothekermörser. Die Verwendung von Haushaltsutensilien für die vaginale Eigenpenetration ist normal und zu erwarten, sagt sie und zählt mühelos eine lange Liste von Gegenständen auf, von denen sie weiß, daß sie häufig als Dildo benutzt werden: Haarbürstengriffe, Shampooflaschen, Holzlöffel, Zucchini und Mohrrüben. »Alles, was sich einführen läßt, alles, was glatt aussieht, kommt in Frage«, sagt sie und fügt Kerzen und Taschenlampen hinzu.

Aber trotz des umfangreichen Kataloges hausgemachter und improvisierter Dildos, die über die verschiedenen

Zeitalter benutzt wurden und noch werden, gehören Besen und Schläger selten zu den Gegenständen, die Frauen zur Selbstbefriedigung wählen. Sie sind allein schwer zu handhaben, weil sie zu lang sind, und für gemeinsamen Sex sind sie einfach unpraktisch. »Sie sind aufgrund ihrer Länge unhandlich«, erklärt Susie Bright. »Außerdem sind sie zu schwer. Warum nicht gleich einen kürzeren Gegenstand verwenden? Und da man einen so langen Gegenstand nur bedingt einführen kann, entsteht eine große Distanz zwischen Mann und Frau. Gewöhnlich hält man, wenn man jemanden mit einem Dildo bumst, auch wenn es ein wirklich großer ist, engen Kontakt zum Partner. Zur Masturbation ist ein Besen oder Schläger zu schwer zu handhaben, und bei einem Paar, das Fremdgegenstände zur Penetration verwendet, wäre beides ebenfalls unpraktisch. Es ist einfach sinnvoller, etwas Kleineres zu verwenden.«

Für Susie Bright geht es nicht darum, ob Betty Harris möglicherweise Gefallen daran hat, sich mit einem Baseballschläger oder einem Besenstiel zu befriedigen; ihr geht es in diesem konkreten Fall um den Aspekt der Einwilligung.

Als ich Leslie Walker-Hirsch, eine Psychologin, die sich auf die Sexualität geistig Behinderter spezialisiert hat, fragte, ob ihr je eine Frau begegnet sei, geistig behindert oder normal, die von sich aus zur Penetration einen Schläger oder einen Besenstiel gewählt hätte, antwortete sie mir knapp und ohne Zögern: »Nie.«

Achtzehn Jahre nach der Veröffentlichung von *Against Our Will*, Gegen unseren Willen, unterhielt ich mich mit Susan Brownmiller über ihre Recherchen auf dem Gebiet der Vergewaltigung mit Fremdgegenständen. »Ich glaube, das gehört in die gleiche Kategorie wie das Urinieren, das Koten und das Bespritzen mit Sperma«, theoretisiert sie,

»zur Erniedrigung des Opfers.« Sie hat bis heute keine definitive Studie zu diesem Phänomen gefunden, aber Susan Brownmiller ist schon vor langer Zeit zu dem Schluß gekommen, daß der Wunsch nach Dildos in der Regel »Teil der männlichen Mythologie ist. Das Thema wird immer wieder in der Pornographie aufgegriffen«, sagt sie. »Ganz sicher spielt die Verwendung von Dildos eine Rolle in der erotischen Literatur der Lesbierinnen, aber auch diese Bücher werden größtenteils von Männern geschrieben.«

Sie hat den Glen-Ridge-Fall in der Presse verfolgt, hat während des Prozesses einen Tag im Gerichtssaal verbracht und war schockiert von Querques' Behauptung, Betty sei »willens, bereit und begierig« gewesen. »Es ist wirklich unglaublich, daß jemand in unserer Zeit so etwas von sich gibt«, sagte sie. »Offenbar spukt das immer noch in den Köpfen herum und wird von manchen sogar noch geglaubt. Auch das gehört zum Mythos: Je fester man zustößt, desto größer das Vergnügen der Frau.«

Trotz alledem war Rechtsanwalt Michael Querques sehr beharrlich, was seine Behauptung betraf. »Wenn sie an den 1. März 1989 zurückdenken«, sagte er zu den Geschworenen, »müssen Sie sich, so gut es geht, in das hineinversetzen, was an jenem Tag geschehen ist, wie es geschehen ist und warum.

Vielleicht kann ich es mit wenigen Worten zusammenfassen und Ihnen folgendermaßen erklären. Was war das für eine Chemie? Was für eine Chemie hat dazu geführt, daß es passierte?

Der jungen Betty Harris wurde wie vielen, vielen anderen, wenn nicht sogar allen jungen Mädchen – mir ist es gleich, wenn Sie ›alle Mädchen‹ sagen, es spielt keine Rolle – zu Hause und vielleicht auch in der Schule beigebracht, daß sie sich nur in einer Beziehung, die auf beiderseitiger Liebe basiert, auf Sex einlassen soll, daß man miteinander schläft, wenn man verheiratet ist, daß Sex dazu dient, Kinder zu zeugen. Sex ist kein Spaß. Mit Sex spielt man nicht.

Das Problem«, fuhr er fort, »ist, daß die meisten Menschen – und ich bin sicher, daß die Zeugenaussagen ergeben werden, daß dies wie bei den meisten Menschen auch bei Betty Harris der Fall war –, bald entdecken, daß Sex Spaß macht. Betty Harris findet ihren eigenen Worten zufolge Gefallen daran, den glücklichen Ausdruck auf dem Gesicht eines Jungen zu sehen, wenn er ejakuliert oder, um ihre Worte zu benutzen, ›kommt‹.

Sie lernte, Spaß am Sex zu haben, sie lernte, daß Geben und Nehmen beim Sex etwas sehr Schönes ist. Vielleicht hat sie ja für sich allein noch anderes gelernt, was sexuelles Vergnügen betrifft. Sie hat vor dem Jahre 1989 gelernt, daß man in diesem Land, und ganz besonders in unserem Staat, als freie Frau geboren wird und das Recht auf freie Entscheidungen hat.«

Querques redete weiter und nutzte die Lücken, die Richter zum Schutz der Privatsphäre von Vergewaltigungsopfern im entsprechenden Gesetzestext zugelassen hatten.

»In diesem Land kann jeder frei entscheiden, in welche Richtung er sein Leben lenken möchte«, sagte Querques. »So wie ein Kind zum Arzt bestimmt ist, träumt ein zweites davon, Feuerwehrmann zu werden und so weiter. Was das eigene Verhalten betrifft, hat jeder ebenso die Wahl. Man kann sich seine Freunde frei wählen. Man kann sich die Sportarten aussuchen, die man ausüben möchte. Man kann sich alles aussuchen. Sie hatte die Wahl, und das wußte sie ebensogut, wie Sie es wissen. Ihre geistige Behinderung spielte da keine Rolle.« Doch ihre geistige Behinderung spielte sehr wohl eine Rolle, wie Querques noch erfahren sollte. Sogar eine sehr erhebliche, entscheidende Rolle im Prozeß gegen einen Mandanten.

Darauf folgten rhetorische Fragen, wieder ein Versuch, die klaren Grenzen zwischen freiwilligen und erzwungenen sexuellen Handlungen zu verwischen. »Wußte diese junge Dame, wie es war, Haut zu berühren und zu streicheln, den Körper eines Jungen zu liebkosen? Wußte sie, wie es ist, zu küssen, und welches Vergnügen damit einhergeht?«

Querques erzählte den Geschworenen von Instinkt, Hunger und Durst. »Was ist mit Sex? Wo liegt da der Unterschied? Komme ich von einem anderen Planeten? Oder ist Sex etwas, was einem angekündigt wird?« An dieser Stelle legt Querques den Grundstein für eine weitere abstruse Verteidigungsstrategie. Er gibt nicht nur Betty die Schuld für die Vergewaltigung, sondern außerdem ihren Eltern. »Wenn Sie Eltern sind, machen Sie sich dann Sorgen, wenn Ihr junger Sohn in einem nassen Bett aufwacht, nicht etwa weil er drei Jahre alt wäre und ins Bett gemacht hätte – sondern weil er einen feuchten Traum hatte?«

»Was geht hier vor?« fuhr er fort. »Mutter Natur ist am Werk. Das ist es, was vor sich geht. Und Mutter Natur ist der liebe Gott. Haben wir alle das vergessen? Sie wollen nicht darüber nachdenken? Sie halten das für ein häßliches Thema? Sie sind nicht der Ansicht, daß das ein natürlicher Bestandteil des Lebens ist? Sie glauben nicht, daß genau das auch hier der Fall ist? Oder glauben Sie, daß Betty Harris, nur weil sie geistig zurückgeblieben ist, keine Gefühle hat?«

Die Antworten lassen nicht lange auf sich warten.

»Sie *hat* Gefühle.« Und er hielt bei seiner Analyse von Betty noch weitere Überraschungen für die Geschworenen bereit. »Lassen Sie mich Ihnen sagen, daß sie an jenem Nachmittag Lust verspürt hat, daß sie einem natürlichen Bedürfnis gefolgt ist. Die Signale, die ihr Hirn, ihr Bauch und ihre Genitalien senden, sind stärker als normal. Sucht. Nur ein Wort. Sucht. Manche Menschen sind süchtig. Manche Menschen essen sich zu Tode, weil sie süchtig danach sind, und manche Menschen wollen – ich habe das nie verstanden – morgens, mittags und abends Sex. Ich weiß nicht ob diese Menschen dabei glücklich oder unglücklich sind, aber darum geht es hier auch nicht. Der Punkt ist, ob es ihr nun Spaß gemacht hat oder nicht, ob sie wußte, was sie tat.«

Darauf erzählte Querques den Geschworenen, daß Betty über ein Jahr vor dem Vorfall im Keller der Scherzers von ihrer Frauenärztin die Pille verschrieben bekommen hätte. Weiter führte er aus, daß in den Patientenunterlagen der betreffenden Ärztin vermerkt sei, daß Bettys Mutter gesagt habe, die Pille sei aufgrund von Bettys sexuellen Aktivitäten erforderlich.

»Wenn das nicht beweist, daß die Mutter darüber informiert war, daß Betty sexuelle Kontakte hatte, weiß ich es auch nicht. Wenn das nicht beweist, daß sie etwas unternommen hat, um ihre Tochter vor einer Schwangerschaft zu schützen, weiß ich es auch nicht.«

Dann griff er wieder das Opfer an, wobei er sich nicht auf das Geschehen im Keller stützte, sondern auf Bettys Sexualleben. »Ich möchte es hinausschreien«, bearbeitet Querques die Geschworenen. »Sie weiß, was Sex ist. Sie weiß, was zu tun ist. Tatsache ist, daß sie möglicherweise sogar besser Bescheid weiß als manch ein altmodischer Erwachsener wie ich, weil nämlich ein gewaltiger Unterschied zwischen den vierziger und den achtziger Jahren besteht. Was in den Vierzigern noch als pervers galt, wird von den meisten Menschen heutzutage als normal angesehen.« Vielleicht wurde Querques an diesem Punkt bewußt, daß die meisten Menschen Vergewaltigung mit Besenstielen, Baseballschlägern und Stöcken immer noch als pervers betrachten. Er schwächte seine Formulierung ab. »Oder zumindest einige Menschen, und da wir frei sind zu entscheiden, können wir Dinge tun, die einige pervers nennen und andere wundervoll, großartig, phantastisch, ekstatisch.«

An diesem Punkt begann Querques das Verbrechen seines Mandanten nicht nur Betty Harris, ihrer geistigen Behinderung und ihrer Mutter anzulasten – er fügte der Liste der Schuldigen noch die moderne amerikanische Gesellschaft hinzu.

Wie in siebenundvierzig Ländern der Vereinigten Staaten, beinhaltet die Verfassung von New Jersey einen Passus zum Schutz von Vergewaltigungsopfern. Der Artikel N.J.S.A. 2C:14-7 wurde verfaßt, um Vergewaltigungsopfer zu schützen, und besagt, daß das Sexualleben eines Opfers während eines Vergewaltigungsprozesses nicht öffentlich bekannt gemacht werden darf und, noch viel wichtiger, daß die sexuelle Vergangenheit eines Opfers keine Rolle bei der Klärung der Frage spielen soll, ob nun eine Vergewaltigung stattgefunden hat oder nicht.

Allerdings gestattet Artikel N.J.S.A. 2C:14-7 einige Ausnahmen. Das Gesetz überläßt es dem Ermessen des Richters, Abweichungen zuzulassen, wenn das Recht des Opfers auf Wahrung seiner Intimsphäre mit den Rechten des Angeklagten auf einen fairen Prozeß in Widerstreit steht.

Bevor Betty Harris' Fall vor Gericht verhandelt wurde,

hatte ein anderer Richter aus New Jersey den Vorsitz über eine Anhörung, bei der festgelegt wurde, ob Betty der Schutz des Artikels des Vergewaltigungsgesetzes zuteil werden sollte. »Vertraulichkeit und Privilegien müssen zurückstehen, wenn sie dem Recht eines Angeklagten auf einen fairen Prozeß entgegenstehen«, lautete die Begründung von Richter Burrell Ives Humphreys, als er bestimmte, daß Einzelheiten aus Bettys sexueller Vergangenheit vor Gericht genannt werden dürften. Bei seinem Urteil ließ der Richter die Unannehmlichkeiten außer acht, die eine öffentliche Diskussion über ihr Privatleben Betty zufügen könnten. Richter Humphreys begründete seine Entscheidung mit den Ausführungen der Staatsanwaltschaft, daß Bettys geistige Behinderung es ihr nicht gestattet hätte, aus freiem Willen an den sexuellen Handlungen teilzuhaben, die zur Anklage wegen Vergewaltigung geführt hatten. Er entschied, daß die Rechte der Angeklagten beinhalteten, einige Einzelheiten aus Bettys sexueller Vergangenheit darzulegen, um so den Beweis dafür zu erbringen, daß sie geistig durchaus in der Lage gewesen sei, sexuelle Handlungen zu verweigern. »Es gibt keine faire Alternative zu einer gründlichen und umfassenden Suche nach der Wahrheit«, begründete der Richter seinen Entschluß. »Aus der Wahrheit entspringt Gerechtigkeit«, fuhr er fort. »Die Wahrheit zu verschleiern hieße, ein ungerechtes Urteil heraufzubeschwören.«

Der Verteidigung war es allerdings nur gestattet, für den Fall relevante Einzelheiten aus Bettys sexueller Vergangenheit anzuführen. Ansonsten hatte sie sich an die Bestimmungen von Artikel N.J.S.A. 2C:14-7 zu halten, in dem es heißt: »Vorangegangene sexuelle Handlungen werden als nicht relevant betrachtet, sofern sie nicht dazu beitragen können, das Element von Gewalt oder Gewaltandrohung zu widerlegen oder zu beweisen, daß Sperma,

Schwangerschaft oder Krankheit einer anderen Person zuzuordnen sind als dem Angeklagten.«

Richter Cohen hielt in seinem Richterzimmer Anhörungen ab, um zu entscheiden, welche Einzelheiten aus Bettys Sexualleben von der Verteidigung angeführt werden dürften. Die Protokolle dieser Anhörungen wurden der Öffentlichkeit vorenthalten, um das wenige, das von Bettys Intimsphäre noch übrig war, zu schützen. Im Rahmen des schwierigen Balanceakts, zu dem der Richter gezwungen war, gestattete er der Verteidigung Einblick in Bettys gynäkologische Patientenakte, obwohl die Freigabe dieser Unterlagen gegen die ärztliche Schweigepflicht verstieß.

»Die Entscheidung des Richters beunruhigt uns nicht im mindesten«, sagte Staatsanwalt Glenn Goldberg nach der Anhörung. Während des ganzen Prozesses wiesen die Vertreter der Anklage immer wieder darauf hin, daß Bettys Promiskuität ihren Standpunkt, sie sei unfähig zu einer Weigerung gewesen, nur unterstützte.

An einem Punkt während des Prozesses legte Richter Cohen seine übliche Zurückhaltung ab und warf der Verteidigung vor, die Zugeständnisse auszunutzen, die er selbst und Richter Humphreys ihr gewährt haben, und zu versuchen, den Artikel zum Schutz von Vergewaltigungsopfern »jeder Bedeutung zu berauben«. Der Ausbruch des Richters erfolgte während der Befragung einer der Freunde der Angeklagten. James Bolen hatte zu der Gruppe Jugendlicher gehört, die sich vor der Vergewaltigung im Keller der Scherzers versammelt hatten. Er sagte aus, er habe den Schauplatz des Geschehens verlassen, als Betty sich Bryant Grober genähert habe, der zu diesem Zeitpunkt bereits die Hose heruntergelassen hatte. Bolen war Zeuge der Anklage und wurde nicht gefragt, warum er den Keller verlassen habe. Als Verteidiger Thomas Ford ihn beim Kreuzverhör dann doch nach dem Grund fragte, erhob die Staatsanwaltschaft Einspruch, und der Richter entließ die Geschworenen zu einer Mittagspause.

Während dieser Unterbrechung verlor der Richter die Geduld mit einem der Verteidiger und kündigte ihm an, daß er nicht gestatten würde, diese Frage beantworten zu lassen. Wenn man ihm die Möglichkeit zur Antwort gewährt hätte, hätte Bolen vermutlich ausgesagt, er habe den Keller verlassen, weil er aufgrund von Bettys Ruf erwartet habe, daß sie irgendwelche sexuellen Handlungen an Grober vornahm, die er nicht mitanzusehen wünschte. Die Verteidigung hatte diese Frage nicht während der Anhörung in Zusammenhang mit den gesetzlichen Einschränkungen zum Schutz von Vergewaltigungsopfern abgesprochen. Michael Querques stritt mit dem Richter und beharrte darauf, daß, auch wenn Bolens Antwort dem Gesetz zum Schutz von Vergewaltigungsopfern widerspreche, dieses »hinter den Rechten der Angeklagten auf einen fairen Prozeß« zurückstehen müsse.

Richter Cohen entgegnete wütend, daß Bolens Antwort auf Gerüchten beruhe und somit nicht als Beweis gelte – Bolen spreche von Betty Harris' Ruf, nicht von Dingen, die er persönlich erlebt oder gesehen habe. Er werde den Versuch, Betty vor den Geschworenen als »leichtes Mädchen darzustellen, das in der Vergangenheit in sexuelle Handlungen eingewilligt hat und somit vermutlich auch diesmal einverstanden gewesen sei«, nicht dulden. Die Art der Befragung von James Bolen bezeichnete er als Versuch, »in hohem Maße schädigende und aufhetzende« Kommentare über Betty und Einzelheiten aus ihrer sexuellen Vergangenheit zu verbreiten, die nicht das geringste mit der Vergewaltigung zu tun hätten. »Das versuchen Sie nun schon seit dem ersten Tag«, predigte Richter Cohen den Verteidigern, »und ich werde es nicht dulden. Ich werde nicht zulassen, daß Sie das Gesetz zum Schutz von Vergewaltigungsopfern mit Füßen treten.«

»Dieses Gesetz kann nie vollen Schutz gewährleisten«, bekannte Staatsanwalt Robert Laurino nach Prozeßende zu obengenanntem Gesetz. »Es wird immer diesen Konflikt zwischen den Rechten des Angeklagten und den Rechten des Opfers geben. Richter Cohen hat ein gewisses Gleichgewicht geschaffen«, äußerte er sich lobend über den Richter. »Insgesamt gesehen wurden etwa fünfundzwanzig Prozent des Materials nicht zugelassen«, sagte er zu den Informationen über Bettys sexuelle Vergangenheit, die die Geschworenen nie zu hören bekamen. »Nicht soviel wie wir es uns gewünscht hätten.«

»Verstehen«, sagte Querques zu den Geschworenen, als er seine schwerfälligen und beschämenden Ausführungen fortsetzte. »Das ist nicht einfach, nicht wahr? Man kann es sich einfach machen, indem man anderen Menschen gestattet, im Leben das zu tun, was sie tun wollen, ohne sich selbst als etwas Besonderes hinzustellen und zu sagen: Was dieser oder jener getan hat, gefällt mir nicht. Das ist falsch.«

Verteidiger Querques erklärte rasch, daß er verstünde. »Ich verurteile sie«, sagte er über die Vorfälle im Keller. »Ich verurteile ihn«, sagte er über Kevin Scherzer und seine Beteiligung an diesen Vorfällen. »Ich verurteile sie« – das hatte er schon zur Genüge deutlich gemacht – »Es ist nach sämtlichen moralischen Maßstäben falsch.«

Dann fiel er wieder über Betty Harris her. »Betty Harris fühlte sich nach eigener Aussage zu Jungen hingezogen, vor allem zu netten Jungen. ›Ist er ein netter

Junge?‹ ›O ja, er ist nett.‹ ›O ja, ich habe ihn kennengelernt, er ist wirklich nett.‹

Sie hatte, wie ich bereits sagte, für eine Siebzehnjährige ein umfassendes Wissen über Sex und eine umfassende praktische Erfahrung. Sie wußte sehr wohl, was Sex bedeutet. Seien Sie nicht schockiert«, warnt er die Jury. »Sie benutzt nicht das Wort ›Penis‹. Als Synonyme für das Wort ›Penis‹ benutzt sie die Begriffe ›Schwanz‹, ›Ding‹. Statt von ›Fellatio‹ spricht sie davon, ›einen zu blasen‹, und einen Orgasmus zu haben, heißt bei ihr ›kommen‹.

Aber über ihre Vorliebe für Jungen und ihre sexuellen Erfahrungen hinaus war sie aggressiv. Sie hatte eine aggressive Einstellung zum Sex.« An dieser Stelle erzählte Querques die bereits zuvor von einem der anderen Verteidiger erwähnte Geschichte, daß Betty Bryant Grober am Tag der Vergewaltigung zwischen die Beine gefaßt habe.

Es gibt noch zahlreiche andere Beispiele«, fuhr Querques fort, erneut die Lücken des Gesetzes zum Schutz von Vergewaltigungsopfern nutzend. »In der Columbia High School hat sie während des Musikunterrichts ihre Brüste in einer Weise entblößt, daß dem Lehrer beinahe das Herz stehengeblieben wäre.

Sie hatte und hat heute noch emotionale und körperliche Bedürfnisse. Eins dieser Bedürfnisse hat Mr. Goldberg gestern aufgeführt. Ihr Bedürfnis nach Zuneigung, ihr verzweifeltes Sehnen nach Zuneigung. Das ist eine unwiderlegbare Tatsache. Aber ebensosehr sehnt sie sich nach Küssen, nach Streicheleinheiten, danach, mit einem Jungen zu schlafen. Sie sehnte sich nach diesem Glücksgefühl, nach dieser Ekstase, kurz, sie sehnte sich nach Sex, weil das die Funktionsweise ihres Gehirns ist.«

Querques schoß nun endgültig über das Ziel hinaus. »Sie ist eine vollbusige junge Dame«, fügte er unerklärlicherweise hinzu. »Sie ist eine voll erblühte junge Dame – und das war sie auch schon mit fünfzehn, sechzehn, siebzehn. Und wenn Sie Mitleid empfinden, dann empfinden Sie für einen Menschen, der Sex braucht und danach giert, das Mitleid, das Sie für jemandem empfinden würden, der hungert. Hunger ... im Grunde ist es doch dasselbe, oder? Denn der menschliche Organismus verlangt nach Essen, Trinken, Zuneigung, Liebe, Lust und S-E-X.

Sie hat diese Bedürfnisse ebenso wie Sie und ich, ganz unabhängig von ihrem Intelligenzquotienten. Sie hat dieselben Bedürfnisse und befriedigt sie ebenso wie Sie und ich. Wenn der Funke überspringt, wenn die Gefühle überhand gewinnen und Sie eine Freundin oder eine Frau haben, dann lassen Sie diesen Gefühlen freien Lauf und tun es. Es ist nicht angenehm, darüber zu sprechen, aber es ist notwendig.«

Vielleicht hatte Querques an diesem Punkt das Gefühl, daß seine Ausführungen kontraproduktiv waren. Als er nämlich fortfuhr, sagte er: »Wechseln wir das Thema. Ich werde Ihnen etwas verraten, ich werde ein Risiko eingehen. Vielleicht bin ich im Laufe dieses Vormittags mehrere Risiken eingegangen, aber hierbei handelt es sich um ein Risiko, das ich ganz bewußt eingehe.«

Er wandte sich an die Frauen des Schwurgerichts und legte ihnen seine Lolita-Theorie dar. »Mädchen sind nun einmal Mädchen. Mädchen sind nicht alle gleich. Manche Mädchen sind Lolitas. Kennen Sie Lolitas, vierzehn-, fünfzehnjährige Mädchen, die sich kleiden wie Achtzehn- oder Neunzehnjährige, um Männer anzumachen?«

Querques merkte an, daß seine Theorie auf persönlicher Erfahrung beruhe. »Ich habe eine Tochter, ein vollbusiges Mädchen, das beim Gehen ihre Brüste zu verbergen versucht. Ihre Schwester ist flachbrüstig und streckt das Wenige, was sie hat, vor. Ich weiß also, wovon ich rede. Es gibt alle möglichen Formen und Größen«, erklärte er den weiblichen Geschworenen. »Die Mädchen haben ganz verschiedene Bedürfnisse. Sie stammen aus allen möglichen familiären Umfeldern, und sie haben ihre eigenen Werte, aber alle haben Mutter Natur in sich. Und einige Mädchen flirten für ihr Leben gern.«

Querques setzte die klassische Verteidigungsstrategie bei Vergewaltigungen ein: Sie wollte es. Er fuhr fort. »Ich glaube nicht, daß irgend jemand leugnen kann, daß es Frauen gibt, die gerne flirten. Ich glaube, niemand kann leugnen, daß es sexuell aggressive Frauen gibt, raffinierte Frauen, Frauen, die, wenn sie einen Mann mögen, alles tun, um ihn sich zu angeln, sei es auf die raffinierte oder auf die aggressive Art.«

Nachdem er sich bemüht hatte, Betty, ihre Mutter und die Gesellschaft als Kriminelle hinzustellen, machte Querques sich daran, seinen Mandanten und die anderen Angeklagten als Opfer zu porträtieren.

»Waren sie abnorm oder fühlten sie sich nur zu Mädchen hingezogen wie neunundneunzig Prozent aller Jungen? Waren sie mit sechzehn, siebzehn, achtzehn sexuell aufgeklärt? Das will ich doch hoffen. Es gab Zeiten – heute ist das nicht mehr so, weil es kein Geheimnis mehr ist – , da trugen Jungen heimlich Kondome in der Brieftasche mit sich herum, in der Hoffnung, daß sie eines Tages Glück haben würden und dann gerüstet wären. Heute braucht man Kondome nicht mehr in der Brieftasche zu verstecken oder vor den Eltern zu verbergen. Mütter, Väter, Schullehrer und Schulämter verteilen sie gratis, weil sie über die Aktivitäten der Jugendlichen Bescheid wissen. Sie ermahnen sie nur, vorsichtig zu sein. Ist das eine Erfindung von mir, oder ist es die reine Wahrheit?«

Jetzt übertraf Querques sich selbst, als er die Geschworenen anflehte, die Vorfälle vom 1. März 1989 im Keller der Scherzers zu verstehen. »Jungen«, predigte er, »haben die gleichen emotionalen und biologischen Bedürfnisse, wie Betty Harris sie hatte, und wenn es eine Redewendung gibt, die zutrifft – vielleicht habe ich sie ja schon angedeutet, indem ich sagte, Mädchen seien nun einmal Mädchen. Aber eigentlich sagt man gemeinhin, vor allem, wenn man Söhne hat – Sie wissen, worauf ich hinaus will, nicht wahr? Jungs sind eben Jungs. Sie sind voller Übermut, schlagen über die Stränge. Tun verrückte Sachen. Sie experimentieren mit dem Leben und mißachten ihre Eltern. Jungs sind eben Jungs.«

Wären seine Argumente nicht so erbärmlich und herablassend gewesen, hätte Michael Querques beinahe komisch gewirkt. Eine geistig behinderte Lolita hatte seinen unschuldigen, von Neugier getriebenen Mandanten verführt. Aber er war noch nicht fertig.

»Was sie verband, ist, daß sie Freunde waren. Sie waren Freunde, und Freunde genießen gewisse Vorrechte. Zu einem Freund kann man hingehen und sagen: Hör mal, ich bin pleite, kannst du mir fünf Dollar leihen? Man weiß, daß er zur Rennbahn gehen und das Geld verspielen wird, aber man gibt es ihm trotzdem, weil er ein Freund ist.

Menschen verhalten sich unter Freunden anders. Sie wissen aus eigener Erfahrung, daß Sie sich auf einer Cocktailparty, auf der sie niemanden kennen, anders benehmen als auf einer Party im Kreise von langjährigen Freunden. Das müssen Sie auch hier berücksichtigen.«

Querques war jetzt soweit, zu seinem größten Schlag gegen die Gesellschaft auszuholen.

»Und da ist noch etwas, was sie alle gemeinsam hatten, was sie miteinander teilten.« Und während er zum Schlag gegen die amerikanische Kultur ausholte, fügte er diese eigenartige Bemerkung hinzu: »Ich könnte meinen Kopf verlieren. Ich hoffe, daß es nicht dazu kommt, ich hoffe wirklich, daß es nicht dazu kommt.«

Kevin Scherzer wurde 1971 geboren, erzählte Querques den Geschworenen. »Wenn ich die zwei Worte ›sexuelle Revolution‹ verwende, habe ich sie dann erfunden? Ich denke: nein. Ich denke, daß jedes Kind, das 1971 geboren wurde – nicht wie ich, 1929, sondern 1971 –, wenn es zum Kiosk geht, um seinem Vater die Zeitung zu holen, zwischen sechs und zwanzig Sexmagazine zu sehen bekommt. Und wenn der Junge genügend Geld bei sich hat, kauft er eins, nimmt es mit nach Hause und sieht es sich nachts oder im Badezimmer an, heimlich. Das ist völlig normal und natürlich.«

Er wandte sich an die Geschworenen als an Erwachsene seiner Generation. »Als sie noch Kinder waren, konnte man sich einen Pornofilm nur aus Frankreich einschmuggeln, oder man konnte an eins der Sexmagazine schreiben, behaupten, erwachsen zu sein, und einen bestellen. Konnte man 1971 in einen schmutzigen, in einen pornographischen Film gehen? Wurde man ins Kino gelassen, wenn man glaubhaft machen konnte, achtzehn zu sein?« Wieder eine Frage, die er sich selbst beantwortete. »Natürlich konnte man.

Dieses Land – lassen wir Betty Harris einmal beiseite –, dieses ganze Land ist süchtig nach Sex. Man kann nicht einmal das Nachmittagsprogramm einschalten, ohne einen Typen zu sehen, der mit einer Frau im Bett liegt, mit der er nicht verheiratet ist. Sie erziehen unsere Kinder auf die Weise und schimpfen sie dann Kriminelle? Ja?« Querques wiederholte seine unglaubliche Schlußfolgerung. »Sie auf diese Art großzuziehen und sie dann Kriminelle zu schimpfen. Sie auf diese Weise großzuziehen und ihnen dann, wenn sie achtzehn, siebzehn oder sechzehn sind, zu sagen, daß sie dasselbe Urteilsvermögen, dieselbe Erfahrung, dieselbe Reife, dieselbe Disziplin und denselben Mut haben sollen wie Sie, der Unmoral zu widerstehen.« Dann folgte eine laszive Äußerung. »Wenn Sie es schaffen, ihr zu widerstehen ... wenn.«

Querques wandte sich wieder an seinen Mandanten. »Die Sache ist doch ganz einfach auf den Punkt zu bringen ... Steh noch einmal auf«, fordert er Kevin Scherzer auf. »Er war noch ein Kind. Urteilsvermögen. Urteilsvermögen ist eine Sache. Kriminalität. Etwas zu tun, was ...« Querques zögert. »Ich meine ...«, beginnt er, scheint jedoch dann abrupt den Faden zu verlieren. »Vergessen Sie's.«

Schnell besann er sich wieder und berichtete den schockierten Geschworenen von seinen eigenen Jungs-sind-eben-Jungs-Tagen. »Glauben Sie, daß die Leute die leichten Mädchen oder die Jungs, die es mit ihnen getrieben haben, vergessen, die sie auf der High School gekannt haben? Vergessen Männer Szenen wie: ›He, ich hab' ein Mädchen aufgerissen, das ganz scharf drauf ist! Hast du nicht Lust mitzumachen?‹ Ja, ja, verdrängen Sie die Erinnerung, wenn Sie es möchten, und wenn Sie dann abends schlafen gehen, fragen Sie Ihr Gewissen, ob Sie zu diesem Jungen fair sind.«

Darauf folgte ein weiterer Monolog über die problemlose Beschaffung von Kondomen an High Schools im Jahre 1989. »Ich will nicht darüber urteilen, ob das richtig oder falsch ist. Das ist für diesen Fall unerheblich. Tatsache ist jedoch, daß diese Kinder so erzogen wurden, nicht von ihren Eltern, sondern von dieser modernen Welt, in der wir leben.

Vielleicht würden Sie ja die Zeit gern zurückdrehen

und zu den Tagen von Pferden und Kutschen zurückkehren. Ich habe mir jedenfalls bei mehr als einer Gelegenheit ein Pferd und eine Kutsche gewünscht. Ich brauche keinen Ferrari, der einhundertfünfzig Meilen pro Stunde bringt, aber sie bauen ihn. Ich konnte mir nicht im Fernsehen oder im Kabelfernsehen Pornos ansehen sowie diese Kinder.«

Immer noch nicht ganz fertig, kam Querques wieder auf Bettys Mutter zu sprechen und untermauerte seine Offensive gegen sie. »Wenn Sie wissen, daß die junge Dame sexuell aktiv ist, wenn Sie wissen, daß diese junge Dame schon seit einigen Jahren Sex hat, wenn Sie dafür sorgen, daß sie die Pille nimmt, dann wissen Sie auch, daß zum Sex zwei gehören, dann wissen Sie, daß der Gegenpart beim Geschlechtsverkehr, wenn wir auf der einen Seite eine Frau haben, immer ein Mann ist. Ehre, Anstand und Respekt würden gebieten, daß Sie, wenn Sie sich für Betty Harris verantwortlich fühlten, sich die jungen Leute genau ansehen würden, mit denen sie Kontakt hatte, bevor Sie sie als verabscheuungswürdige Kriminelle betitelten.

Aber sie blieb nicht zu Hause. In ihren eigenen Augen war sie normal, und die Eltern gestatteten ihr so viel Normalität wie sie es sich wünschte. Und wenn jemand anders sie ebenfalls als normal betrachtet und intim mit ihr wird, ist er kein Krimineller. Das sind keine verabscheuungswürdigen, bösartigen Kriminellen. Das hier ist keine Einbahnstraße. Jeder, jeder einzelne hat Anspruch auf Schutz.«

In seinem Bemühen, den Geschworenen weiszumachen, Betty und ihre Eltern seien verantwortlich für die Vorfälle im Keller der Scherzers, führte Querques eine groteske Analogie an, bei der er eigenartigerweise ausgerechnet einen Baseballschläger wählte, um seinen Standpunkt zu verdeutlichen. »Wenn ich einen Sohn hätte, der mit einem Baseballschläger herumliefe und anderen Leuten die Kniescheiben zertrümmerte, wäre es nicht genug, ihm den Schläger abzunehmen, weil er sich dann einfach einen anderen besorgen würde. Dann sollte ich ihm besser ein Schild umhängen und seine Freunde und Lehrer warnen, daß es ihm Spaß macht, anderen die Kniescheibe zu zertrümmern.«

Vielleicht erkannte Querques, daß er zu weit gegangen war, denn er gestand: »Natürlich ist das ein völlig absurdes Beispiel, nicht wahr?« Aber er hielt daran fest. »Aber es ist keineswegs absurd, wenn man es dahingehend interpretiert, daß es Dinge gibt, über die niemand gerne spricht, und die niemand gerne eingesteht, und hierzu gehört auch Sex unter Jugendlichen. Sie verheimlichen es. Sie verheimlichen es.«

Über zwei Stunden lang bearbeitete Michael Querques die Geschworenen. Er war bereit, wieder Platz zu nehmen. »Ich habe keinen Stil«, gestand er den im Gerichtssaal Anwesenden. »Ich tue das alles für Sie, tue all diese verrückten Dinge, aber Sie haben den Sinn meiner Worte verstanden. Seien Sie nur clever, seien Sie intelligent, stehen Sie für Gleichheit und Gerechtigkeit jedem einzelnen gegenüber ein.«

»Danke, Mr. Querques«, sagte Richter Cohen mit ausdruckslosem Gesicht, und die auf Betty Harris' Seite Stehenden schnappten nach Luft.

Vor dem Gerichtsgebäude marschierten Demonstranten mit Plakaten auf und ab, auf denen stand: *VERGEWALTIGUNG IST NICHT SEX, SONDERN GEWALT.* Ruth Jones, eine Anwältin der National Organization for Women Legal Defense und des Education Fund, sagte einem Reporter des *New Jersey Law Journal* gegenüber: »Ich kann mir nicht vorstellen, daß die Frauen unter den Geschworenen nicht schockiert waren über diesen Unsinn. Die Behauptung, Männer oder Frauen hätten sexuelle Bedürfnisse, die zu beherrschen sie nicht verantwortlich wären, ist völlig absurd. Wenn eine Frau einen großen Busen hat, ist sie von vorneherein eine Schlampe. Das scheint seine Theorie zu sein.«

Was die Geschworenen betrifft, äußerten nach der Urteilsverkündung mehrere von ihnen dem *New Jersey Law Journal* gegenüber, daß sie Querques' gesamtes absurdes Eröffnungsplädoyer bei ihren Beratungen völlig außer acht gelassen hätten.

# Die Prozeßbeobachter

Am letzten Frühlingswochenende nach dem Spruch der Geschworenen spielen einige Herren mittleren Alters auf dem Spielfeld der Glen Ridge High School Baseball. Sie benutzen einen Softball und üben sich im Schlagen. Sie rufen sich gegenseitig Bemerkungen und Tips zu, loben Treffer, prahlen, suchen ihre sportliche Jugend zu verlängern. Sie sind in allen Einzelheiten mit dem berühmten örtlichen Vergewaltigungsfall vertraut.

»Was sie getan haben, war falsch«, sagt Bob. »Aber ich finde trotzdem, daß die Strafe zu hart war.« Er trägt nur Shorts und Schuhe und beantwortet meine Fragen mit sanfter, ruhiger Stimme.

Sein Freund Jimmy äußert eine andere Theorie. »Das Ganze war völlig harmlos. Die Presse hat sich auf den Fall gestürzt und ihn hochgeschaukelt.« Jimmy trägt seinen Wochenend-Softball-Dress: Ein hautenges T-Shirt und eine Baseballmütze mit dem Logo der Mets, richtige Baseball-Kniehosen mit Sockenhaltern und Tennisschuhe. »In diesem Alter neigen Kinder immer zu Übertreibungen«, sagt Jimmy. Sein Körper ist immer noch durchtrainiert, aber sein blondes Haar beginnt, sich zu lichten. »Sie haben doch sicher schon vom Herdentrieb gehört.« Dann fügt er hastig hinzu: »Natürlich war das, was sie getan haben, falsch.«

»Sie haben es viel zu lange hingezogen.« Bob ist ganz und gar nicht einverstanden mit dem Tempo der Justiz. »Wenn sie die Sache früher geregelt hätten, wären sie inzwischen schon wieder draußen.«

Jimmy beschäftigt immer noch die Rolle der Presse und der Verhandlungsort. »Wenn es um eine blühende weiße Stadt geht, werden solche Sachen über Gebühr aufgebauscht«, sagte er. »Wenn das unten in Newark passiert wäre, wären die Jungs hundertprozentig freigesprochen worden.«

Ihr Training ist vorübergehend vergessen, während das Gespräch immer hitziger wird.

»Das ist keine Entschuldigung«, bemerkt Rick energisch.

»Natürlich nicht«, stimmt Jimmy beschwichtigend zu.

Sie schlagen ein paar Bälle.

»Sie hätten ›lebenslänglich‹ bekommen müssen«, sagt Rick schroff. Sein Haar ist ergraut, und sein nackter Bauch quillt aus seinen zu engen Shorts. »Dieses Mädchen ist jemandes Tochter. Ich habe eine vierundzwanzigjährige Tochter, und wenn jemand so etwas mit meiner Tochter machen würde, würde ich dafür sorgen, daß die Kerle in den Knast kommen und man sie kastriert.«

Wieder üben sie einige Schläge.

Jimmy hat inzwischen nachgedacht. »Ich glaube, sie wurden reingelegt.«

»O Mann«, stöhnt Rick.

»Sie sollten sich den einen schnappen, der das ganze angeleiert hat«, sagte Jimmy. »Er hat eine Strafe verdient. Aber die anderen waren nur Mitläufer.«

»Jim«, sagte Rick und wendet sich seinem Freund zu. »Was, wenn es deine Tochter gewesen wäre?« Die Debatte wird fortgesetzt, angeheizt durch einige Einzelheiten aus Betty Harris' Privatleben, Einzelheiten, die bekannt wurden, weil das Gesetz zum Schutz von Vergewaltigungsopfern umgangen wurde.

»Das Leben dieser Kids ist ruiniert«, sagte Jimmy – über die Vergewaltiger. »Ich rede von den Kindern, die unschuldig gelitten haben. Von denen, die gesagt haben: ›Mann, ich wußte gar nicht, daß sie so verdorben war‹.«

»Letztendlich«, fährt er fort, den Unterschied zwischen freiwilligem Sex und Vergewaltigung ignorierend, »hat sich doch rausgestellt, daß sie gern vögelt.«

Rick sammelt Schläger und Handschuhe ein. Das Spiel ist beendet. »Das ist die eine Sache«, sagt er. »Einen Besenstiel in den Leib gerammt zu bekommen, eine völlig andere.«

»Ich bin Protestant«, entgegnete Jimmy darauf. »Ich bin in einer guten Familie aufgewachsen. Und wenn man in einer guten Familie aufgewachsen ist, tun sie einem leid. Es ist ja nicht so, als seien sie auf der falschen Seite aufgewachsen.«

1982 veröffentlichte die Zeitschrift *Ms.* ihren ersten Artikel zum Thema Vergewaltigung. Der Artikel befaßte sich mit einer Studie zu diesem Thema, die von der Krankenhauspsychologin Mary Koss an der Kent State Universität durchgeführt wurde und bis ins Jahr 1978 zurückreichte. Als das, was damals weitläufig als Rendezvous-Vergewaltigung bezeichnet wurde, durch *Ms.* einem breiten Publikum nahegebracht wurde, erhielten die Zeitschrift und Dr. Koss für eine wissenschaftliche Studie zum Thema Vergewaltigung durch eine dem Opfer bekannte Person Gelder vom Center for Antisocial and Violent Behavior des National Institute of Mental Health. Die Studie mit dem Titel ›*Ms.*-Untersuchung zum Thema »Vergewaltigungen auf dem Campus«‹, gelangte zu Schlüssen, die riesige Löcher in Michael Querques' simplifizierte und unzureichende Verteidigungsstrategie rissen. Die Glen-Ridge-Vergewaltigung war kein Zufall; sie folgte einem bestimmten Muster, das Dr. Koss und ihre Mitarbeiter bei fehlgeleiteten Schulsportlern überall in den Vereinigten Staaten feststellten.

Die *Ms.*-Studie wurde in dem Buch *I Never Called It Rape* veröffentlicht. Autorin Robin Warshaws Beschreibung einer typischen Gruppenvergewaltigung durch mit dem Opfer bekannte Personen (das Buch wurde ein Jahr vor Betty Harris' Vergewaltigung geschrieben) liest sich wie eine Analyse des Glen-Ridge-Falls. »Natürlich betrachten jene, die an einer Gruppenvergewaltigung teilnehmen, diese nur selten als Vergewaltigung«, schreibt Warshaw. »Die Frau sei eine ›Nymphomanin‹, behaupten sie später, die freiwillig bei etwas mitgemacht habe, das nichts anderes als ein wildes Gruppensex-Abenteuer gewesen sei.«

Warshaw fährt mit noch beunruhigenderen Parallelen fort: »In den meisten Fällen von Vergewaltigungen durch dem Opfer bekannte Personen hat die Gruppe das Opfer sorgfältig ausgewählt. Manchmal wird ein bestimmtes Mädchen wegen seiner Verletzlichkeit ausgewählt oder weil sie Geschlechtsverkehr mit einem Mitglied der Gruppe hatte. Auf einem College-Campus handelt es sich möglicherweise um eine Studentin im ersten Jahr, die noch nicht viele Freunde hat. Das Opfer kann unbeliebt, unattraktiv oder einfach nur naiv sein, so daß es sehr empfänglich für die Aufmerksamkeit ist, die man ihm schenkt, bevor es dann zur Vergewaltigung kommt.«

Zu den in *I Never Called It Rape* erwähnten Fallstudien gehören mehrere Beispiele von Sportmannschaften, die gemeinsam eine ihnen bekannte Person vergewaltigt haben. Typisch ist eine Episode aus dem Jahr 1986, die sich an der University of California in Berkeley ereignete, wo nach einem Footballspiel vier neue Spieler Sex mit einer Mitbewohnerin des Wohnheimes hatten. Sie nannte es Vergewaltigung; die Spieler behaupteten, sie hätte freiwillig mitgemacht. Der Staatsanwalt erhob keine Anklage; die Universität verlangte eine Entschuldigung von den Spielern und zwang sie zur Teilnahme an einer psychologischen Beratung und zu Sozialarbeit.

In einer Ausgabe im Sommer 1993 berichtete der *San Francisco Chronicle* von einem erschreckend ähnlichen Fall. Korrespondent Dan Reed entdeckte, daß die Polizei der University of California in Berkeley Gerüchten nachging, denen zufolge mehrere Footballspieler im Wohnheim zwei auf dem Clark Kerr Campus eine Frau vergewaltigt, beraubt und zusammengeschlagen hatten. Reed zitierte folgende Worte von Police Lieutenant Bill Foley: »Es handelt sich um einen sehr schwerwiegenden Fall. Sie hat eine detaillierte Aussage gemacht, die wir für wahr halten.«

»Wie Bruderschaften«, schließt Robin Warshaw, »sind auch Sportmannschaften ein idealer Nährboden für Vergewaltigung, vor allem für Gruppenvergewaltigungen, bei denen den Tätern bekannte Frauen mißbraucht werden. Bei Sportmannschaften handelt es sich um Vereinigungen, die stolz auf die physische Aggressivität ihrer Mitglieder sind, Gruppenloyalität erwarten und diese durch Zurschaustellung der Überlegenheit ihrer Mitglieder gegenüber Außenseitern untermauern.« Sie empfiehlt Schulen, speziellen Unterricht zum Thema ›Vergewaltigung durch eine dem Opfer bekannte Person‹ anzubieten – vor allem Starsportlern.

Die *Ms.*-Studie und das folgende Buch von Robin Warshaw werden häufig ob ihrer erschreckenden Vergewaltigungsstatistiken zitiert. Als ›Tatsachen‹ werden auf der Rückseite des Einbandes von *I Never Called It Rape* folgende Zahlen genannt: 25% der Frauen auf dem College sind Opfer einer Vergewaltigung oder einer versuchten Vergewaltigung. 84% dieser Opfer waren mit den Tätern bekannt. Nur 5% haben die Vergewaltigung bei der Polizei angezeigt. Nur 27% der vergewaltigten Frauen betrachteten sich selbst als Vergewaltigungsopfer. Einer von zwölf Männern gibt zu, Handlungen zu begehen, die der gesetzlichen Definition für Vergewaltigung entsprechen.

Das sind ernüchternde Statistiken. Sie werden von einer Vielzahl von Schriftstellern, Politikern und feministischen Aktivistinnen verwendet, um die Aufmerksamkeit auf etwas zu lenken, das viele inzwischen als Vergewaltigungsepidemie in Amerika bezeichnen. Unsinn, sagt Professor Neil Gilbert von der University of California. »Eines Tages, als ich auf dem Weg zum Unterricht war, kaufte ich mir den *Daily Californian*«, erzählt er mir und beschreibt, wie er versucht hat, die *Ms.*-Studie zu widerlegen. »In einem Leitartikel hieß es, 25 % der Frauen auf einem Universitäts-Campus seien Vergewaltigungsopfer. Also bin ich in meinen Hörsaal gegangen, in dem diplomierte Studenten der Sozialpolitik saßen, und habe sie gefragt: ›Kommt Ihnen diese Zahl nicht übertrieben vor?‹ Ich dachte, hieraus würde sich eine Diskussion zwischen Befürwortern und Gegnern ergeben. Statt dessen erhielt ich die erschreckende Antwort: ›Diese Zahl kennt doch jeder. Es sind mindestens 25%. Leben Sie hinterm Mond?‹ Und ich sagte: ›Eine von vier Frauen? Das ist wirklich ernst. Auf dem Campus sollten ständig Polizisten patrouillieren.‹ Darauf folgte eine riesige Auseinandersetzung, und ich wollte sehen, wo diese Zahlen tatsächlich herkamen.«

Gilbert ist kein Experte in Sachen Vergewaltigung. Als Dozent für Sozialhilfe und Sozialleistungen an der School of Social Welfare der University of California in Berkeley nennt er seine akademischen Publikationen ›ein Wundermittel gegen Schlaflosigkeit‹. Aber er attackiert die

*Ms.*-Studie aufs schärfste und bezeichnet die Ergebnisse als fehlerhaft. Vor allem ärgert er sich über die Schlußfolgerung der Studie, derzufolge 73% der vergewaltigten Frauen sich nicht als Opfer betrachten, bis die Verfasser der Studie sie darüber aufklärten, daß das, was ihnen widerfahren wäre, als Vergewaltigung zu bezeichnen sei. Die Fragen: »Hat ein Mann schon einmal versucht, Sie gegen Ihren Willen durch Verabreichung von Alkohol oder Drogen zum Geschlechtsverkehr zu bewegen?« und »Hatten Sie schon einmal gegen Ihren Willen Geschlechtsverkehr, weil ein Mann Ihnen Alkohol oder Drogen verabreicht hat?« lehnt er als viel zu vage ab.

Professor Gilbert erzählte mir, er würde wegen seiner Kritik an der Methodologie und den Resultaten der *Ms.* Studie angeprangert. »Sie haben eine Mahnwache abgehalten«, sagt er über seine Kritiker. »Sie haben demonstriert und einen Brief an den Kanzler der Universität geschrieben. Da dachte ich, bei all dem Rauch müsse es irgendwo ein Feuer geben.« Gilbert ist überzeugt davon, daß die *Ms.*-Studie ein Beispiel für eine fehlgeleitete Umfrage sei. »Ich denke, es war ein Versuch, die Öffentlichkeit aufzurütteln«, sagt er, ein Versuch, bei dem man sich der Übertreibung bedient habe. Aber er sieht noch eine andere Motivation hinter der *Ms.*-Studie. »Ich glaube, da draußen herrscht die Ideologie, alle Männer seien abscheuliche Ungeheuer, und das soll die Untersuchung beweisen. Sie können mir eine Antwort auf eine Frage geben«, fährt Gilbert fort. »Ich formuliere die Frage, ich überwache die Umfrage, und ich bekomme die gewünschte Antwort, und so ist es auch hier mehr oder minder gelaufen.«

Als Beispiel für eine Suggestivfrage führt er an: Hatten Sie jemals Sex, obwohl sie nicht wollten? »Wenn Sie diese Frage tausend Personen stellen, werden tausend sie mit ja beantworten, und daraus leiten Sie dann ab, daß jeder vergewaltigt, genötigt und zum Opfer gemacht wird.« Gilbert meint, die Zahlen, die er selbst ermittelt hat, beweisen ihm, daß es in Amerika keine Vergewaltigungskrise gebe. Er ist der Ansicht, daß die übertriebenen Zahlen den Vergewaltigungsopfern letztlich schaden werden. »Ich denke, wenn sich die Überzeugung verbreitet, daß es jedem passiert, daß alle Frauen vergewaltigt werden und alle Männer Vergewaltiger sind, die Geschworenen zu der Einstellung gelangen könnten: ›Warum sollen wir diesen armen Kerl ins Gefängnis schicken? Warum sollen wir überhaupt irgend jemand ins Gefängnis schicken? So schlimm kann es ja nicht sein, wenn es allen Frauen passiert.‹«

Gilbert zitiert offizielle Zahlen des U.S. Justizministeriums, die vom Bureau of Justice Statistics durch Umfragen des Census Bureaus ermittelt worden sind. Alle sechs Monate werden 62 000 Haushalte befragt, und die Formulierung der Fragen gefällt ihm, weil die Genauigkeit der Befragung viel weniger Raum für Interpretationen läßt als die viel zu allgemeinen Fragen der *Ms.*-Studie. Gilberts Analyse der Zahlen des Bureau of Justice Statistics zeigen, daß die Anzahl der Vergewaltigungen und versuchten Vergewaltigungen von Ende der siebziger bis Ende der achtziger Jahre um etwa 30 Prozent gesunken ist. Er entnimmt den Resultaten der vom Bureau ermittelten Daten, daß Ende der achtziger Jahre 1,2 Frauen von 1000 der über zwölfjährigen Frauen Vergewaltigungsopfer seien. »Keine unbedeutende Zahl«, schreibt er in einem Artikel, in dem er die *Ms.*-Umfrage scharf kritisiert. Er rechnet hoch und kommt zu dem Schluß, daß 5 bis 7% der amerikanischen Frauen vergewaltigt oder Opfer einer versuchten Vergewaltigung werden. »Wenn wir einmal davon ausgehen, daß das Bureau of Justice

Statistics das Problem um 50% unterschätzt«, schreibt Gilbert, »das heißt, falls ihm bei seiner Umfrage jeder zweite Fall von Vergewaltigung oder versuchter Vergewaltigung entgangen wäre, würde das die Zahl der Fälle auf etwa 10 oder 14% erhöhen. Obwohl dies eine gewaltige Anzahl sexueller Übergriffe darstellen würde, würden sich die Ergebnisse des Bureau of Justice Statistics neben jenen der *Ms.*-Studie, die zu dem Resultat kommt, daß jede zweite Frau durchschnittlich zweimal in ihrem Leben vergewaltigt wird, beinahe verschwindend gering ausnehmen.«

Als Emilie Buchwald sich daran machte, Abhandlungen für *Transforming a Rape Culture* zu sammeln, eine von ihr herausgegebene Anthologie gegen Vergewaltigung, war auch sie darauf bedacht, glaubhafte Zahlen anzuführen. Ebenso wie Gilbert stützte sie sich auf die ermittelten Daten des Bureau of Justice Statistics und errechnete anhand der Gesamtzahl von 471 420 angezeigten Vergewaltigungen im Jahre 1991 426 Vergewaltigungen an jedem Tag des Jahres, 19 in jeder Stunde oder eine alle dreieinhalb Minuten.« Quelle und Zahlen sind dieselben wie die, auf die Professor Gilbert sich gestützt hat, aber Emilie Buchwald schließt aus ihnen sehr wohl, daß eine Krise besteht. »Wir werden so lange in einer Kultur der Vergewaltigung leben«, schreibt sie, »bis unsere Gesellschaft diese als solche begreift und sich entschließt, die Quellen sexueller Gewalt in dieser Kultur auszumerzen.«

Emilie Buchwald suchte ebenfalls Hilfe im Uniform Crime Report des FBI, der von über sechzehntausend Gesetzesvollzugsstellen zusammengestellt wird, deren gemeinsame Zuständigkeitsbereiche 96% von Amerika abdecken. Trotz der Tatsache, daß bei weitem nicht alle Vergewaltigungen angezeigt werden, verzeichnet der FBI

Bericht für das Jahr 1991 106 593 Vergewaltigungen. »Die Definition von Vergewaltigung in diesen beiden Quellen ist wohl die grundlegendste, auf die man sich einigen kann«, erzählte mir Emilie Buchwald, als wir über die Zahlen und das Verbrechen sprachen. »Vergewaltigung ist gewaltsame Penetration. Genau das, was sich jeder unter einer Vergewaltigung vorstellt. Wenn wir nicht nur den Tatbestand der Vergewaltigung berücksichtigen, sondern darüber hinaus sexuelle Belästigungen wie anzügliche Bemerkungen, Gesten und Berührungen – dann haben wir es mit einer Kultur der Vergewaltigung zu tun.« Emilie Buchwald führt mit ihrem Buch einen Kreuzzug. »Menschen können sich ändern«, sagt sie. »Eine Kultur kann sich ändern. Wenn man Sex als Quelle der Freude betrachtet – was ich persönlich tue – ist leicht erkennbar, daß Vergewaltigung, die ja nichts anderes ist als gewaltsamer Sex, nichts mit Freude oder Vergnügen zu tun hat. Es sei denn, man verwechselt Vergnügen damit, zu dominieren, Schmerzen zuzufügen und zu ängstigen.«

Ganz gleich, welche Zahlen man betrachtet, von der offenkundigen Übertreibung der *Ms.*-Studie bis hin zu den konservativen Zahlen des FBI: Vergewaltigung ist ein Verbrechen, das in Amerika einer Seuche gleicht. Die Definition dessen, was genau als Vergewaltigung zu werten ist, sowie die Frage der Einwilligung wird ausgedehnt und immer wieder debattiert, und die Vergewaltigung von Glen Ridge ist nun fester Bestandteil dieser eskalierenden landesweiten Debatte.

»Ich glaube, unsere Gesellschaft betrachtet Vergewaltigung gar nicht als Verbrechen. Es gibt nämlich keine genau festgelegte Art der Bestrafung.« Carol Vasile liegt es sehr am Herzen, darüber zu sprechen, was der Glen-

Ridge-Fall für Frauen in ganz Amerika bedeutet. Unter Anführung der Resultate der *Ms.*-Studie und der Lücken im New Jersey Gesetz zum Schutz von Vergewaltigungsopfern, die die Angeklagten von Glen Ridge sich zunutze machten, beschloß der Ortsverband Essex County der National Organization for Women, seine Mitglieder Vasile und Christine McGoey als Beobachterinnen zum Prozeß der Vergewaltiger von Glen Ridge zu schicken. Sie sollten an jedem einzelnen Verhandlungstag zugegen sein, um auch alles mitzubekommen, was der Presse möglicherweise entgehen könnte.

Vasile und ich trafen uns im Verona Diner, gelegen an der Bloomfield Avenue, einige Meilen von Glen Ridge entfernt. Ihr Kaffee und das English Muffin werden kalt, während sie ohne Punkt und Komma über den Fall spricht. Sechs Monate lang hatte Carol Vasile sich fast ausschließlich mit dem Verbrechen von Glen Ridge und der Verurteilung der Vergewaltiger beschäftigt, und die Leidenschaft, mit der sie sich für die Aufklärung Amerikas über die ›Vergewaltigungsepidemie‹ einsetzt, ist ansteckend.

»Ich muß ehrlich sagen, daß ich richtiggehend schockiert war«, sagt sie über das, was sie im Gerichtssaal erlebt hat. »Und wenn ich sage ›schockiert‹, reicht das nicht aus, um meine Gefühle umfassend wiederzugeben, die ich dort empfunden habe. Es existieren Gesetzestexte zum Schutz von Vergewaltigungsopfern. Aber wie Sie sehen, gibt es im Staate New Jersey in diesem Gesetzestext Lücken, die so groß sind, daß man mit einem Lastwagen hindurchfahren kann. Und alles liegt im Ermessen des Richters.«

Für Carol Vasile lautet die Botschaft der Verteidigung während des Prozesses und des milden Urteils des Richters, daß die Gesellschaft von Glen Ridge die Vergewaltiger für wichtiger hält als das Opfer. »Nicht nur, daß hier eine Frau vergewaltigt wurde; es wurde eine geistig behinderte Frau vergewaltigt. Es ist beinahe so, als sei sie völlig wertlos. Was macht das für ihre Zukunft für einen Unterschied? Das ist es, was die Leute meiner Ansicht nach denken.« Sie fährt fort zu beschreiben, wie sie die Denkweise jener empfindet, die auf der Seite der Vergewaltiger standen. »Was werden sie denn schon mit ihrem Leben anfangen? Ich meine, immerhin sind das die vielversprechenden jungen Führer von morgen.«

Von Beginn des Prozesses an hatten Carole Vasile und ihre Kolleginnen das Gefühl, das sexistische Publikum aufklären zu müssen, das einfach nicht begriff, was Vergewaltigung bedeutet. »Wir haben gegen all diese Mythen angekämpft, die sich um Vergewaltigungen ranken. Wir mußten uns anhören, daß sie vollbusig sei, eine Lolita, daß sie es gewollt habe, daß es ihre Idee gewesen sei, daß es nicht das erstemal gewesen sei – jedes nur erdenkliche Klischee kam zur Sprache.« Als Reaktion hierauf druckte der Ortsverband Essex County des NOW ein Informationsblatt, das im Gerichtssaal verteilt wurde. Darin waren die verbreiteten Vorurteile bei Vergewaltigungen aufgelistet und kommentarlos mit den von NOW zusammengetragenen Fakten verglichen:

> Mythos: Nur ›leichte‹ Mädchen werden vergewaltigt. Fakt: Nach Schätzungen des FBI wird jede dritte Amerikanerin vergewaltigt.
>
> Mythos: Vergewaltigungen werden von Fremden verübt und sind Folge von Überraschungsangriffen. Fakt: Bei 80% der Vergewaltigungen ist der Täter mit dem Opfer bekannt.
>
> Mythos: Frauen fordern eine Vergewaltigung durch ihr Aussehen oder ihr Verhalten heraus –

Frauen, die vergewaltigt werden, haben es nicht anders verdient. Fakt: Niemand verdient es, vergewaltigt zu werden. Der Impuls zu vergewaltigen geht vom Vergewaltiger aus. 82% der Vergewaltigungen sind im voraus geplant. Vergewaltiger wählen ihre Opfer nach Gelegenheit und Verwundbarkeit aus, nicht nach dem Aussehen.

Mythos: Vergewaltiger sind Psychopathen – Kranke ›abnorme‹ Männer. Fakt: ›Ganz normale, durchschnittliche‹ Männer vergewaltigen. In einer Umfrage bekannten 50% der befragten Studenten, daß sie vergewaltigen würden, wenn sie absolut sicher wären, nicht erwischt oder bestraft zu werden. In einer anderen Studie bekannte jeder zwölfte der Befragten, sich einer Vergewaltigung oder versuchten Vergewaltigung schuldig gemacht zu haben.

Mythos: Frauen bringen fälschlicherweise eine Vergewaltigung zur Anzeige. Fakt: Genau das Gegenteil ist der Fall. Die meisten Opfer erzählen NIE irgend jemandem von ihrer Vergewaltigung. Aktuelle Umfragen beweisen, daß nur 3 bis 5% aller Vergewaltigungen bei der Polizei angezeigt werden. Die Verurteilungsrate bei Vergewaltigungen liegt zwischen 1 und 4. Das bedeutet, daß zwischen 99 und 96% aller Vergewaltiger frei herumlaufen.

Mythos: Wenn ein Mann erst sexuell erregt ist, hat er sich nicht mehr unter Kontrolle und kann nicht anders, als eine Frau zum Sex zu zwingen. Fakt: Männer und Frauen müssen biologisch gesehen, keinen Sex haben, wenn sie erregt sind. Menschen sind in der Lage, ihr Tun zu kontrollieren und sind somit für ihr Handeln verantwortlich.

Mythos: Wenn eine Frau sich nicht körperlich wehrt, liegt keine Vergewaltigung vor. Fakt: Unabhängig davon, ob eine Frau sich körperlich wehrt oder nicht, wird sie gegen ihren Willen sexuell penetriert. Polizei und Beratungsstellen raten Frauen, alles Notwendige zu tun, um ihr Leben zu schützen. Das beinhaltet auch, gegebenenfalls den Forderungen des Vergewaltigers nachzugeben.

Mythos: Frauen zeigen eine Vergewaltigung sofort an. Fakt: Die meisten Frauen bringen die Vergewaltigung nicht sofort danach zur Anzeige. Tatsächlich erzählen 42% der Opfer niemals irgend jemandem von der Vergewaltigung. Diejenigen Opfer, die die Vergewaltigung anzeigen, warten, bis sie mit einer Person ihres Vertrauens darüber gesprochen haben, einem engen Freund, einem Verwandten o.ä.

Mythos: Wenn keine Waffengewalt angewandt wurde, liegt keine Vergewaltigung vor. Fakt: Immer wenn eine Frau zum Sex gezwungen wird, liegt eine Vergewaltigung vor – ob der Täter eine Pistole, ein Messer, Drogen, Alkohol, Drohungen, physische Isolation, seinen eigenen Körper, irgendwelche Tricks oder andere Arten der Gewaltausübung anwendet.

Mythos: Nicht-Jungfrauen können nicht vergewaltigt werden. Fakt: Jede Frau, auch eine sexuell aktive Frau, kann vergewaltigt werden. Das eine Frau bei einer Gelegenheit Sex hat, bedeutet nicht, daß sie bereit ist, bei allen Gelegenheiten und mit jedem Sex zu haben. Auch wenn eine Frau freiwillig Sex mit einem bestimmten Mann hatte, hat er kein Recht, sie zu einem späteren Zeitpunkt gegen ihren Willen zum Geschlechtsverkehr zu zwingen.

Mythos: Ein Mann, der Geld für eine Frau ausgibt, mit der er verabredet ist, hat das Recht auf Sex mit ihr. Fakt: Niemand ist einer anderen Person als Gegenleistung für ein Abendessen oder einen Kinobesuch Sex schuldig.

Mythos: Eine Frau, die zum Küssen, Schmusen oder Streicheln mit einem Mann bereit ist, willigt dadurch ein, mit ihm zu schlafen. Fakt: Jeder hat das Recht, zu sexuellen Handlungen jedweder Art ›ja‹ oder ›nein‹ zu sagen. In eine sexuelle Handlung einzuwilligen bedeutet nicht automatisch, in alle Arten sexueller Handlungen einzuwilligen. ›Nein‹ bedeutet ›nein‹.

Als sie die Flugblätter ›Die Wahrheit über Vergewaltigungen‹ verteilte, war Carol Vasile erneut schockiert von der Notwendigkeit, solche Informationen zu verteilen, von der Ignoranz des Publikums, mit dem sie sich konfrontiert sah. »Wir haben noch alle Hände voll zu tun«, sagt sie mit einem Anflug von Resignation in der energischen Stimme, als wir uns im Restaurant unterhalten. »Das war vor zwanzig Jahren ein Thema. Ich glaube, viele Leute denken heute: ›Okay, wir haben unsere Arbeit getan. Gehen wir zum nächsten Thema über.‹ Es ist beinahe so wie bei Abtreibungen. Etwa um die gleiche Zeit wurde der Fall ›Roe gegen Wade‹ vor dem Obersten Gericht verhandelt. Es kam zum richterlichen Entscheid. Diese Themen tauchen immer wieder von neuem auf, als hätten wir so gut wie nichts erreicht.«

Während Carol Vasile und Christine McGoey den Prozeß verfolgten, mit anderen vor dem Gerichtsgebäude demonstrierten und ihre Flugblätter verteilten, machte die Gegenseite mobil. Während der Prozeßpausen auf den überfüllten Fluren des Essex County Courthouse hatte

Carol Vasile Angst und war eingeschüchtert, wenn sie den Angeklagten und ihren Familien begegnete, deren Körpersprache ihren Zorn auf die NOW-Beobachter deutlich zum Ausdruck brachte. Die Verteidiger formulierten ihren Abscheu. Amy Pagnozzi, eine Kolumnistin des *New York Daily News*, berichtete, daß die Verteidigung Vasile und McGoey nur als ›die zwei Schwanzlutscherinnen‹ und ›die Lesbenbrigade‹ bezeichneten.

Carol Vasile nimmt einen weiteren Schluck ihres erkalteten Kaffees. Sie trägt in der Hitze des New Jersey Sommers eine ärmellose Bluse. Um den Hals trägt sie eine silberne Kette, an der ein silberner Anhänger in Herzform baumelt. Ihre ausdrucksvollen, großen Augen sind mit einem feinen Lidstrich betont. Sexismus, sagt sie mir, ist der Grund dafür, warum so viele Menschen die Glen-Ridge-Vergewaltigung weiterhin rationalisieren.

»Wenn Sie sich ansehen, wer wofür verurteilt wurde – und wer nicht. Bryant Grober wurde für die meisten ihm vorgeworfenen Verbrechen nicht schuldig gesprochen. Er wurde nicht wegen Fellatio verurteilt. Wie kommt das? Denken Sie mal darüber nach.« Sie wartet nicht auf eine Antwort, da dieser Punkt ihr viel zu wichtig ist. »Das war die einzige Handlung, die auch nur annähernd an das erinnert, was die Leute meiner Ansicht nach als innerhalb der normalen Grenzen von normalem Sex befindlich betrachten. Und er wurde nicht verurteilt. Ich finde es faszinierend, daß die einzigen Handlungen, für die die Angeklagten schuldig gesprochen wurden, die Penetration des Opfers mit dem Baseballschläger waren, mit dem Besen, und diese entsetzlichen ...« Sie sucht nach Worten, die stark genug sind, ihre Gefühle auszudrücken. »... Wissen Sie, allein die Bilder, die einem durch den Kopf gehen, wenn man das hört: ein Baseballschläger, ein Besenstiel und dreizehn Jungen in einem Keller.« Carol Vasile spricht jetzt langsamer, und ihre Stimme klingt brüchig. »Das ist entsetzlich. Und das Opfer ist geistig behindert.«

Aber Carol Vasile weigert sich, die Glen-Ridge-Vergewaltiger als schlimmer zu bezeichnen als andere. »Ich mache bei Vergewaltigungen keine Unterschiede. So kann ich dieses Verbrechen nicht sehen. Ich als Frau sage mir, wenn man vergewaltigt wird, was macht es dann für einen Unterschied, wie? Was macht es für einen Unterschied, ob es hundert Täter sind oder einer?« Sie beantwortet sich die Frage selbst. »Der einzige Unterschied, den ich sehe, ist, wenn man halb tot geschlagen im Gerichtssaal sitzt, grün und blau, mit Prellungen am ganzen Körper, wenn man geistig zurückgeblieben ist und mit einem Baseballschläger und einem Besenstiel vergewaltigt wurde. Dann macht es einen Unterschied, denn dann können die Geschworenen sagen: ›Okay, es war Vergewaltigung‹. Aber wenn es ein ehemaliger Geliebter war oder der eigene Mann, der Bruder, der Vater, eine Person aus dem näheren Umfeld, und man kann keine erheblichen sichtbaren Verletzungen aufweisen, hat man kaum eine Chance. Macht das diese Vergewaltigungen weniger schlimm?« Wieder beantwortet sie sich die Frage selbst. »In meinen Augen nicht. In meinen Augen verbüßt das Opfer trotzdem lebenslänglich für diese Vergewaltigung.«

Aber obwohl die Anhänger der Vergewaltiger wissen, daß Betty mit einem Baseballschläger und einem Besen vergewaltigt wurde, sehen sie darin kein Verbrechen. »Man gibt dem Opfer die Schuld«, sagt Carol Vasile und beschreibt erneut, wie ihrer Ansicht nach der Denkprozeß dieser Anhänger abläuft. »Es war ihre Idee, sie wollte es, sie hat mitgemacht. Und wenn wir unsere wohlgeratenen jungen Söhne ins Gefängnis schicken, was wird das für Auswirkungen auf ihr restliches Leben haben? Zum Teufel mit ihrem restlichen Leben.«

Ich bitte Carol Vasile, mir zu erklären, wie jemand zu dem Schluß habe kommen können, Betty hätte tatsächlich mit einem Baseballschläger und einem Besenstiel penetriert werden wollen. »Zum einen glaube ich, daß die ganze Verteidigung reine Phantasie war. Eine rein männliche Perspektive. Der Aufbau der Verteidigung in diesem Fall war ganz besonders schockierend. Als Betty im Zeugenstand war und man sie ansah, wirkte sie nach außen hin wie eine ganz normale Frau, aber als sie dann den Mund aufmachte und mit dieser lieben, süßen hellen Stimme sprach – sie klang so kindlich, daß, wenn man die Augen geschlossen hätte, man geglaubt hätte, ein Kind von fünf, sechs, sieben Jahren säße im Zeugenstand. Ihre Stimme und die Art, wie sie da im Zeugenstand saß, haben viele gerührt und ganz sicher auch die Geschworenen.«

Sie bezeichnet die Verteidigung nicht nur als Phantasiegebilde, sondern als pornographisch. »Daß irgend jemand im Jahre neunzehnhundertdreiundneunzig in einem Gerichtssaal aufsteht und eine solche Argumentation von sich gibt, ist schlichtweg unfaßbar. Es ist mehr als das, es ist erschreckend. Aber noch erschreckender wäre gewesen, wenn die Geschworenen sich hätten einwickeln lassen.« Die Verteidigung müsse sich in der Pornographie umgesehen haben, sagte Carol Vasile, um die Dreistigkeit für die Behauptung zu besitzen, Betty Harris habe ihre eigene Vergewaltigung gewollt. Weiterhin vermutete sie, daß Pornographie die Täter auf die Idee mit der Vergewaltigung gebracht habe. »Woher kommen diese Einfälle? Wie kommt ein Sechzehn-, Siebzehn-, Achtzehnjähriger auf die Idee, eine Frau mit einem Baseballschläger und einem Besenstiel zu penetrieren und das

Ganze zu inszenieren wie ein Theaterstück vor versammelten Freunden? Ist das ein normaler Einfall, den sie mit jungen Leuten und Sexualität in Verbindung bringen würden? Ich denke, nein. Ich glaube, die Vorstellung dessen, was Frauen Spaß macht und was zu tun okay ist, haben diese Jugendlichen aus der Pornographie bezogen. Es sind ja nicht nur *Penthouse* und *Playboy*, es ist nicht nur diese Presse. Man wird täglich damit konfrontiert, im Radio und im Fernsehen. So werden Frauen und ihre Vorlieben an jeder Ecke beschrieben.«

Dann stellte Carol Vasile eine direkte Verbindung zwischen Pornographie und der Verteidigungstaktik her. »Ich kann mir einfach nicht vorstellen, daß vier Frauen als Verteidiger diese Verteidigungsstrategie anwenden würden, weil wir als Frauen wissen, daß eine Frau niemals Spaß an derartigen Praktiken haben könnte. Wir als Frauen wissen, daß es nicht stimmen kann. Und es war, als würden wir uns anhand der Blicke, die wir im Gerichtssaal gewechselt haben, versichern: ›Wir wissen alle, daß das eine einzige große Lüge ist, und wir kaufen sie ihnen nicht ab.‹ Gott sei Dank haben die Geschworenen diese Meinung geteilt.«

In *The Beauty Myth* nennt Naomi Wolf zahlreiche Beispiele dafür, wie sexuelle Gewalt über Filme, Musik und Bücher der Populärkultur einverleibt wird. Unter den Filmen, die sie aufführt, befinden sich *Dressed to kill, Tie Me Up! Tie Me Down!, Blue Velvet* und *Body Double.* Auf ihrer Liste der Musiktitel, die sexuelle Gewalt gegen Frauen romantisieren, stehen die Oden an den Würger von Boston in ›Midnight Rambler‹ von den Rolling Stones und ›The Ripper‹ von Trevor Rubin. Aus der modernen Literatur führt sie *Less than Zero* auf, ein Buch von Bret Eastin Ellis, das Wolf folgendermaßen zusammenfaßt: ›Gelangweilte Kinder aus reichem Hause sehen sich

Pornofilme an – Im Hintergrund ist ständig das Bild eines sehr jungen Mädchens präsent, das an ein Bett gefesselt ist und wiederholt vergewaltigt wird‹.

Wolf führt nur bekanntes Material an. Im Sumpf der Hardcore-Pornographie sind Frauen, die mit Dildos masturbieren, weit verbreitet. Das Genre nennt sich ›Single-Frauen-Filme‹, und ein unter den Interessierten berühmter Titel ist *Dildo Babes*. Schauspielerin Ginger Lynn spielt in mehreren pornographischen Frauen-mit-Frauen-Filmen, in denen Dildos eingesetzt werden.

Schauspielerin Linda Blair ist eine Fußnote in der Liste der Filme gewidmet, in denen Frauen Frauen sexuell Gewalt antun. In dem Klassiker *Red Heat*, einer Softporno-Geschichte, wird die von Linda Blair gespielte Filmfigur in einem Frauengefängnis von der Anführerin einer Bande bösartiger Insassen, die sie verärgert hat, mit einem Stock vergewaltigt. Linda Blair schreit, als sie von der Frauenbande von ihrer Pritsche gezerrt und auf den Rücken geworfen wird und man ihr gewaltsam die nackten Beine spreizt. Die Anführerin nähert sich Linda Blair mit einem Besen in der Hand und sagt zuckersüß: ›Sophia macht dich zu etwas Besonderem‹ und dann wutentbrannt: ›Niemand vögelt mit Sophia‹, Vergewaltigungsszenen setzen sich während des ganzen Films fort.

In ihrem Buch *Fraternity Gang Rape* bezeichnet Autorin Peggy Reeves Sanday die Ausgabe einer Zeitschrift namens Velvet vom September 1984 als Pornographie, die zu wirklicher sexueller Gewalt stimuliert. Die Überschrift des von Peggy Sanday angeprangerten *Velvet*-Artikels lautet: ›Sieh zu, wie unser Cover-Girl es drei Kerlen besorgt! Dann benutze sie für deine eigenen Phantasien! Bums sie bis zur Bewußtlosigkeit!‹ Peggy Reeves Sanday analysiert den Artikel wie folgt:

Die Photogeschichte zeigt über mehrere Seiten, wie drei junge Männer, alle im College-Alter und Oxford-Hemden, Bier trinken und abwechselnd mit dem Covergirl schlafen. Am Schluß sagt das ›Party-Girl‹ zum Leser: »Und jetzt, *Velvet*-Leser, könnt auch ihr ihn mir reinstecken! IHR könnt an der Action teilhaben, indem ihr euren eigenen Hardcore zusammenstellt!« Um diese ›-Action‹ zu vereinfachen, wird eine Anzahl von Papierfiguren mitgeliefert (das Cover-Girl und zwei der jungen Männer). Der Leser wird aufgefordert, an dem Spaß teilzuhaben, indem er mit den Papierfiguren spielt und selbst den Part des dritten Mannes übernimmt. Es wird suggeriert, daß die Papierfigur durch eine echte Frau ersetzt werden kann. Tatsächlich ist in derselben Ausgabe ein Leserbrief abgedruckt, in dem beschrieben wird, wie der Schreiber und seine »Kumpel mit einem willigen Mädchen auf dem Wohnzimmerfußboden großen Spaß hatten bei dem Spiel ›Bums das Pin-up-Girl‹ aus einer früheren Ausgabe.«

»Die unmißverständliche Botschaft, daß Männer einen Riesenspaß zusammen haben können, *vorausgesetzt*, sie finden ein williges Mädchen«, schreibt Peggy Sanday, »wird in Pornomagazinen und -filmen, die in rauhen Mengen von einigen Bruderschaftsmitgliedern verkonsumiert werden, ständig wiederholt.«

Solche Beispiele sind leicht zu finden, und das ist einer der Gründe, weshalb Carol Vasile die Glen-Ridge-Vergewaltigung nicht als Einzelfall betrachtet. Sie betrachtet pornographische Werke als Anleitungen für Verbrechen. »Wir hören von diesem Glen-Ridge-Fall, aber wie viele andere Fälle wie diesen hat es gegeben? Wir nennen es ein Verbrechen, aber Vergewaltigung wird nicht bestraft, sie wird einfach nicht bestraft. Die meisten Leute, die dieses Verbrechen begehen, laufen frei herum. Die Botschaft mußte die Jungen in Glen Ridge ja erreichen, ebenso wie sie die Spur- und die Hardhedz-Bande erreicht hat.«

Die Botschaft sickert über die Gesellschaft bis zum Gesetzgeber. Einen Monat nach der Verurteilung der Vergewaltiger von Glen Ridge brachte das Senate Judiciary Committee seinen Bericht *The Response to Rape: Detours on the Road to Equal Justice* heraus. Der Bericht nennt detaillierte Ergebnisse einer jahrelangen Untersuchung vom Staat zur Anklage gebrachter Vergewaltigungen und kommt zu dem Schluß, daß das Rechtssystem ›in jeder Hinsicht seine Aufgabe – gewalttätige Kriminelle zu ermitteln, zu verurteilen und hinter Gitter zu bringen – verfehlt.‹

Die Statistiken, auf denen dieser Bericht basiert, wurden von Vollzugsbehörden des Staates und der Länder erbracht, und wenn sie zutreffen, erlangen unglaubliche 98% der Vergewaltigungsopfer nicht nur nie die Genugtuung, ihre Peiniger hinter Gitter zu wissen, sondern müssen außerdem hinnehmen, daß diese weder verhaftet noch vor Gericht gestellt werden (Vergewaltigung ist gewöhnlich ein Mann-gegen-Frau-Verbrechen, wenngleich es auch vereinzelt Fälle von Mann-gegen-Mann und sogar Frau-gegen-Mann-Vergewaltigungen gibt).

In den übrigen 2% der Fälle, in denen eine Verhaftung erfolgt und ein Tatverdächtiger vor Gericht gestellt wird, kommt es in jedem zweiten Fall zu einer Abweisung der Klage oder zu einem Freispruch.

Das bedeutet, daß nur 1% der Vergewaltigungsopfer überhaupt erlebt, daß ihr Fall vor Gericht verhandelt wird. Bei diesem einen Prozent der Fälle entgeht einer von vier verurteilten Vergewaltigern einer Gefängnisstrafe, und ein weiteres Viertel verbringt weniger als ein Jahr in einem County-Gefängnis. Das heißt, daß nur die Hälfte der überführten Vergewaltiger eine Gefängnisstrafe von mehr als einem Jahr verbüßt.

In obengenanntem Bericht führt Senator Joseph Biden, der Vorsitzende des Komitees, den Glen-Ridge-Fall als Beweis für das Versagen des Rechtssystems an. »Dies«, schreibt er über die milde Strafe und Richter Cohens Schlußfolgerung, die Vergewaltiger stellten keine Gefahr mehr für die Gesellschaft dar, »ist nur ein weiteres, aktuelles Beispiel dafür, daß unser Rechtssystem die Schwere eines Vergewaltigungsverbrechens nicht anerkennt, dafür, daß es Vergewaltigung als Fehltritt irregeleiteter Jugendlicher und unsensibler Männer ›normalisiert‹.« Es ist, schreibt er weiter, ein Fehler und eine Ungerechtigkeit, »die tagein, tagaus, bei jedem Fall wiederholt werden und Frauen davon überzeugen, daß das System sich schlichtweg weigert zu akzeptieren, Gewaltakte gegen Frauen als schwere Verbrechen einzustufen.«

Carol Vasile spült einen Bissen ihres englischen Muffins mit einem weiteren Schluck kalten Kaffees hinunter. »Die Geschworenen hatten den Mut, die Angeklagten schuldig zu sprechen.« Carol Vasile spricht wieder vom Glen-Ridge-Fall. »Der Richter hatte null Rückgrat. Ich kann gar nicht beschreiben, wie geschockt ich war. Es war, als ginge eine Schockwelle durch den Gerichtssaal. Ich hatte das Gefühl, daß alle, die dort waren, sie gespürt haben – Sie müssen sie auch gespürt haben«, sagte sie und bezog sich damit auf den Augenblick im Gericht, als der Richter eröffnete, daß er die Vergewaltiger nicht ins Gefängnis schicken würde. »Es war wie ein Keulenschlag, so als habe jemand alle Anwesenden plötzlich betäubt. Niemand rührte sich, niemand sagte ein Wort.«

Und sie hat recht; in diesem Moment waren wir alle damit beschäftigt, diesen komplizierten Entscheid zu verdauen und die Bedeutung des Richterspruchs zu begreifen, daß nämlich die vier Vergewaltiger, anstatt abgeführt zu werden, den Gerichtssaal verlassen würden.

Als der Schock nachgelassen hatte, stellte Carol Vasile Theorien auf, weshalb Richter Cohen es den überführten Vergewaltigern so leicht gemacht hatte. »Ich glaube, im Grunde wollte er einfach eine Strafe verhängen, die sich in der Praxis als nichtig erweisen würde.« Und warum sollte ein Richter so etwas tun wollen? Vasile antwortete, ohne zu zögern. »Weil er in den Angeklagten sich selbst vor fünfundzwanzig Jahren wiedererkennt. Er sieht sich selbst, und wen sieht er vor sich? Vier geschniegelte und gestriegelte junge Männer, die jeden Tag blütenweiße Hemden und feine Anzüge tragen. Sie kommen in den Gerichtssaal, und ihre Familien sind bei ihnen. Ist das nicht ein netter Anblick? Und das Opfer? Wahrscheinlich ist sie sowieso eine Schlampe, richtig? Ich meine, sie sind die Footballstars der örtlichen High School. Wie könnten wir sie ins Gefängnis schicken?«

R. Benjamin Cohen, Richter am höheren Gericht von New Jersey, war zum Zeitpunkt des Glen-Ridge-Prozesses achtundvierzig Jahre alt. Er erregte Aufmerksamkeit aufgrund der ruhigen, distanzierten Haltung, die er während der Ausführungen der Anwälte und des durchweg hitzigen Prozesses beibehielt. Er führte den Vorsitz mit gelassener Autorität, zögerte nicht, einzugreifen, wenn er das Gefühl hatte, daß Verteidiger und Vertreter der Anklage der Führung bedurften, ließ sie aber ansonsten ohne Einmischung ihre Arbeit tun.

Während des Prozesses interviewte das *New Jersey Law Journal* Juristen – ebenso Anklagevertreter wie Verteidiger –, die nichts mit dem Fall zu tun hatten und mit Cohens Arbeit als Richter vertraut waren. Schlußfolgerung der Zeitung: Cohen wird als ›intelligent, fair, gutherzig und professionell mit klarer Ausdrucksweise‹ beschrieben. Das *Law Journal* veröffentlichte neunzehnhundertneunundachtzig eine richterliche Beurteilung, in der sie die Richter von Essex County nach Gesichtspunkten bewertete, die von Fachwissen bis Auftreten reichten. Unter fünfundvierzig Kollegen rangierte Richter Cohen auf Platz vier.

Als gebürtiger Newarker, der im nahegelegenen Maplewood aufwuchs, studierte Cohen erst in Dartmouth und dann an der Rutgers Law School in Newark. Rasch arbeitete er sich im Büro der Staatsanwaltschaft von Essex County nach oben, war Gründungsmitglied der New Jersey Casino Control Commission, in der er die Rolle eines juristischen Beraters übernahm, und wurde dann im Jahre einundachtzig zum Richter ernannt.

Richter Cohen kann sich eines beneidenswerten Prozeßerfolges rühmen – bei nur wenigen der Fälle, bei denen er den Vorsitz hatte, wurde ein Berufungsverfahren angestrengt, was seine Entscheidung, die Vergewaltiger für die Jahre, die ihre Berufungsverfahren sich bei höheren Instanzen hinziehen werden, gegen eine niedrige Kaution auf freien Fuß zu setzen, um so unverständlicher macht. Als er den Richterspruch verlas, nannte Richter Cohen zwei Faktoren für seine Entscheidung, allen vier Angeklagten das Gefängnis zu ersparen. Er sagte, er sei davon überzeugt, daß sie keine Bedrohung mehr darstellten, und weiterhin, daß ›er schwerlich behaupten könne, es gäbe keine fundierten‹ rechtlichen Gründe, den Schuldspruch anzufechten.

Auf den sechsmonatigen Prozeß rückblickend, verkündete Richter Cohen dann, daß er überzeugt sei, keinen Fehler gemacht zu haben, und fügte dann jene eigenartigen Sätze hinzu, die Carol Vasile und andere Prozeßbeobachter, die erwartet und gehofft hatten, daß die Vergewaltiger unmittelbar nach dem Schuldspruch ins Gefängnis können, so betroffen gemacht haben. »Falls ich mich aber doch geirrt haben sollte«, sagte er, »hätten die Angeklagten möglicherweise ungerechtfertigterweise eine beträchtliche Zeit in Haft verbracht.« Richter Cohen untermauerte Carol Vasiles Kritik weiterhin dadurch, daß er die Archers und die Scherzers als ›keine abgestumpften oder bösartigen‹ Kriminellen charakterisierte und ihnen ›eine gewisse Bußfertigkeit‹ zusprach.

Nach einem weiteren Schluck Kaffee sinniert Carol Vasile erneut über Richter Cohen und seinen beruflichen Erfolg. Sie ist immer noch verblüfft von dem, was sie im Gerichtssaal gehört hat und interpretiert es als repräsentativ für die tief verwurzelten Vorurteile innerhalb der amerikanischen Gesellschaft. »Ich meine, was hat denn der Richter gesagt? Er sagte: ›Ich kann mir nicht vorstellen, daß sie so etwas noch einmal tun.‹ Sie imitiert Cohens emotionslose, monotone Stimme. ›Und sie stammen aus intakten Familien‹. Was bedeutet das?«

Sie beantwortet sich die Frage sofort selbst. »Wenn man weiß und männlich ist, hat man absolute Handlungsfreiheit, dann kann man sich alles erlauben«, sagt sie voller Überzeugung. »Während wir tagein, tagaus in diesem Gerichtssaal gesessen haben, haben wir jeden Montag miterlebt, wie dieser Richter andere Angeklagte in anhängigen Sachen verurteilt hat. Ich sage Ihnen, jeder einzelne der Angeklagten, deren Prozeß in meiner Anwesenheit von Richter Cohen verhandelt wurde, war ein junger Schwarzer – mit einer einzigen Ausnahme. Bei diesem Angeklagten handelte es sich um einen jungen Weißen, und raten Sie mal, wer sein Verteidiger war?

Querques. Es ging um einen Tod durch Autounfall. Er hatte seinen besten Freund getötet. Sie hatten beide getrunken.« Sie erzählt schnell und sehr detailliert. Sie erinnert sich noch lebhaft an den Fall. »Ich weiß nicht mehr genau, wie hoch die Strafe war, aber sie lag unter einem Jahr.«

Carol Vasile macht anhand dieses Beispiels ihren Standpunkt klar. »Tod durch Autounfall, das kann man von verschiedenen Warten aus sehen. Aber jeder der anderen jungen Männer, allesamt Erwachsene, kam ins Gefängnis. Drei der Männer sind mir besonders im Gedächtnis haften geblieben. Sie waren in ihrer Wohnung, die zufällig nur etwa dreihundert Meter von einer Schule entfernt lag. Sie hatten Drogen. Koks, glaube ich. Vielleicht auch Hasch. Ist auch egal. Ich weiß auch nicht, ob sie vorhatten, den Stoff zu verkaufen, oder ob er für den eigenen Konsum gedacht war. Aber sie wurden in ihrer Wohnung verhaftet. Ich bin keine Befürworterin von Drogen, aber mich hat überrascht, daß sie zu vier Jahren Gefängnis verurteilt wurden. Dafür, daß sie in ihrer eigenen Wohnung mit Drogen erwischt wurden? Dafür wird man mit vier Jahren Haft bestraft?« Sie kann die Unvereinbarkeit zwischen diesem Beispiel und Richter Cohens Beschluß im Glen-Ridge-Fall nicht fassen. »Diese Typen haben diese Frau brutal vergewaltigt und laufen frei herum?« Sie bringt ihre Ausführungen weiter in Form von Fragen vor. Angesichts der Leidenschaft in ihrer Stimme ist deutlich, daß es ihr immer noch schwer fällt, das Strafmaß zu begreifen, geschweige denn zu akzeptieren.

Auch die niedrige Kaution beschäftigt sie. »Obwohl sie eines Verbrechens ersten Grades für schuldig befunden wurden, blieb die Kaution die gleiche, sie wurde nicht erhöht. Sie sind auf freiem Fuß. Ich finde diesen Rassismus schockierend. Wenn die vier Angeklagten Schwarze gewesen wären, hätte man sie gehängt.«

Resigniert fügt Carol Vasile ihrer Analyse der Ursachen von Verbrechen wie die Glen-Ridge-Vergewaltigung noch einen weiteren Punkt hinzu. »Man wird nicht dafür bestraft. Wenn man etwas tun kann, wie zum Beispiel die Kasse hier in diesem Restaurant leerräumen und dann einfach hinausspazieren, würden es dann nicht viele tun? Jeder sagt: ›Das ist Diebstahl, das ist ein Verbrechen, das macht man nicht‹. Aber wenn es regelmäßig vorkommt und regelmäßig niemand etwas dazu sagt, wenn man es nicht beigebracht bekommt und das Thema nicht angesprochen wird, wenn man dafür nie vor Gericht gestellt wird oder aber nicht verurteilt wird, ist es dann noch ein Verbrechen?« Sie beantwortet die Frage mit eindringlicher Stimme. »Ich bin so sehr davon überzeugt, daß diese Gesellschaft Vergewaltigung nicht als Verbrechen betrachtet. Es ist eine Seuche. Wo sind die Männer? Sie sagten, nicht jeder Mann wäre ein potentieller Vergewaltiger. Nun, okay. Aber wo sind diese Männer, die keine potentiellen Vergewaltiger sind? Wo bleibt der zornige Aufschrei der Öffentlichkeit? Ich weiß nicht, warum wir nicht die Straße hinunter marschieren. Ich weiß nicht, warum wir nicht lautstark fordern, daß diese Gewalt ein Ende hat. Die Leute sagen: ›Die Dinge verändern sich eben nur langsam.‹ Wissen Sie was? Ich will nicht länger warten.«

Einer der zahlreichen frustrierenden Aspekte des Falles von Glen Ridge ist das Fehlen jeglicher statistischer Informationen, um die häufig zum Ausdruck gebrachte Überzeugung zu untermauern oder auch zu widerlegen, daß die Vergewaltiger von Glen Ridge zu langen Haftstrafen verurteilt worden wären, wenn sie keine Kinder wohlhabender weißer Familien gewesen wären. Die Vertreter der Anklage sagten mir, sie hätten Beweise für diese Theorie zu beschaffen versucht, in der Hoffnung, Richter Cohen damit dazu zu bewegen, die vier nach ihrem Schuldspruch einsperren zu lassen oder zumindest die Kaution zu erhöhen. Aber sie und ihre Mitarbeiter hätten vergeblich nach offiziellen Zahlen gesucht. »Ich habe noch nie erlebt, daß jemand eines Sexualdeliktes ersten Grades schuldig gesprochen und dann auf Kaution freigelassen wird«, sagte ein verständnisloser und frustrierter Robert Laurino.

»Ich glaube, es war eher ein umgekehrtes Vorurteil«, sagte Christopher Archers Verteidiger, Thomas Ford, zu dem Vorwurf, daß die Vergewaltiger aufgrund ihrer Rasse und ihres sozioökonomischen Status bevorzugt behandelt worden seien. Ford bezeichnete die Urteile als schwer in Anbetracht des Alters und der unbedeutenden Vorstrafen seines Klienten und der anderen Angeklagten. Ohne den Presserummel, sagte Ford, wären die mit geringeren Strafen auf Bewährung davongekommen.

Ein Beweis dafür, daß in der Art, wie Vergewaltigungsfälle verhandelt werden, je nach Rassenzugehörigkeit zumindest kleine Unterschiede gemacht werden, findet sich in den offiziellen Zahlen, die vom U.S. Justice Department Bureau of Justice Statistics ermittelt wurden. Die Daten aus dem Jahr 1988, dem Jahr vor der Glen-Ridge-Vergewaltigung, wurden von dreihundert Counties geliefert und im Auftrag des National Judicial Reporting Program analysiert. Sie zeigen, daß die Inhaftierungsraten für schwarze und weiße überführte Vergewaltiger in etwa gleich sind: 86% der Weißen, die in den fünfundsiebzig größten in diesem Jahr bei der Untersuchung berücksichtigten Counties der vorsätzlichen Vergewaltigung für schuldig befunden wurden, landeten hinter Gittern. Bei den Schwarzen waren es 88%.

Es gibt zumindest eine Statistik in diesem Bericht, die Carol Vasiles anekdotische Schlußfolgerungen bis zu einem gewissen Grad untermauert. Dieses Ergebnis läßt darauf schließen, daß der Vergewaltigung überführte Weiße vermutlich leichtere und kürzere Haftstrafen abbüßen als schwarze Vergewaltiger. Während die Prozentsätze der schwarzen und weißen inhaftierten Vergewaltiger sich nur geringfügig voneinander unterscheiden, ist die Prozentzahl der Weißen, die ihre Haftstrafe in einem County-Gefängnis verbüßen statt in einem Staatsgefängnis beinahe doppelt so hoch wie die der Schwarzen. Dies ist ein entscheidender Unterschied, da, wenngleich die Haftbedingungen von County zu County und von Staat zu Staat verschieden sind, ein Aufenthalt im County-Gefängnis dem in einem Staatsgefängnis fast immer vorzuziehen ist. Das kann häufig bedeuten, daß weniger Möglichkeiten zu körperlicher Betätigung bestehen und auch die Möglichkeiten der Weiterbildung und Unterhaltung für die Inhaftierten weniger gegeben sind als in einem Staatsgefängnis. Aber ein County-Gefängnis bedeutet außerdem fast immer weniger als zwölf Monate Haft. County-Gefängnis bedeutet, daß die Wahrscheinlichkeit geringer ist, daß der Inhaftierte der in Staatsgefängnissen grassierenden brutalen kriminellen Subkultur ausgesetzt ist. Und vor allem bieten County-Gefängnisse häufig offenen Vollzug an, der so aussehen kann, daß man nur die Wochenenden im Gefängnis verbringt.

Diese Statistiken beziehen sich natürlich nur auf schuldig gesprochene Vergewaltiger, die verurteilt und eingesperrt wurden. Zahlen, die belegen, ob eine rassenbezogene Disparität bei der Zahl der Vergewaltiger besteht, die schuldig gesprochen und in ein County- oder in ein

Staatsgefängnis geschickt werden, gibt es keine. Ebenso wenig wie es irgendwelche vergleichenden statistischen Erhebungen zwischen der Vergewaltigung Verdächtigten und schuldig gesprochenen Vergewaltigern gibt.

Carol Vasile zieht ihren Pullover über – am Aufschlag steckt ein Button mit dem Slogan STOPPT DEN KRIEG GEGEN DIE FRAUEN!, und als wir uns verabschieden, holt sie einen einfachen braunen Umschlag hervor, nur einer aus ganzen Säcken voll Post, die NOW während des Prozesses erhielt. Auf den Umschlag ist ein Zettel mit der maschinengeschriebenen Adresse von NOW geklebt. Der Poststempel ist von Glen Ridge. »Das spricht für die Angst und die Unsicherheit, die der Fall ausgelöst hat«, erklärt Carol. »In Glen Ridge wurde es nicht gern gesehen, wenn jemand laut seine Meinung kund tat.«

Sie schüttelt den Inhalt des Umschlages auf den Tisch – ausgeschnittene Fotografien aus dem neunundachtziger Jahrbuch der Glen Ridge High School – alles Bilder der Vergewaltiger, die ausgelassen durch ihr Abschlußjahr toben. Dazu dieser Brief mit Tippfehlern:

> Sie haben recht. So sieht Glen ridge zu seinen Vergewaltigerstars auf. Das hier war, nachdem bekannt geworden war, was sie mit diesem Mädchen gemacht haben. Die Kids in der Schule hatten Angst vor diesen Mistkerlen. Sehen sie sich die Bilder im Jahrbuch an. Der Schuldirektor, Mädchen, die diese Schweine süß finden. Achten sie auf den Spruch unter dem Foto von den Scherzer-Zwillingen: ›Wir werden die Erfahrungen, die wir gemacht haben, nie vergessen‹. Diese Typen sind an dieser

Schule mit mord davongekommen. Die Schulverwaltung hat Schuld. Sie haben Mädchen auf der High School wie Dreck behandelt, und jeder wußte es.

Ein ehemaliger Schüler

## Mari Carmen Ferraez gelingt es nicht, ihre Jungs zu retten

Während ihres Abschlußjahres an der Glen Ridge High – demselben Jahr, in dem Kyle Scherzer Betty Harris vergewaltigte – ging Scherzer mit seiner Klassenkameradin Mari Carmen Ferraez aus. Als der Klatsch, die Gerüchte und die Prahlerei sich auf dem Campus der Glen Ridge High ausbreiteten, erkannten Mari Carmen Ferraez und die Vergewaltiger, daß der Vorfall, der sich im Keller des Hauses Lorraine Street Nummer vierunddreißig ereignet hatte, nicht so schnell vergessen sein würde wie ursprünglich erwartet.

Die Sticker mit den Slogans VERGEWALTIGER SIND UNTER UNS und HA! HA! WENN IHR MUSKELPROTZE ERST IN DEN KNAST KOMMT, WERDET IHR BALD WISSEN, WIE ES IST, VERGEWALTIGT ZU WERDEN, die auf mysteriöse Weise an Flurwänden der Schule auftauchten, machten deutlich, daß das Geheimnis keins mehr war und nicht alle der dreihundertsiebzehn Schüler den Vorfall amüsant fanden.

Im September griff Mari Carmen zum Telefon. Zu diesem Zeitpunkt war bereits klar, daß ihr ehemaliger Freund und seine Teamkameraden in ernsthaften Schwierigkeiten steckten. Glen Ridge wurde in der Regenbogenpresse ›Stadt der Schande‹ genannt, und Staatsanwälte arbeiteten hart daran, dafür zu sorgen, daß die Vergewaltiger in ein Staatsgefängnis gesperrt wurden.

Zweimal rief Mari Carmen bei Betty zu Hause an. Was Betty nicht wußte, war, daß Mari Carmen beide Telefonate sowie ein Gespräch, das im November in einem Wagen stattfand, und noch einige weitere Unterhaltungen auf Band aufnahm. Die Anwälte der Scherzer Zwillinge, Michael Querques und Louis Esposito, engagierten einen Privatdetektiv, um die Aufnahmen im Herbst neunundachtzig zu arrangieren. Mari Carmen verfolgte Betty geradezu, rief sie an, um mit ihr über die Vorfälle im Keller zu sprechen, lud sie zum Eisessen ein. Betty führte Mari Carmens plötzliche Nettigkeit darauf zurück, daß sie beide in derselben Basketballmannschaft spielten. »Sie war eine Freundin von mir«, sagte Betty später vor Gericht.

»Betty sah zu Mari Carmen Ferraez auf«, sagte Staatsanwalt Glenn Goldberg den Geschworenen im Rahmen seines Eröffnungsplädoyers. »Mari Carmen Ferraez gehörte zu den beliebten Mädchen der Schule. Mari Carmen Ferraez gehörte zu den Mädchen, denen Betty nacheiferte. Betty vertraute ihr. Mari Carmen war älter als sie. Sie spielte mit ihr in derselben Basketballmannschaft. Betty Harris' Auffassung nach war sie eine gute Freundin.«

Wir sind ganz unter uns, log Mari Carmen, als sie mit Betty telefonierte. Niemand sonst wird je von unserem Gespräch erfahren, sagte sie, und drängte Betty, über Sex zu sprechen, während sie, entgegen ihrer Versicherungen, daß die Unterhaltung ihrer beider Geheimnis bleiben würde, alles auf Band aufnahm. Das Gesetz von New Jersey gestattet solche Bandaufnahmen, sofern eine der am Telefonat beteiligten Personen weiß, daß das Gespräch aufgenommen wird. Ganz offensichtlich war die Absicht dieser Anrufe die, zu beweisen, daß Betty aus freien Stücken bei ihrer eigenen Vergewaltigung mitgemacht hatte.

»Wenn Sie sich die Bänder anhören«, sagte Kyle Scherzers Anwalt, Louis Esposito, während einer Verhandlungspause, als der Prozeß schließlich im Gange war, drei Jahre nach der Aufzeichnung der Gespräche, »sie beweisen, daß sie sehr wohl begreift, was Sex ist, daß sie über sexuelle Dinge gesprochen hat und genau wußte, was sie tat.« Aber Esposito war verärgert. Die Staatsanwaltschaft benutzte die Bänder gegen seinen Klienten, um den Geschworenen zu beweisen, daß Betty unfähig war, nein zu sagen.

In einem der Gespräche versuchte Mari Carmen Betty dahingehend zu manipulieren, daß sie über die Vergewaltigung sprach, indem sie Betty weis machte, daß sie – Mari Carmen – erwäge, selbst zu den Scherzers in den Keller zu gehen, um das zu erleben, was Betty dort erlebt hatte.

»Welch wundersame Wandlung.« Staatsanwalt Goldberg versuchte, den Geschworenen zu erklären, wie Betty diese vielen interessierten Fragen erschienen sein mußten. »Stellen Sie sich vor, wie Betty plötzlich von diesem Mädchen, dieser jungen Frau, umschmeichelt wird. Plötzlich ist Betty beliebt. Man sucht ihre Freundschaft, bewundert und respektiert sie, und als wäre das nicht genug, wird Betty jetzt auch noch zur Lehrerin und Ratgeberin erkoren. Sie wird diese beliebte junge Frau über Sex im Keller des Scherzer-Hauses aufklären.« Goldberg bereitete die Geschworenen auf Bemerkungen Bettys auf den Bändern vor, die kompromittierend klingen könnten.

»Hat es Spaß gemacht?« fragt Mari Carmen auf einem der Bänder.

»Ja, es war okay«, antwortet Betty.

Goldberg gibt den Geschworenen zu verstehen, daß die plötzliche Aufmerksamkeit, die Mari Carmen ihr schenkte, Betty glauben machte, daß das, was im Keller vorgefallen war »ein richtiges Abenteuer« gewesen sein mußte, »etwas, worauf sie stolz sein konnte, etwas was man wiederholen sollte.«

Auf einem anderen Band fragt Mari Carmen: »Hast du das mit dem Besenstiel ganz allein gemacht? Ich meine, könnte ich es auch, wenn ich es wollte? Ich meine, haben sie es dich selbst machen lassen?« Wieder versuchte sie einen Beweis auf Band festzuhalten, daß die Idee mit dem Besenstiel von Betty stammte.

Statt dessen lacht Betty nur und sagt dann: »Du willst das an dir selbst tun?«

Als sie schließlich im Zeugenstand war, wurde Betty gefragt, was sie mit ihrer Frage an Mari Carmen gemeint habe. Sie erwiderte: »Warum sollte das jemand an sich selbst tun wollen?«

Auf den Ferraez-Bändern befand sich auch folgender Wortwechsel: Mari fragt: »Wenn du müßtest, wenn du es noch mal tun müßtest, würdest du wieder in den Keller gehen?«

Bettys Antwort: »Ich hätte größere Angst, ich weiß nicht.«

Mari Carmen läßt nicht locker: »Was, wenn niemand es je erfahren würde, wenn niemand etwas verraten würde?«

»Ja«, sagte Betty.

»Würdest du es dann wieder tun?« fragte Mari Carmen.

»Ja«, entgegnete Betty, »wenn du mit in den Keller kämst.«

Betty wurde zu einem späteren Zeitpunkt erneut zu den Bandaufnahmen befragt. »Warum wolltest du, daß Mari mit dir in den Keller geht?« wurde sie von Staatsanwalt Robert Laurino gefragt.

»Damit sie sieht, wie es ist«, erklärte Betty.

Auf dem Band wird Betty von Mari Carmen gefragt: »Was kannst du mir noch über Sex erzählen?«

Und Betty antwortet: »Ich weiß auch nicht, sei nur vorsichtig.«

»Vorsichtig?« fragte Mari Carmen. »Warum sagst du das?«

Bettys Antwort darauf ist so lieb und so traurig. Sie sagt Mari Carmen – dem Mädchen, das sie als ihre Freundin betrachtet, dem Mädchen, das alles daran setzte, sie hereinzulegen – »Ich möchte nicht, daß man dir weh tut.«

In einer weiteren aufgezeichneten Unterhaltung versucht Mari Carmen Betty folgendermaßen aufs Glatteis zu führen: »Sag mal, hast du dich je an einen Jungen rangemacht und zu ihm so etwas gesagt wie: ›He, laß uns miteinander schlafen?‹«

Aber wieder machte Bettys Antwort Mari Carmens Absicht zunichte. »Nein, gewöhnlich kommen sie zu mir, und gewöhnlich sagen sie, laß es uns tun, weißt du.«

In einem weiteren gescheiterten Versuch, Betty dazu zu bringen, sich selbst zu belasten, erzählt Mari Carmen Betty, daß ein Mann zu ihr gesagt hätte: »Laß uns miteinander schlafen«. Mari Carmen erzählt Betty, daß sie darauf geantwortet habe: »Nein, ich will nicht« und weggelaufen sei. Mari Carmen stellt Betty die nächste Falle, indem sie sie fragt, ob sie (Betty) in der gleichen Situation genauso handeln würde.

»Ich weiß es nicht«, antwortet Betty.

»Du weißt es nicht«, fragt Mari Carmen enttäuscht.

»Nein«, entgegnet Betty.

Auf dem Band, das im Auto aufgenommen wurde, fragt Mari Carmen Betty darüber aus, in welchen Abständen sie Sex hat.

»Immer, wenn sie Zeit haben, immer, wenn sie in der Nähe sind«, antwortet Betty Mari Carmen, aber wer ›sie‹ sind, wird auf dem Band nicht geklärt.

»Wirklich?« bohrt Mari Carmen weiter.

»Ja«, antwortet Betty. »Ich fühle mich wie eine Hure, aber das macht mir nichts. Ich habe großes Glück. Ich meine, ich tue das schon seit Jahren. Ich bin nicht schwanger. Ich habe mir nicht einmal eine Krankheit eingefangen. Es geht mir großartig.«

Später erklärt Mari Carmen Betty auf dem Band ganz genau, was eine Anklage für Mari Carmens ehemaligen Freund bedeuten würde.

»Willst du die Jungs in Schwierigkeiten bringen oder nicht?« fragt Mari Carmen.

»Na ja«, entgegnete Betty. »Sie haben sich selbst in Schwierigkeiten gebracht.«

»Wie das?« fragt Mari Carmen.

»Einige von ihnen haben herumerzählt, was passiert ist«, lautet Bettys einfache Antwort.

Mari Carmen Ferraez wurde wegen der aufgezeichneten Gespräche selbst angezeigt – wegen Zeugenbeeinflussung. Die Anklage wurde Monate später im Rahmen eines Handels mit der Verteidigung fallen gelassen, und einige Zeit war sie auf Bewährung, während sie ihre Ausbildung zur Krankenschwester fortsetzte. Die Bänder erwiesen sich als nützlich bei den Bemühungen der Staatsanwaltschaft, zu beweisen, daß Betty weder in der Lage war, nein zu sagen, noch zu begreifen, daß sie das Recht hatte, Sex zu verweigern.

»Die Angeklagten haben mit Bettys Körper gespielt«, sagte ein angewiderter Glenn Goldberg, »aber Mari Carmen Ferraez hat mit ihrer Seele gespielt.«

Betty ließ sich leicht verwirren und manipulieren, nicht nur von Mari Carmen Ferraez, die alles daran setzte, ihre Vertraute zu werden. »Sie ließ sich leicht von jedem an der Nase herumführen«, sagte Jeanette DePalma vor Gericht aus. Jeanette DePalma war eine von Bettys Lehrerinnen und Expertin im Unterrichten von geistig zurückgebliebenen oder behinderten Kindern. »Dazu zählten vor allem jene, von denen sie sich wünschte, daß sie sie mochten«, sagte Jeanette DePalma über Bettys Empfänglichkeit dafür, sich von anderen beeinflussen zu lassen. »Wenn jemand nett zu ihr ist, ist Betty sofort bereit, ihn – oder sie – als Freund zu akzeptieren. Sie hat ein sehr mangelhaftes Urteilsvermögen, was Menschen betrifft.«

## Bettys Mutter sagt aus

»Sprechen Sie bitte laut und deutlich, damit alle Sie hören können«, bittet Staatsanwalt Robert Laurino Bettys Mutter, als diese schließlich in den Zeugenstand gerufen wird. Langsam enthüllt ihre Aussage Bettys Kindheit und ihre Schwierigkeiten in der Schule. Zuvor hatten bereits zahlreiche Zeugen der Staatsanwaltschaft ausgesagt, um Bettys Verletzlichkeit und ihre geistige Schwäche offen zu legen: Trotz ihrer Teilnahme am Sonderunterricht auf der High School reichen ihre Lesefähigkeiten nicht aus, eine einfache Speisekarte zu verstehen; sie kann sich nicht an die Namen von nur vier amerikanischen Präsidenten erinnern; sie kann Anweisungen nicht folgen, einen Pie in der Mitte durchzuschneiden; sie kann Filmintrigen nicht folgen und ist außerstande, sich telefonisch zu erkundigen, um wieviel Uhr ein Film im Kino läuft. Sie glaubt, die Vereinigten Staaten setzten sich nur aus fünf Staaten zusammen, bezeichnet die zwei wichtigsten politischen Parteien Amerikas als ›public‹ und ›primary‹ und war, als sie von einem von der Staatsanwaltschaft beauftragten Psychiater untersucht wurde, unfähig, die Zahl zu nennen, die unmittelbar vor achthundertzweiundsiebzig kommt.

»Sie wäscht jetzt ihre eigene Wäsche«, sagte ihre Mutter, als sie Bettys gequälte Versuche beschreibt, ein wenig Eigenverantwortung zu übernehmen. »Sie macht ihr Bett. Zwar nicht so, wie ich es ihr gezeigt habe, aber sie macht es. Wir haben versucht ihr beizubringen, mit dem Herd umzugehen und zu kochen.«

Aber die Erfolgsrate der Familie ist minimal, und auch nachdem Betty schließlich ihren Sonderunterricht an der West Orange High School abschließt (sie ist nie über Textbücher der dritten Klasse hinausgekommen) ist sie außerstande, allein für sich zu sorgen. »Wir kochen so aufregende Dinge wie Minutenreis mit katastrophalen Resultaten. Wir haben es mit Thunfischbroten versucht, was ganz einfach klingt. Sie hat sie gemacht und war unsagbar stolz auf sich, als wir sie dann aber probiert haben, wußten wir gleich, daß etwas nicht stimmte, und als wir sie fragten, was das für ein eigenartiger Geschmack wäre, sagte sie: ›Na ja, ich habe dieses grüne Zeug daruntergemischt.‹ Ich fragte sie, was für grünes Zeug sie meine, weil ich immer getrocknete Petersilie unter den Thunfisch mische. Sie hatte Oregano genommen. Der ist ebenfalls grün, und das sind die Dinge, auf die man bei ihr achten muß. Aber wir geben uns Mühe, wir hoffen, daß sie irgendwann vielleicht in einer Wohngemeinschaft leben kann oder vielleicht unter Aufsicht in einer eigenen Wohnung.«

Sie erzählt dem Gericht von zahlreichen frustrierenden Situationen. »Man kann nicht einfach zu ihr sagen: ›Geh nach oben und mach das Waschbecken sauber‹, weil sie es dann mit Wasser vollaufen läßt oder kein Putzmittel verwendet. Und wenn man ihr sagt: ›Denk daran, Putzmittel zu verwenden‹, kann man das Scheuermittel hinterher von allem abkratzen. Man muß immer Schritt für Schritt vorgehen und jeden Handgriff ständig wiederholen.«

Anweisungen zu befolgen und sich zu konzentrieren war schon immer ein Problem für Betty. »Man kann ihr nicht mehr als zwei oder drei Anweisungen auf einmal geben«, erzählt ihre Mutter dem Gericht. »Wenn Sie zu ihr sagen: ›Würdest du nach oben gehen und mir meinen

Lippenstift holen? Er liegt in einer der Schublade auf der rechten Seite des Sekretärs, in der dritten von oben‹, kann sie Ihnen nicht folgen und sieht Sie nur verständnislos an. Wenn sie dann zum Sekretär geht, öffnet sie alle Schubladen, bis sie den Lippenstift gefunden hat. Sie erinnert sich nur selten daran, ob man rechts oder links gesagt hat, ganz zu schweigen davon, welche Schublade.«

Betty ist außerstande, allein ein öffentliches Verkehrsmittel zu benutzen, und sie versteht auch den Unterschied zwischen Bargeld und Schecks nicht. »Als sie noch auf der High School war«, erzählt ihre Mutter, »wollte sie ihren Klassenring kaufen, und wir sagten ihr, dann müsse sie darauf sparen. Sie hatte einen Ferienjob, und das war etwas, woraufhin sie sparen konnte. Als es an der Zeit war, den Ring zu bezahlen, sagte ich ihr: ›Jetzt gehen wir zur Bank, heben dein Geld ab, und dann schreibe ich dir einen Scheck aus‹. Bis dahin war sie noch einverstanden. Also gingen wir zur Bank, hoben das Geld ab, ich zahlte es auf mein Konto ein und stellte ihr einen Scheck aus. Ich glaube, sie ist bis zum heutigen Tage der Ansicht, ich hätte ihr das Geld gestohlen, weil sie kein Bargeld zur Schule bringen konnte. Ich wollte nicht, daß sie Bargeld mitnimmt. Aber sie konnte einfach nicht verstehen, daß der Scheck dasselbe wert war wie Bargeld.«

Die Befragung wandte sich den Verhütungspillen zu, die Betty verschrieben worden waren. Ihre Mutter erklärte, sie hätte befürchtet, Betty könne in der sexuell geladenen und anonymen Atmosphäre der Columbia High vergewaltigt werden, und habe daraufhin beschlossen, ihr die Pille verschreiben zu lassen.

»Können Sie uns erzählen, wie Sie Betty erklärt haben, wozu diese Tabletten gut seien?« fragte Robert Laurino.

»Ich sagte ihr, sie dienten dazu, daß sie ihre Periode regelmäßig bekäme.«

»Haben sie um den 1. März 1989, als dieser unglückselige Vorfall stattfand . . .« Es war an der Zeit, daß Robert Laurino Bettys Mutter durch ihre Version der Vergewaltigung führte. ». . . haben Sie da irgendwelche Veränderungen in Bettys Verhalten bemerkt?«

»Sie kam zu spät«, sagte ihre Mutter zu Bettys Ankunft zu Hause am Tag des Verbrechens. »Bei uns müssen die Kinder zu einer bestimmten Zeit zu Hause sein. Die Zeit wird vorab festgelegt, und wenn sie sich aus irgendeinem Grund verspäten, sind sie angehalten anzurufen. Sie kam zu spät, sie hatte nicht angerufen, und ich war wütend. Sie hat sich tausendmal entschuldigt, aber ich war immer noch wütend.«

Aber einen Hinweis auf irgendein Problem gab es erst, als Betty zu Bett ging. »Sie war extrem nervös«, erinnert sich ihre Mutter. »Sie hat im Schlaf gesprochen, was sie für gewöhnlich nicht tut. Ihr Zimmer liegt gleich neben unserem, so daß ich sie im Schlaf reden hören konnte.« Bettys Unruhe bereitete ihrer Mutter Sorgen. »Ich ging zu ihr hinüber, konnte aber nicht verstehen, was sie sagte. Ich versuchte, sie zu fragen, verstehen Sie? Ich fragte sie, was los sei.« Aber anfangs antwortete Betty nur mit unverständlichem Gemurmel. »Als sie schließlich einigermaßen wach war, sagte sie nur ›Ach nichts. Nichts‹. Das war alles. Aber rückblickend denke ich, die Schlafstörungen hätten uns verraten müssen, daß etwas passiert war, das sie bedrückte.«

Behutsam führte Laurino Bettys Mutter durch ihre Erinnerung jenes Nachmittags, an dem Betty zu spät nach Hause kam, ein Bericht, der auf beinahe unheimliche Art an den Prozeßhöhepunkt in Faulkners *Sanctuary* erinnert. »Als Betty an diesem Nachmittag nach Hause kam, hatte sie da irgend etwas bei sich?«

»Ja, einen . . .« Ihre Stimme wurde so leise, daß sie im Gerichtssaal nicht zu hören war.

»Was hatte sie bei sich?« fragte Laurino sanft.

»Einen schmutzigen roten Stock«, wiederholte Bettys Mutter, diesmal lauter.

Laurino baute die Anspannung des Augenblicks mit Hilfe einiger Routinearbeit ab. »Ich möchte gern einen Gegenstand als Beweisstück einbringen.«

Die Verteidigung erhob Einspruch.

»Einspruch abgelehnt«, entschied Richter Cohen ohne zu zögern. »Der Gegenstand wird als Beweisstück Nummer fünfundfünfzig zugelassen.«

Der Stock wurde mit der Nummer S-55 markiert, und Laurino bat Bettys Mutter, ihn sich genau anzusehen. »Ich möchte, daß sie sich diesen Stock mit der Kennziffer S-55 genau ansehen. Können Sie mir sagen, ob Sie den Gegenstand wiedererkennen?«

Bettys Mutter fuhr fort, seine Fragen mit ruhiger, beherrschter Stimme zu beantworten. »Ich glaube, es ist der Stock, den sie mit nach Hause gebracht hat«, sagte sie.

»Können Sie uns sagen, was Sie mit dem Stock gemacht haben?« fragte Laurino.

»Ich legte ihn oben auf den Kühlschrank.« Damals war es für sie einfach ein schmutziger Stock, weiter nichts.

»Erinnern Sie sich, warum?«

»Ich war wütend. Ich sagte: ›Warum bringst du diesen schmutzigen Stock mit nach Hause?‹ Ich nahm ihn ihr ab und legte ihn auf den Kühlschrank. Der Kühlschrank ist viel höher als ich, und ich wollte den Stock nur weg haben. Ich habe ihn mir nicht genauer angesehen.«

»Können Sie uns sagen, was Sie später mit dem Stock gemacht haben?«

»Nun, als wir erfuhren, daß etwas vorgefallen war, wurden wir aufs Revier gebeten. Dort stellte sich unter anderem heraus, daß irgendein Stock im Spiel gewesen war, und ich konnte an nichts anderes mehr denken als an den Stock, den ich Betty weggenommen hatte. Ich brachte ihn zum Revier und sagte: ›Das ist der Stock, den sie mit nach Hause gebracht hat.‹«

Nachdem Bettys Mutter von der Schule informiert worden war, daß es zwischen Betty und einer Gruppe von Jungen aus Glen Ridge zu einer Art sexueller Begegnung gekommen sei, hatte sie vergeblich versucht, Betty dazu zu bewegen, ihr zu erzählen, was passiert war.

»Sie bespricht ganz allgemein nicht viel mit uns. Sie spricht nicht gern über sexuelle Angelegenheiten, wenn ihr Vater anwesend ist«, erklärt Bettys Mutter. »Also sagte sie nur: ›Es ist nichts passiert, es ist alles okay. Macht euch keine Sorgen.‹ Der Versuch, mit ihr zu sprechen, war ein Fehlschlag.«

Die Staatsanwaltschaft hatte keine weiteren Fragen an die Zeugin, und Thomas Ford, der Verteidiger von Christopher Archer, erhob sich, um mit dem Kreuzverhör zu beginnen. Zu Beginn des Prozesses erregte Ford einiges Aufsehen mit seinen ziellosen Fragen und Reden, die trotz seiner geschniegelten Erscheinung und seiner Heucheleien, die er in seine Wanderungen durch den Gerichtssaal hineinchoreographiert hatte, nirgendwohin zu führen schienen. »Er nimmt gern lässige Posen ein, schrieb Amy Pagnozzi für die *New York Daily News*, »von denen eine – rechte Hand auf der Hüfte, linker Arm erhoben, das Handgelenk locker herabbaumelnd – von den Reportern als ›volle Teekanne‹ bezeichnet wird.«

»Das hat mir nichts ausgemacht«, erzählt Ford mir nach dem Prozeß. »Man macht sich über Clinton lustig, man hat sich über Bush lustig gemacht. Wenn man im Licht der Öffentlichkeit steht, können die Leute sich alles erlauben. Das macht mir nichts. Ich weiß selbst, wie gut oder schlecht ich bin. Darum ist es mir gleich, was die Leute über mich sagen.«

Ford nahm Bettys Mutter in die Mangel, als er ausführte, daß Betty bereits vor der Vergewaltigung sexuell aktiv gewesen sei. Er führte den Entschluß der Mutter an, Betty die Pille verschreiben zu lassen, und wies darauf hin, daß Betty aus dem Sommerlager hinausgeworfen worden war. »Sie war zum ersten Mal in einem gemischten Camp. Die Kinder übernachteten auch dort, und soviel ich weiß, hat es sich auf dem Weg zum Speisesaal abgespielt. Ich kann mich nicht an den genauen Wortlaut erinnern, aber sie hat eine unschickliche Unterhaltung mit einem der Jungen geführt.«

Ford versuchte, Bettys Mutter dazu zu bewegen, die Geschichte zu bestätigen, derzufolge Betty als Schülerin an der Columbia High School ihre Brüste entblößt hätte. »Wurden Sie, während Betty auf der Columbia High School war, je von einem der Lehrer darüber informiert, daß Betty während des Unterrichts ihre Brüste entblößt hätte?«

Bettys Mutter schien überrascht. »Sie soll ihre Brüste entblößt haben?« fragte sie Ford.

»Ja«, entgegnete der Verteidiger.

»Ich kann mich nicht erinnern«, entgegnet sie, »und ich denke, an so etwas würde ich mich erinnern.«

Ford befragte Mrs. Harris zu Bettys Freundschaften, ihren Jobs, ihren Streifzügen durch Glen Ridge und fragte dann, um das Beweisstück bittend: »Könnten wir bitte diesen roten Stock einmal haben?« »Ihnen wurde vor einigen Tagen ein Stock mit der Kennziffer S-55 gezeigt, den Sie als den identifizieren sollten, den Betty mit nach Hause gebracht hat. Erinnern Sie sich?«

»Ja.«

»Wenn ich mich recht erinnere, sagten Sie, Sie hätten

den Stock am 1. März 1989 auf den Kühlschrank gelegt.«

»Ja.«

»Haben Sie ihn zu irgendeiner Zeit, bevor Sie ihn der Polizei übergeben haben, dort weggenommen?« fragte Ford.

Die Antwort führte zu einem Anflug von Humor inmitten der Tragödie. »Sie zwingen mich zu bekennen, daß ich die Oberfläche meines Kühlschranks nicht putze. Nein, ich habe ihn dort nicht weggenommen.«

»Sie putzen die Oberfläche Ihres Kühlschranks nicht?« fragte Ford.

»Unglücklicherweise ist der Kühlschrank viel höher als ich, so daß ich nur schlecht drankomme.«

»Dann könnten dort oben allerlei Dinge herumliegen?« fragte Ford.

»Ja.«

»Der Stock war also nur einer von vielen Gegenständen?« Es war völlig unklar, worauf Ford hinauswollte.

»Ja.«

»Es hatte also keine besondere Bewandtnis, daß Sie ihn dort hinauflegten?«

»Ich legte ihn dort hinauf, um ihn aus den Händen zu haben«, erklärte sie.

»Und das war der einzige Grund?«

»Das ist richtig.«

»Und dann haben Sie ihn irgendwann der Polizei übergeben?« fragte Ford.

»Ja.« Ford ließ nicht locker. »Hatte der Stock hinsichtlich seiner Form und Farbe etwas an sich, das dazu führte, daß er Ihnen im Gedächtnis blieb?«

»Wann?« fragte sie verwirrt.

»Ich meine Farbe oder Form«, erklärte der Verteidiger.

»Sie meinen, als sie ihn mit nach Hause brachte?«

»Richtig.«

»Ich nahm ihn ihr einfach weg«, wiederholte sie. »Ich war wütend. Sie war zu spät. Ich fragte: ›Wozu hast du diesen schmutzigen Stock mit nach Hause gebracht?‹, nahm ihn ihr weg und legte ihn dort oben hinauf. Das ist alles.«

Schließlich wurde klar, was Ford zu beweisen versuchte: Daß Betty Monate nachdem sie das erstemal mit jemandem über die Vergewaltigung gesprochen hatte, ihre Geschichte in bezug auf den Stock und einen der dreizehn Jungen im Keller – Richie Corcoran – abgeändert und ihrer Mutter und der Staatsanwaltschaft erzählt habe, daß Corcoran sie nicht mit dem Stock penetriert hätte. Verzögerung bei der Meldung und Abweichungen zwischen ersten und späteren Aussagen sind bei Vergewaltigungsopfern nicht selten. Diese Widersprüche sind Beispiele für das Vergewaltigungstraumasyndrom.

Alan Zegas, der Verteidiger von Bryant Grober, löste Ford beim Kreuzverhör ab. Von den vier Verteidigern war er der am wenigsten erfahrene; dies war sein erster Prozeß vor einem Staatsgericht. Zegas konzentrierte seine Fragen auf Bettys Verhalten an der Columbia High School. Er las aus einem Bericht eines von Bettys Sonderunterrichtslehrern vor: »In diesem Jahr hat sie Mitgliedern einer der Sportmannschaften gegenüber höchst unschickliche verbale sexuelle Avancen gemacht, um deren Aufmerksamkeit zu erregen. Ihr Vertrauenslehrer und ich haben mit ihr über ihr Verhalten gesprochen. Wir werden uns weiter mit ihr darüber unterhalten, daß sie ihre Gefühle in einer akzeptableren Art und Weise zum Ausdruck bringt. Bettys Sportlehrer und ich haben sie außerdem dafür getadelt, daß sie in der Schule geraucht hat. Auch dies diente von Bettys Seite dem Zweck, Aufmerksamkeit zu erregen. Sie hat geraucht, um von der Clique akzeptiert zu werden.«

Bettys Mutter sagte Zegas, der Bericht sei unbedeutend. »Wäre es um etwas Wichtiges gegangen, wäre diesbezüglich eine Elternbesprechung angesetzt worden. Das ist Teil einer Übersicht, die wir in Abständen bekommen, und die Lehrer haben sich darum gekümmert. Also konnte es sich um nichts Spektakuläres handeln. Wir wußten, daß Betty zuweilen ein gesellschaftlich unakzeptables Verhalten an den Tag legte.«

Zegas wiederholte die Geschichte, wie Betty ihr T-Shirt angehoben habe, erzählte eine weitere, derzufolge sie in einer Kammer in der Schule sexuelle Handlungen mit einem Jungen ausgetauscht hätte, und fragte, ob der wahre Grund, weshalb Betty die Columbia High verlassen habe, nicht etwa der gewesen sei, daß der Lehrkörper befürchtet hätte, sie sei in Gefahr, sondern daß sie ›unschickliche Bemerkungen und unschickliche Dinge getan habe, die die Schule nicht tolerieren konnte‹.

Bettys Mutter meinte dazu, der Vorfall, bei dem Betty ihre Brüste entblößt habe, hätte sich vermutlich in der Kammer ereignet, so daß es sich um ein und denselben Vorfall handle. Dieser ließe sich durch Bettys mangelndes Verständnis für anständiges Betragen in ihrem Alter erklären und hätte keineswegs einen sexuellen Hintergrund. »Sie trägt häufig ein T-Shirt und einen Pullover oder ein Sweatshirt mit einem Pullover. Sie hat den Pullover ausgezogen, und dabei ist das T-Shirt hochgerutscht. Wir haben uns lange darüber unterhalten, wie man sich richtig die Kleider auszieht. Wenn einem nämlich warm ist und man seinen Pullover auszieht, kann man dabei gleichzeitig das, was man darunter anhat, mit hochziehen.«

Zegas bedrängte sie weiter und kam immer wieder darauf zurück, daß Betty von einem Tag auf den anderen die Columbia High verlassen habe, nicht etwa, wie ihre Mutter behauptete, weil ihre Eltern und Lehrer befürchtet hätten, sie sei in Gefahr, sondern weil ihre eigenen sexuellen Handlungen die Schulordnung störten. »Tatsache ist, daß Betty kein potentielles Vergewaltigungsopfer war. Viel eher stellte Betty aufgrund ihres unschicklichen Verhaltens eine Gefahr für die anderen Schüler dar. Ist das nicht so?«

An diesem Punkt erhob die Staatsanwaltschaft Einspruch. »Wieder einmal«, beschwerte sich Glenn Goldberg, »stellt die Verteidigung der Zeugin Suggestivfragen. Diese Frage ist unzulässig. Das ist eine unbewiesene Behauptung.«

»Ich werde die Frage zulassen«, entschied der Richter und wandte sich an die Zeugin. »War es so?«

»So etwas wurde uns nie gesagt, Sir, nein«, erwiderte Bettys Mutter. »Die Situation war die, daß wir sie als potentielles Vergewaltigungsopfer betrachteten.«

»Obwohl davon in den Tausenden von Seiten der Berichte, die Sie uns übergeben haben, an keiner Stelle die Rede ist. Ist das richtig?«

»Das ist richtig.«

Goldberg beschwerte sich erneut. »Ich erhebe Einspruch. Die Frage wurde bereits beantwortet.«

»Die Geschworenen werden von dieser Frage und der Antwort der Zeugin keine Notiz nehmen«, stimmte der Richter Goldbergs Kritik zu.

Nachdem Betty Klassenkameraden zum Sex aufgefordert, mehrfach unschickliche Reden über sexuelle Themen geführt und sich bei mindestens einer Gelegenheit in der Klasse an den Brüsten hatte berühren lassen, versuchte die Beraterin der Columbia High, Carol Bolden, ihr klarzumachen, daß ›ihr Körper etwas sehr, sehr Intimes‹ sei. Sie verstand das nicht. In ihren Augen ist ein Freund ein Freund. Wenn ein Freund einen berührt, ist das etwas Schönes. Aber Betty »liebte es, wenn man ihr Aufmerksamkeit schenkte, und sie drückte sich unschicklich aus, um Aufmerksamkeit zu erregen«, wenngleich, sagte Carol Bolden aus, bevor Bettys Mutter in den Zeugenstand gerufen wurde, »Betty den Sinn der Worte, die sie verwendete, gar nicht begriff«. Bolden versuchte, Betty einiges verständlich zu machen. »Sie hatte das Recht, nein zu sagen, und sie mußte ganz offensichtlich lernen, wie man nein sagte.« Aber es gelang Carol Bolden nicht, Betty diese simple Notwendigkeit klarzumachen.

Betty wurde auf Wunsch der Schule von der Columbia High genommen, sagte Carol Bolden, nicht nur aufgrund ihrer ›unpassenden‹ Art, Freundschaften zu schließen. Sie kam lehrtechnisch im Lesen nicht über Zweitkläßlerniveau hinaus und wurde von ›neurologisch behindert‹ in ›leicht zurückgeblieben‹ umgestuft.

»Sie hat den Körper einer Frau und den Verstand eines Erstkläßlers«, schloß Carol Bolden. »Sie wurde aufgefordert, die Schule zu verlassen, weil sie eine geistig zurückgebliebene Schülerin war, deren speziellen Bedürfnissen wir in unserer Lehranstalt nicht gerecht werden konnten. Wir hätten nicht für ihre Sicherheit garantieren können.« Bettys mangelnde Fähigkeit, Situationen richtig einzuschätzen, stellte ganz offensichtlich ein entscheidendes Problem dar. »Ich sorge mich um jeden Schüler, der nicht in der Lage ist, einfach nur nein zu sagen.«

»Okay, Euer Ehren.« Zegas formulierte seine Frage um und fragte Bettys Mutter statt dessen: »Wann wurden Sie von irgendeiner Stelle über den Vorfall informiert, der Gegenstand dieses Prozesses ist?«

»Ich glaube, das war fast eine Woche später, oder zumindest einige Tage nach der Vergewaltigung.«

»Sie wurden also am 8. oder 9. März 1989 davon unterrichtet, daß es möglicherweise ein Problem gäbe, daß ihre Tochter betraf? Ist das richtig?«

»Ja, ich glaube, es war . . .«

Zegas fuhr fort. »Und Sie wurden von einem Angehörigen des Schulsystems informiert, richtig?«

»Ja.«

»Und von wem, bitte?«

»Clark war, glaube ich, sein Name. Er sprach mit meinem Mann«, entgegnete sie.

»Wenn ich mich recht erinnere, sagten sie während des Kreuzverhörs durch Mr. Ford, was man Ihnen anfangs über das sagte, was sich möglicherweise am 1. März 1989 zugetragen haben könnte, sei ›sehr vage‹ gewesen.«

»Das ist richtig«, entgegnete sie.

»Mr. Clark sagte uns«, fuhr Zegas fort, »Ihre Tochter habe sich darüber beschwert, daß ihr am 1. März 1989 jemand einen ›Trommelstock‹ in ›den Hintern‹ gesteckt hätte.«

»Ich glaube, das entspricht dem, was uns gesagt wurde«, stimmte Bettys Mutter zu. Sie sagte weiter, sie und ihr Mann hätten »mit Betty darüber gesprochen und sie gefragt, was vorgefallen sei. ›O nichts, gar nichts‹, hat sie geantwortet. Sie hat das ganze abgeleugnet. Als wir nicht locker ließen, erzählte sie etwas von einem ›Zwischenfall im Park‹ oder so etwas in der Art, daß ihr jemand ›die Hand in die Hose‹ gesteckt habe.«

Später im März, sagte Bettys Mutter aus, etwa zwei Wochen nachdem die Schule das erste Mal angedeutet hatte, es könnte ein Problem gegeben haben, habe die Polizei von Glen Ridge endlich einen Detective zu den Harris' nach Hause geschickt. In der Zwischenzeit sei sie mit ihrer Tochter bei ihrer Frauenärztin, Dr. Robin Meglia, gewesen.

»Was war der Grund für den Besuch bei Dr. Meglia?« fragte Zegas.

»Nun, wenn sie auf irgendeine Weise vergewaltigt worden war, wollten wir sicher sein, daß sie okay war.«

»Haben Sie mit Dr. Meglia gesprochen, bevor sie Ihre Tochter untersucht hat?«

»Ich glaube, daß ich ihr sagte, es bestünde die Möglichkeit, daß sie vergewaltigt worden sei.«

»Aber es war Ihnen zu diesem Zeitpunkt nicht gesagt worden, oder?« fragte Zegas. »Alles, was man Ihnen gesagt hatte, war, daß Betty glaubte, sie sei möglicherweise – jemand habe ihr einen Trommelstock ›in den Hintern‹ gesteckt und ihr möglicherweise ins Höschen gefaßt. Richtig?«

»Richtig.«

»Als Sie zu Dr. Meglia in die Praxis gingen«, bohrte Zegas, »haben Sie da gesagt: ›Dr. Meglia, der Grund, weshalb ich heute mit meiner Tochter zu Ihnen komme, ist der, daß sie möglicherweise vergewaltigt worden ist. Ich bin angerufen worden und mache mir große Sorgen deswegen?‹«

»Ich glaube ja. Ich glaube, ich sagte, daß wir uns Sorgen machten, wir aber nichts Genaues wüßten und deshalb wollten, daß sie untersucht würde.«

»Wenn Sie eine Vergewaltigung tatsächlich für möglich hielten, hätten Sie dann nicht als erstes die Polizei verständigt?«

»Nein«, entgegnete Bettys Mutter.

Darauf kam Zegas wieder auf den Arztbesuch zu sprechen und nutzte die Lücken, die die Anhörung der Verteidigung zugestanden hatte, um das Schutzpotential des Gesetzes zum Schutz von Vergewaltigungsopfern ad absurdum zu führen.

»Erinnern Sie sich«, fragte er, »Dr. Meglia gegenüber erwähnt zu haben, Betty sei kürzlich dabei erwischt worden, wie sie sich von einem Jungen anfassen ließ?«

»Möglich.«

»Und daß der Junge einen Finger in ihre Scheide gesteckt hätte?«

»Möglich.«

»Haben Sie Dr. Meglia erzählt: ›Wir haben gehört, Betty sei ein Trommelstock in den After geschoben worden. Wir möchten, daß sie untersucht wird, um festzustellen, ob es dafür einen Hinweis gibt‹?«

»Ich weiß nicht, ob ich speziell von einem Trommelstock gesprochen habe, aber ich sagte, sie sei sexuell mißbraucht worden.«

Darauf zeigte Zegas Bettys Mutter die Eintragungen in Bettys Krankenblatt von jenem Besuch. »Hier steht, Betty sei untersucht worden und es sei nichts Ungewöhnliches festgestellt worden. Ist das richtig?«

»Ja.«

An diesem Punkt versuchte Zegas, die Geschworenen – wie schon zuvor Querques mit derber Ausdrucksweise und Anzüglichkeiten –, anhand des Krankenblattes davon zu überzeugen, daß Betty sexuell aktiv und aggressiv sei und das, was im Keller der Scherzers vorgefallen war, keine Vergewaltigung, sondern sexuelle Spielerei und ein harmloses Experimentieren gewesen sei.

»Ganz oben, in der zweiten Zeile des Krankenblattes, steht, daß Betty gekommen ist, um sich wieder die Pille verschreiben zu lassen. Richtig?«

»Richtig.«

»Und darunter steht ›Hatte kürzlich sexuellen Kontakt, Junge steckte ihr Finger in die Scheide‹ mit einem Fragezeichen dahinter. Ist das richtig?«

»Das ist richtig.«

Zegas wollte wissen, warum keine rektale Untersuchung erwähnt wurde. Bettys Mutter erklärte, sie nehme an, sie sei in der Rundumuntersuchung einbegriffen. Zegas befragte sie zu ihrer vorherigen Aussage während Fords Kreuzverhör. Warum habe sie ihm gesagt, sie und ihr Mann seien ›zu Tode erschrocken‹ gewesen und haben daraufhin Antibabypillen für Betty verlangt? »An diesem Punkt waren Sie noch nicht zu Tode erschrocken«, versuchte Zegas sie in die Falle zu locken. »Sie wußten ja noch nicht einmal, ob tatsächlich etwas vorgefallen war.«

Bettys Mutter widersprach dieser Schlußfolgerung. Über jene ersten Meldungen, daß sich irgendein sexueller Vorfall ereignet habe, sagte sie: »Das machte uns wieder einmal bewußt, daß sie extrem verwundbar und gefährdet ist, und darum nahm sie auch die Pille. Ob etwas geschehen war oder nicht, es konnte jederzeit geschehen, und darum gingen wir zurück zu Dr. Meglia und ließen ihr erneut die Pille verschreiben. Ich mag keine Medikamente. Sie hatte die Pille bereits ein Jahr genommen.« Das war für die Geschworenen nichts Neues; Bettys gynäkologisches Krankenblatt war von Anwälten beider Seiten offengelegt worden. Ihre Mutter erklärte, daß Betty seit über einem Jahr vor der Vergewaltigung mit Baseballschläger und Besen – aus Sorge darüber, daß Betty akut gefährdet sei – die Pille genommen habe. »Als wir erkannten, daß alles möglich war«, sagte ihre Mutter zu den ersten Meldungen einer Vergewaltigung bei den Scherzers, »ob nun in diesem speziellen Fall oder in einem anderen, gingen wir zum Arzt und sagten: ›Wir sind uns bewußt, wie gefährdet sie ist und möchten etwas tun.‹«

»Sie bleiben also dabei, als Sie am 28. Dezember 1987 mit Betty zum Arzt gingen, daß der Grund, weshalb ihre

Tochter die Pille nehmen sollte, der war, daß Sie sie als potentielles Vergewaltigungsopfer betrachteten und nicht als jemanden, der aus freien Stücken Geschlechtsverkehr mit Männern hatte?«

»Davon hatte ich vorher noch nie etwas gehört«, entgegnete Bettys Mutter mit fester Stimme.

»Sie war gefährdet, weil sie sich auf unschickliche Weise verhielt«, beharrte Zegas. »Ist es nicht so?«

Bettys Mutter ließ sich nicht beirren. »Sie war schon immer gefährdet, weil sie sich so leicht manipulieren läßt.«

»Es ist nur eine Frage, aber ist sie nicht zuweilen sehr freizügig gegenüber Leuten, die sie kaum oder gar nicht kennt?« Zegas bemüht sich, die angespannte Atmosphäre zwischen ihnen aufzulockern. »Ist das korrekt?«

»Sie führt unpassende Gespräche«, gibt ihre Mutter zu. »Aber dabei geht es nicht immer um Sex, Sir.«

Ein weiterer langer Prozeßtag ging zu Ende. »Ich werde Sie jetzt für heute entlassen und die Verhandlung auf morgen vertagen, meine Damen und Herren Geschworenen«, verkündete Richter Cohen.

Als er sich erhob, um sein Schlußplädoyer zu halten, stürzte Michael Querques sich erneut auf Bettys Mutter, gab ihr die Schuld an dem Verbrechen und behauptete, sie habe gelogen, als sie ausgesagt habe, nichts von Bettys aktivem Sexualleben gewußt zu haben. »Immer wieder wurde von ihrer Verwundbarkeit und ihrer Gefährdung gesprochen. Ich kann es einfach nicht mehr hören. Was haben Sie denn diesbezüglich unternommen?« fragte er an die Geschworenen gewandt, aber so, als frage er Bettys Mutter. »Sie haben niemanden gewarnt. Sie tragen einen Teil der Schuld. Kurz«, schloß Kevin Scherzers Anwalt,

»wenn es nicht diese Jungs gewesen wären, dann andere.«

Querques redete über vier Stunden und kam auf die Argumente zurück, die er schon in seinem Eröffnungsplädoyer angeführt hatte. »Diese vier jungen Männer sind Ihre Brüder«, sagte er zu den Geschworenen. »Ich werde nicht zulassen, daß ihnen etwas zustößt, nicht solange ich lebe, nicht solange noch ein Funken Energie in mir ist.« Querques, der Betty als das ›sogenannte Opfer‹ bezeichnet, beharrte bis zum Schluß auf seinem Standpunkt. »Diese junge Dame war willens, bereit, fähig und begierig, in diesen Keller zu gehen, Aufmerksamkeit und Zuneigung zu erlangen. Sie tauschte Sex dafür, und sie würde es wieder tun, weil es ihr Spaß gemacht hat. Das sind ihre eigenen Worte, nicht meine.«

Weiter sagte er: »Ich könnte mir keinen besseren Zeugen für diese Jungs vorstellen als Betty selbst.«

## Betty im Zeugenstand

Zum erstenmal seit Prozeßbeginn vollgestopft mit Zuschauern, war Richter Cohens Gerichtssaal dennoch ungewöhnlich still, als Betty Harris im Zeugenstand Platz nahm. Es war kein Geflüster aus dem Publikum zu hören; sogar die Reporter waren still und beobachteten das Opfer und die restlichen Mitspieler aufmerksam.

Beinahe vier Jahre lagen zwischen der Vergewaltigung im Keller der Scherzers und Bettys öffentlichem Auftreten im Gericht von Essex County. Aber bevor sie schließlich vereidigt wurde, unterzog Richter Cohen sie einem Test. Er mußte erst feststellen, ob sie in der Lage war, zwischen Wahrheit und Unwahrheit zu unterscheiden. Die Verteidigung forderte, daß sie aufgrund ihrer geistigen Behinderung nicht als Zeugin gehört wurde. »Die Frage, die es hier letztendlich zu klären gilt«, sagte Bryant Grobers Anwalt, Alan Zegas, »ist doch die, ob sie den Eid und die Konsequenzen eines Meineides begreift.« Im Staate New Jersey ist es Richtern gesetzlich erlaubt, Zeugen aufgrund mangelnder geistiger Fähigkeiten abzulehnen, wenn diese sich nicht verständlich machen können oder nicht verstehen, daß sie, nachdem sie den Eid geschworen haben, die Wahrheit sagen müssen.

»Hallo, ich bin Richter Cohen«, begrüßte er sie bei der Anhörung zur Ermittlung ihres Geisteszustandes und stellte ihr einige Fragen. »Wenn ich sage, daß meine Robe schwarz ist, ist das dann die Wahrheit?«

»Ja«, sagte Betty.

»Und wenn ich behaupten würde, sie sei rot, wäre das dann auch noch die Wahrheit?« fragte er.

»Nein«, entgegnete sie.

»Wenn ich sage, daß ich stehe«, sagte der sitzende Richter, »ist das dann die Wahrheit?«

»Nein«, erwiderte Betty. »Sie sitzen.«

Judge Cohen fragte außerdem, ob es der Wahrheit entspreche, daß Bettys Schwester Judy hieße. Judy war nicht der Name ihrer Schwester.

»Nein«, entgegnete Betty erneut und sagte dem Richter, daß es ›böse‹ sei zu lügen.

»Wir werden dir jetzt einige Fragen stellen«, erklärte Richter Cohen Betty, nachdem er bestimmt hatte, daß sie fähig zur Aussage war. »Wirst du uns alle unsere Fragen beantworten?«

»Ja.« Bettys Antworten während ihrer Zeugenaussage waren knapp und einfach. Sie trug im Gerichtssaal einen Pullover und Hosen und spielte ab und an mit einem Armband. Das Haar trug sie kurz. Man konnte sie nicht als hübsch bezeichnen: Als ›unattraktiv und plump‹ beschrieb sie die *New York Times* Reporterin Jane Fritsch an diesem Tag. ›Groß, kräftig, mit einem Babygesicht und dem Auftreten eines Kindes‹, schrieb Fritschs Kollege Robert Hanley von der *Times.* Auf der anderen Seite des Gerichtssaales saßen die vier Angeklagten, die wie in Stein gemeißelten, harten Gesichter durch ihre konservativen Anzüge und ihre sehr steife, aufrechte Haltung noch betont. Es war die erste bekannte Begegnung zwischen Betty und den vier Vergewaltigern seit dem Verbrechen. Während ihrer Aussage starrten die vier Betty mit unergründlicher Miene an. Aber es waren strenge Mienen, die von der Staatsanwaltschaft als Versuch kritisiert wurden, Betty einzuschüchtern. Sie sah nur hin und wieder in ihre Richtung.

»Gerichtsdiener, holen Sie die Geschworenen herein«, befahl der Richter und grüßte diese, als sie Platz genommen hatten. »Ihnen allen einen guten Tag, meine Damen und Herren des Schwurgerichts. Alle Geschworenen sind anwesend«, sagte er dann für das Protokoll. »Herr Staatsanwalt, Sie können Ihren nächsten Zeugen aufrufen.«

»Ich danke Ihnen«, sagte Robert Laurino. »Der Staat ruft Betty Harris in den Zeugenstand.«

»Bitte vereidigen Sie die Zeugin«, befahl der Richter, und Betty schwor, die Wahrheit zu sagen.

»Betty«, wandte Laurino sich ohne Umschweife an sie. »Ich darf dich doch Betty nennen?«

»Ja«, entgegnete sie.

»Okay, danke«, sagte Laurino. »Wir sind hier in einem Gerichtssaal, und es sind viele Menschen anwesend, ich möchte dich also bitten, laut und deutlich zu sprechen, damit man dich auch hier hinten, wo ich stehe, hören kann, okay?«

Wieder ein einfaches »Ja.«

»Zuallererst, Betty, möchte ich dich fragen, ob du mir sagen kannst, wann du Geburtstag hast.«

»Am 24. Mai«, entgegnete sie.

»Und in welchem Jahr bist du geboren?«

»1971.«

»Kannst du mir sagen, wo du geboren bist?«

»In Neufundland, Kanada.«

»Weißt du, wo das ist?« fragte Laurino.

»In Kanada.«

»Und weißt du auch, wo Kanada liegt?« fragte er.

»Nein«, antwortete sie.

Laurino fuhr mit ähnlichen Fragen fort und bekam einfache Antworten auf einfache persönliche Fragen zu ihrer

Familie, der Schule und ihrem Zuhause. Laurino fragte nach ihren Hobbys, Schwimmen und Softball, nach ihren Neffen und ihrer Arbeit mit Kindern im örtlichen Head Start.

»Was machst du mit den kleinen Kindern?«

»Ich spiele mit ihnen«, erklärte Betty. Nach nur wenigen Fragen war auch den unaufmerksamsten Beobachtern – und ganz sicher den Geschworenen – klar, daß Betty in ihrer geistigen Entwicklung zurückgeblieben war.

»Okay«, sagte Laurino. »Und jetzt, Betty, möchte ich mit dir über etwas sprechen, was sich im März ereignet hat, okay? Am 1. März 1989. Einverstanden?«

»Ja.«

»Okay, also Betty, ich möchte, daß du an diesen Tag zurückdenkst. Bist du an diesem Tag zur Schule gegangen?«

»Ich glaube, ich hatte einen halben Tag Unterricht.«

»Und wohin bist du nach der Schule gegangen?«

»In den Park.«

»Kennst du den Namen des Parks?«

»Carteret.«

»Okay. Bist du früher schon einmal in diesem Park gewesen?«

»Ein paarmal.«

»Und als du in den Park gegangen bist, hast du da etwas mitgenommen?«

»Mein Radio, einen Basketball und einen Stock, den ich im Park gefunden hatte.«

Einige Zuschauer lehnten sich vor. Laurino bat Betty, etwas lauter zu sprechen, damit sie im Gerichtssaal auch alle verstehen konnten.

»Okay«, sagte Laurino. »Ich möchte, daß du dir etwas ansiehst, was wir bereits mit einer Nummer, der 55, markiert haben, okay? Sieh es dir an, Betty, und sag uns, ob du weißt, was das ist?«

»Das ist der Stock, den ich im Park gefunden habe.«

»Okay«, sagte der Staatsanwalt. »Und jetzt sag uns doch bitte, was du mit dem Stock gemacht hast, den du im Park gefunden hast.«

»Ich habe ihn geworfen.«

»Okay, und was hast du gemacht, nachdem du den Stock geworfen hast?«

Durch ihre knappen Antworten wurden die Geschworenen an Bettys niedrigen IQ erinnert, an ihre Mentalität, die der eines achtjährigen Drittkläßlers entsprach.

»Dann ist der Stock auf dem Boden gelandet.«

»Okay, und was hast du dann gemacht? Hast du ihn wieder aufgehoben?«

»Ja.«

»Und ihn wieder geworfen?« fragte Laurino.

»Ja.«

»Also Betty, war irgend jemand im Park, als du dorthin gekommen bist?«

»Es waren ein paar Leute da.«

»Okay.« Laurino führte sie behutsam weiter. »Warum bist du in den Park gegangen, Betty. Was wolltest du im Park?«

»Vor allem bin ich hingegangen, um Basketball zu spielen«, antwortete sie.

»Okay, und die anderen Leute im Park, was haben die gemacht?«

»Also«, erinnerte sich Betty, »ein paar haben Basketball gespielt, und einige von ihnen haben sich den Ball zugeworfen wie beim Basketball.«

Betty benannte die Leute im Park, einen nach dem anderen: Richie Corcoran, Paul Archer, Christopher Archer.

»Und was haben die Jungen getan, während du im Park warst?« fragte Laurino.

»Sie hingen dann so rum«, sagte sie.

»Sprich ein wenig lauter, okay?« ermutigte sie Laurino, während er sich langsam der entscheidenden ersten Begegnung zwischen den Jungen und Betty nähert.

»Sie sind rübergekommen und haben mit mir gesprochen«, sagte Betty. »Es war Peter . . .« Sie zögerte.

Laurino half ihr. »Okay, wie ist Peters Nachname?«

»Quigley«, antwortete sie. »Da war . . . da war . . . Ich kann mich nicht erinnern.«

»Denk nach«, ermutigt Laurino sie erneut. »Setz dir eine kleine Denkmütze auf, ja? Denk angestrengt nach. Wer ist im Park rübergekommen und hat mit dir gesprochen? War es mehr als ein Junge?«

»Ja.« Ihre Stimme wurde wieder leiser, und als die Zuschauer im Gerichtssaal erneut Mühe hatten, sie zu verstehen, forderte Laurino Betty erneut freundlich auf, lauter zu sprechen. Sie nannte Bryant Grober als einen weiteren der Jungen im Park und sagte, daß er sie gegrüßt und gefragt habe, wie es ihr ginge und was sie so mache.

Die Verteidiger unterbrachen die Befragung und erhoben Einspruch gegen Laurinos Befragung, weil er die Zeugin beeinflusse. Sätze wie ›Denk angestrengt nach!‹, beschwerten sie sich beim Richter, seien unzulässig. Aber Richter Cohen gestattete dem Staatsanwalt aufgrund von Bettys geistiger Schwäche fortzufahren. »Wenn die Zeugin sagt, daß sie sich an nichts mehr erinnern kann«, entschied der Richter, »ist das eine Sache. Wenn sie jedoch erkennen läßt, daß eine Gruppe von Jugendlichen da war, sie sich nur an einen Namen erinnert und die Staatsanwaltschaft sie auffordert nachzudenken, woraufhin sie sich erst an einen und dann an weitere Namen erinnert, gestatte ich diese Art der Befragung unter Berücksichtigung der allseits bekannten geistigen Behinderung des Opfers.«

Laurino fragte Betty, was die Jungen zu ihr gesagt hätten, und als erstes antwortete sie: »Nichts.« Dann fügte sie jedoch hinzu: »Nein, warten Sie, warten Sie, da war noch etwas. Ich erinnere mich, daß sie sagten, wenn ich ...« Sie brach ab und begann von neuem. »Also, sie sagten ...« Entweder konnte sie sich nur schwer erinnern, oder aber es widerstrebte ihr, im überfüllten Gerichtssaal zu sagen, was als nächstes geschehen war. »Also, bevor wir gingen, sagten sie ...« Bryant Grobers Verteidiger, Alan Zegas, unterbrach erneut und erhob wieder Einspruch, weil keine konkrete Antwort käme. Aber der Richter wies den Einspruch ab, und Betty fuhr fort und berichtete doch noch in allen Einzelheiten von den Umständen, unter denen sie Cateret Field verlassen hatte.

»Sie sagten«, erklärte Betty mühsam, »wenn ich mit ihnen in den Keller ginge, sie sagten, wenn ich mit ihnen in den Keller ginge ...« Sie versuchte es erneut. »Sie sagten, daß wenn ich mit ihnen in den Keller ginge, Paul Archer mit mir ausgehen würde.«

»Okay«, sagte Laurino. »Erinnerst du dich, wer das gesagt hat?«

»Das hat Grober gesagt.«

»Und wo bist du vom Park aus hingegangen, Betty?« fragte Laurino.

»Ich bin zum Haus der Scherzers gegangen.«

Wieder sprach sie mit gedämpfter Stimme. Kevin Scherzers Verteidiger, Michael Querques, beschwerte sich. »Wir können kein Wort verstehen, Euer Ehren.«

Richter Cohen wandte sich an Betty und redete ihr gut zu. »Ich weiß, daß es schwer ist, laut zu sprechen, aber versuch es doch bitte, ja?«

»Okay«, sagte Betty, und auf Laurinos Bitte hin identifizierte sie das Haus der Scherzers auf einer Farbfotografie der Nachbarschaft.«

»Und wie bist du zum Haus der Scherzers gegangen«, fragte er. »Allein, oder ist jemand mit dir gegangen?«

»Ich bin mit Chris hingegangen.«

»Okay, und wie ist Chris mit dir hingegangen?«

»Es war . . .« Betty dachte zurück an die Gefühle von damals, als Chris sie in den Keller hinuntergeführt hatte. »Es war irgendwie romantisch«, sagte sie schließlich. Laurino bat sie, das genauer zu erklären. »Es war romantisch, weil er den Arm um mich gelegt hatte und wir zusammen in den Keller runtergegangen sind.«

»Und hat Chris etwas zu dir gesagt, als er neben dir her ging?«

»Nein.«

»Erinnerst du dich, ob schon jemand dort war, als ihr in den Keller gegangen seid?«

»Es waren viele Leute da«, entgegnete Betty, nannte die Namen der Mitglieder der Clique und beschrieb den Keller. »Da standen Stühle, sie sahen ein wenig aus wie Gartenmöbel, Sie wissen schon, Liegestühle. Und dann war da ein Kühlschrank, und ein großes riesiges Sofa.« Als sie kam, wurden die Stühle vor dem Sofa aufgestellt. »Es war wie in einem Kino«, sagte Betty.

»Hast du dort im Keller einfach nur dagestanden?« fragte Laurino.

»Nein, ich habe mich auf das Sofa gesetzt.«

»Okay. Als du dich auf das Sofa gesetzt hast, hat da schon jemand anders auf dem Sofa gesessen?«

»Anfangs nicht.« Betty Antworten sind weiterhin kurz und bündig. Nur ein paar Worte pro Erwiderung. Die meisten Berichte über ihre Zeugenaussage erwähnten einen kindlichen Singsang ihrer Stimme, als sie von der Vergewaltigung erzählte. Häufig rutschte sie unruhig auf ihrem Stuhl hin und her. Manchmal runzelte sie die Stirn, und manchmal errötete sie, während sie die Geschichte Stück für Stück zusammensetzte wie ein Puzzle. Während einiger Beratungen, die der Richter mit den Anwälten führte, Besprechungen, die ihre Zeugenaussage unterbrachen und während derer sie ganz verloren im Zeugenstand saß, wirkte sie verwirrt, wobei sie zuweilen einen Blick auf die Verteidiger warf und dann wieder das Gesicht in den Armen verbarg.

Schließlich habe Bryant Grober sich zu ihr auf das Sofa gesetzt, sagte Betty aus. »Sie forderten mich auf, etwas zu tun.«

»Okay«, sagte Laurino. »Fangen wir damit an. Wozu forderten sie dich auf?«

»Ich sollte an mir herumspielen.«

»Okay. Und was hast du getan, als sie dich aufforderten, an dir herumzuspielen?«

»Ich habe es getan.«

»Okay. Und was genau verstehst du darunter, an dir herumzuspielen?«

»Also«, entgegnete Betty, »man steckt die Finger in seine Vagina.«

»Betty«, fragte der Staatsanwalt, »was hattest du an, als du an dir herumspielen mußtest?«

»Nichts.«

»Wie ist es dazu gekommen?«

»Ich habe mich ausgezogen.«

»Und du hattest zu diesem Zeitpunkt nichts mehr an?«

»Nein.«

»Und während du an dir herumgespielt hast, Betty, hat da irgend jemand etwas gesagt?«

»Sie sagten, ich soll fünf Finger in meine Vagina stecken.« Laurino fragte, ob von den Zuschauern noch weitere Kommentare gekommen seien. »Sie sagten: tiefer, tiefer, tiefer.«

»Und jetzt, Betty«, fuhr Laurino fort, »sag mir, als du damit fertig warst, was ist dann passiert?«

»Na ja, dann kam Brian Grober«, sagte sie, Bryants Namen falsch aussprechend.

Laurino ignoriert den unbedeutenden Fehler. »Okay«, sagte er. »Dann erzähl uns von Bryant Grober. Was hat er gemacht?«

»Also«, sagt sie mit der ihr eigenen Direktheit, »er hat gesagt, ich solle ihm einen blasen.«

»Und kannst du uns sagen, was du dann gemacht hast?«

»Ich habe ihm einen geblasen.«

»Und während du das getan hast, hat da jemand etwas gesagt?«

»Sie haben gerufen: tiefer, tiefer, tiefer.«

»Kannst du uns sagen, was Bryant mit den Händen gemacht hat, während das passiert ist?«

»Auf meinem Kopf«, entgegnete sie.

»Könntest du mir zeigen, wie, Betty, indem du deine Hände auf meinen Kopf legst?« Laurino versuchte zu beweisen, daß Grober Gewalt angewendet hatte.

Aber Betty errötete; schließlich – die Augen verdrehend, um ihr Unbehagen zum Ausdruck zu bringen – seufzte sie frustriert und legte eine Hand auf Laurinos Kopf. Dann drückte sie ihn fest nach unten.

»Betty«, fragte Laurino, »als das passierte, war da etwas in deinem Mund?«

»Seine Eier.«

»Und wo genau war dein Gesicht zu diesem Zeitpunkt?«

»An seinen Eiern.«

»Und wo war sein Penis?«

»In meinem Mund.«

Laurino führte Betty behutsam von einem Geschehen

zum nächsten und entlockte ihr nach und nach alle Einzelheiten des Alptraums, der an jenem Nachmittag im Keller stattgefunden hatte.

»Dann kam der Besenstiel«, sagte Betty, als Laurino fragte, was als nächstes geschehen wäre. »Er war rot wie ein Feuerwehrauto«, erinnerte sie sich und nannte Kyle als denjenigen, der den Besen geholt hatte. »Er streifte eine Plastiktüte über den Besenstiel, bestrich sie mit Vaseline und befestigte sie mit einem Gummiband. Dann reichte er den Besen seinem Bruder Kevin. Der hat ihn in mich reingesteckt.«

»Wo hat er ihn reingesteckt?« Laurino wollte möglichst genaue Angaben zum Tathergang.

»In meine Vagina«, entgegnete sie und sagte weiterhin, die anderen hätten wieder im Chor gerufen: »Tiefer, tiefer, tiefer.«

»Hat man dich beschimpft?« wollte Laurino wissen. »Hat man dir irgendwelche Schimpfnamen gegeben?«

»Sie haben mich ›Pigorskia‹ genannt«, entgegnete sie. Hierbei handelte es sich um ein Wort, das aus den pejorativen Spitznamen zusammengesetzt war, mit denen ihre Klassenkameraden Betty seit dem Kindergarten bedacht hatten.

»Dann kam der Baseballschläger«, sagte Betty. »Kyle gab ihn Chris, nachdem er eine Plastiktüte darübergezogen, sie mit Vaseline beschmiert und mit einem Gummiband befestigt hatte.«

Ihr wurde ein Übungsschläger der gleichen Art gezeigt wie jener, mit dem sie mißhandelt worden war, und der Staatsanwalt bat sie, das Ende zu zeigen, über das die Plastiktüte gezogen worden war. Betty deutete auf den Griff des Schlägers und sagte dann: »Chris steckte ihn in meine Vagina.«

»Jetzt haben wir davon gesprochen, daß du einem der

Jungen einen geblasen hast, wir haben über den Besenstiel und über den Baseballschläger gesprochen«, sagte Laurino. »Kannst du uns sagen, was als nächstes passiert ist?«

»Dann kam der kleine Stock«, sagte Betty.

»Was ist das für ein Stock, Betty, woher kam der Stock?«

»Aus dem Park.«

»Und wer hatte den Stock?«

»Kyle hatte den Stock«, antwortete sie und beschrieb, wie dieser ihn an Richie Corcoran weitergab, der verkündete, es sei nicht nötig, ihn einzufetten. Dann habe er ihn ihr in ›den Hintern‹ gesteckt.

»Betty«, bat Laurino, »sieh dir den Stock an, von dem du uns vorhin schon erzählt hast, den mit der Nummer S-55. Ist das der Stock?«

»Ja, das ist er«, sagte sie.

Die schmutzige Geschichte wurde fortgesetzt, und Betty berichtete von weiteren Handlungen, die sie an jenem Nachmittag ausgeführt habe. Sie wollten einen ›geblasen‹ haben, sagte sie, und sie wollten ›an meinen Titten saugen – an meinen Möpsen‹.

»Und, hat jemand an deinen Möpsen gesaugt?« fragte Laurino.

»Ja«, entgegnete sie.

Betty Harris war seit über eine Stunde im Zeugenstand. Sie senkte immer wieder die Stimme; sie sah erschöpft aus. Sie hatte Hunger. Richter Cohen ordnete eine kurze Unterbrechung an und ermahnte die Geschworenen ›mit niemandem über den Fall zu sprechen‹.

Nach der Pause erzählte Betty dem Gericht, daß sie bei ihrer früheren Aussage die Reihenfolge einiger der

Im Oktober 1989, sieben Monate nach der Vergewaltigung, zeichnete Betty während eines Gesprächs mit Dr. Ann Burgess, einer Psychiatriekrankenschwester und Dozentin an der Universität von Pennsylvania, diese Bilder von dem Mißbrauch. Dr. Burgess sagte vor Gericht aus, die Bilder wiesen darauf hin, daß Betty an einem Vergewaltigungstraumasyndrom leide, einer psychischen Störung, die sie, Ann Burgers, 1974 nach einer Studie an 146 Vergewaltigungsopfern in Boston aufdeckte.

Das erste Bild mit dem Titel ›Part 1‹ zeigt sie bei der oralen Befriedigung von Bryant Gober, während ein Publikum aus Strichmännchen zusieht. Auf dem zweiten, dritten und vierten Bild ist zu sehen, wie Betty auf dem Sofa im Keller der Scherzers mit dem Schläger, dem Besen und dem Stock penetriert wird. Die letzte Zeichnung beinhaltet zwei Bilder: Zum einen zwei männliche Figuren, die an Bettys nackten Brüsten saugen, und zum anderen Betty, die die Genitalien eines Jungen berührt.

Als die Zeichnungen den Geschworenen vorgelegt wurden, wies Dr. Burgess darauf hin, daß die starken Konturen bei den sexuellen Handlungen – im Kontrast zu den helleren Konturen an anderen Stellen der Bilder – ein Hinweis auf die Intensität von Bettys Gefühlen hinsichtlich der Vergewaltigung seien.

LEaVE
2

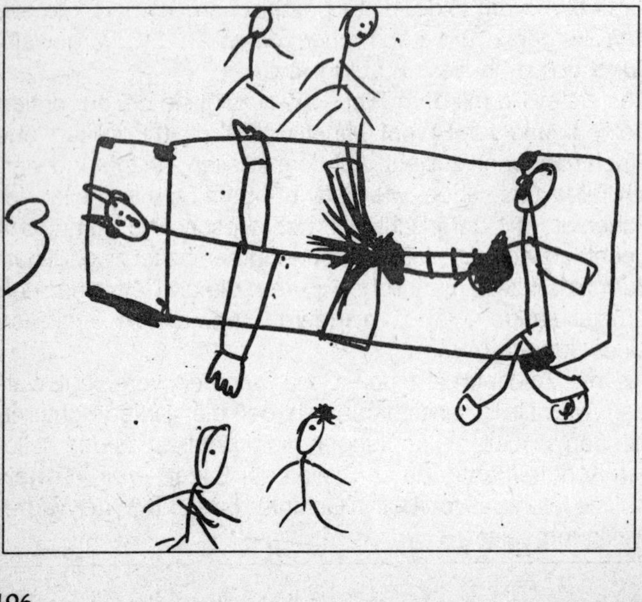
3

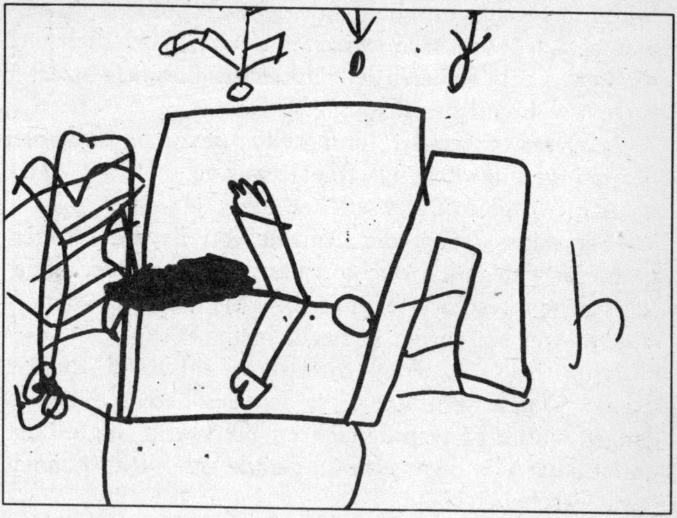

Geschehnisse und sexuellen Handlungen an jenem Nachmittag im Keller durcheinandergebracht habe. Der darauffolgende Austausch zwischen Zeugin, Anwälten und Richter war ein weiteres der zahlreichen Beispiele bizarrer Szenen während des Prozesses.

»Ist etwas vorgefallen, unmittelbar bevor sie an deinen Möpsen gesaugt haben?« fragte Laurino.

»Also«, begann Betty. »Sehen Sie . . .«

Aber Alan Zegas, der Anwalt von Bryant Grober, unterbrach sie. »Ich dachte, diese Sequenz wäre abgeschlossen«, beschwerte er sich. »Sie hat uns bereits erzählt, was sie vorher gemacht haben.«

»Ich werde die Frage zulassen«, entschied Richter Cohen. »Auch wenn wir diese Sequenz bereits durchgegangen sind.« Er wandte sich an Betty und fragte: »Ist unmittelbar vor dem, was du gerade erzählt hast, noch etwas geschehen?«

»Unmittelbar vor dem Saugen?« fragte Betty den Richter.

»Ja«, entgegnete dieser.

»Ich habe da wohl etwas durcheinandergebracht«, erkannte sie.

»Was hast du durcheinandergebracht?« fragte der Richter.

»Sehen Sie«, entgegnete sie mit ihrer entwaffnend ehrlichen und direkten Ausdrucksweise. »Ich habe ihnen einen runtergeholt, dann habe ich ihnen einen geblasen.«

Chris Archers Anwalt meldete sich zu Wort. »Was hat sie gesagt?« fragte Thomas Ford. »Sie hat ihnen einen runtergeholt?«

Der Richter bat den Protokollführer, Bettys letzte Antwort vorzulesen, und Staatsanwalt Laurino fuhr fort. »Okay, Betty, wenn du sagst, du hättest ihnen einen runtergeholt, was genau meinst du damit. Was bedeutet das?«

»Was das bedeutet? Das bedeutet, daß man die Hand um ihren Schwanz legt und sie auf und ab bewegt.«

Nachdem sie ihre Geschichte beinahe zu Ende erzählt hatte, stand Betty noch das Kreuzverhör der Verteidiger bevor. In Abständen sah sie zur ersten Zuschauerreihe hinüber, von wo ihre Schwester und ihre Freundin Jennifer Lipinski ihr ermutigend zulächelten.

»Sonst nichts, sonst nichts«, sagte Betty, als sie gefragt wurde, was als nächstes geschehen sei. Kyle habe die Plastiktüten vom Besenstiel und vom Baseballschläger entfernt und beides abgewaschen.

»Woher wußtest du, daß es Zeit war zu gehen, Betty?« fragte Laurino.

»Es war noch nicht Zeit zu gehen«, antwortete sie.

»Was passierte denn noch, bevor es Zeit war zu gehen, Betty? Hat irgend jemand noch etwas gesagt?«

»Daß ich niemandem etwas davon erzählen sollte.«

»Wer hat das gesagt?« fragte der Staatsanwalt.

»Sie alle. Alle haben das gesagt.«

»Haben Sie gesagt, was passieren würde, falls du es irgend jemandem erzähltest?« wollte Laurino wissen.

»Sie sagten, ich bekäme Ärger, wenn ich es jemandem erzählen würde.«

»Sagten sie, was für Ärger?«

Sie antwortete, sie hätten es deutlich gemacht. »Dann wollten sie alles meiner Mutter erzählen.« Diese Drohung bedrückte Betty immer noch. Sie hatte der Staatsanwaltschaft mitgeteilt, daß sie nur dann bereit sei, vor Gericht auszusagen, wenn ihr garantiert würde, daß ihre Eltern nicht anwesend wären. Betty hat ihnen nie erzählt, was im Keller der Scherzers passiert war.

Die Drohung, es Bettys Eltern zu verraten, war mit einem Eid zu schweigen verbunden, den die Jungen untereinander schworen. Sie stellten sich alle im Kreis auf, legten die Handflächen aneinander und gelobten einander, mit niemandem über das Geschehene zu sprechen.

»Ich wartete noch, um zu sehen, ob Paul mit mir ausgehen würde«, sagte Betty, als sie erklärte, war als nächstes geschah. »Dann sagte Kyle, ich könne nach Hause gehen.«

Laurino fragte, warum sie auf Paul gewartet habe.

»Weil ich dachte, er würde vielleicht doch noch mit mir ausgehen wollen.«

»Ist Paul an diesem Abend mit dir ausgegangen?« wurde sie gefragt.

»Nein«, war die traurige, simple Antwort, und wieder war sie kaum zu verstehen, als sie auf die nächste Frage antwortete.

»Ist Paul vorher schon mal mit dir ausgegangen?« »Nein.«

Warum war sie nicht gegangen, bevor Kyle sie zum Gehen aufgefordert hatte? Warum hatte sie das alles mit sich geschehen lassen?

»Weil ich dachte, sie wären noch nicht fertig.«

Betty ging von den Scherzers aus zu ihrer Freundin Jennifer Lipinski. Sie wollte mit ihr über die Geschehnisse im Keller der Scherzers sprechen, überzeugt davon, daß Jennifer es für sich behalten würde. Aber Jennifer war nicht zu Hause.

»Am nächsten Tag«, fragte Laurino, »als alles vorbei war, kannst du uns sagen, wie du dich gefühlt hast?«

Betty schlug die Hände vors Gesicht. »Das ist eine peinliche Frage.«

Laurino versuchte es erneut, und Betty wiederholte, daß es ihr peinlich sei.

»Ich weiß, daß es dir peinlich ist«, ermutigte sie der Staatsanwalt mit sanfter Stimme. »Wir sind doch alle erwachsen, also kannst du uns ruhig sagen, wie du dich gefühlt hat, wie dein Körper sich am nächsten Tag angefühlt hat.«

»Es hat weh getan«, entgegnete sie schließlich. »Es hat weh getan, als ich auf die Toilette gegangen bin.« Sie atmete tief und langsam aus.

Nachdem Betty ihre Peiniger identifiziert hatte, kurz bevor Laurino seine Befragung beendete, wollte er wissen: »Sind diese Jungen, diese vier Jungen dort, immer noch deine Freunde?«

»Gewissermaßen«, entgegnete Betty.

»Was meinst du mit ›gewissermaßen‹?« fragte er.

»Ich meine, ich habe sie immer noch gern.«

## Betty im Kreuzverhör

Der Prozeß wurde am darauffolgenden Morgen fortgesetzt, und Betty wurde erneut, diesmal zum Kreuzverhör, in den Zeugenstand gerufen. »Man kann nicht mit ihr umgehen«, sorgte sich Chris Archers Anwalt, Thomas Ford, am Abend vor Beginn des Kreuzverhörs. Er spielte auf ihre geistige Zurückgebliebenheit an. »Ich hätte liebend gern eine Phi-Beta-Kappa-Absolventin aus Wellesley im Zeugenstand, jemanden, der hochintelligent ist.«

Ford kam bei seiner Befragung gleich auf den Kern der Sache zu sprechen, indem er Betty daran erinnerte, daß sie ausgesagt habe, sein Mandant sei ein Freund von ihr. »Du betrachtest dich doch immer noch als eine Freundin von Chris, ist das richtig?«

»Ja«, entgegnete Betty.

»Und wenn du zurückdenkst, hat Chris doch nie etwas getan, was dir weh getan hätte, oder?«

»Doch, das hat er«, erwiderte Betty entschieden.

Ford, dessen Strategie sich bereits als Fehler erwies, bat sie, das näher zu erläutern.

»Er hat das mit dem Baseballschläger getan«, antwortete sie, ohne zu zögern.

Fords Erwiderung beschränkte sich auf ein schwaches: »Nun, war das das einzige Mal, daß er dir weh getan hat?«

»Ja«, entgegnete Betty.

Trotz seines Mißerfolgs gleich zu Beginn des Kreuzverhörs bemühte Ford sich weiterhin – vergeblich –, Betty zu einer Antwort zu verleiten, die bewiese, daß sie willig an den Handlungen im Keller teilgenommen habe. »Du hast doch Chris nie gesagt, daß er dich nicht mit dem Schläger anrühren soll, oder?«

Betty schien verwirrt. Richter Cohen fragte sie, ob sie die Frage verstanden habe.

»Nein«, entgegnete sie.

»Formulieren Sie die Frage bitte um, Herr Verteidiger«, forderte der Richter den Anwalt auf.

»In Ordnung«, stimmte Ford zu. »Du hast doch im Keller keinem der Jungen gesagt, er solle dich nicht anrühren, oder?« fragte er.

Betty war immer noch verwirrt. Sie zögerte und sagte schließlich: »Das ist eine schwierige Frage.« Ford schlug eine andere Richtung ein und erinnerte Betty an ihre Aussage, Chris habe an ihren Brüsten gesaugt. »Man hat dich doch nicht dazu gezwungen?« fragte Ford.

»Doch, das hat man«, entgegnete Betty nachdrücklich. Ganz so wie er es am Vorabend befürchtet hatte, hatte Ford Schwierigkeiten, Betty mittels traditioneller Gerichtssaalterminologie und -strategie in Bedrängnis zu bringen.

»Das heißt also, daß es wahr ist, daß man an deinen Brüsten gesaugt hat?« fragte er.

»Ja.«

»Aber niemand hat Gewalt angewandt, mit anderen Worten, es hat dich niemand unter Androhung von Gewalt dazu gezwungen?«

»Nein, sie haben es einfach getan.«

»Mit anderen Worten ...« Ford versuchte, Betty zu beeinflussen. »... niemand hat dich im März in diesem Keller bedroht, ist das richtig?«

Sie dachte über die Frage nach, einen unsicheren Ausdruck auf dem Gesicht. »Wie meinen Sie das?« antwortete sie schließlich mit einer Gegenfrage.

»Nun«, sagte Ford, »niemand hat gesagt, wir werden ... du mußt dieses oder jenes tun, sonst passiert dir etwas, oder?«

Betty widersprach. »Sie sagten, sie würden es meiner Mutter erzählen.«

Aber Ford erinnerte sie daran, daß das hinterher gewesen sei.

Sie bejahte.

Sie stimmte erneut zu, als Ford versuchte, ihre Aussage zu widerlegen, derzufolge sie nach der Vergewaltigung Schmerzen gehabt habe.

»Du hast dich doch bei niemandem über Schmerzen beklagt, oder?«

»Nein«, entgegnete sie.

»Du hast auch der Ärztin nichts davon gesagt, oder?«

»Nein.«

»Und du hast hinterher auch keine Medikamente genommen?«

»Nein.«

»Du hast nicht geblutet, und es gab auch keine sichtbaren Verletzungen, oder?«

»Keine sichtbaren Verletzungen«, entgegnete sie.

»Und du hast nicht geblutet?« fuhr er fort.

»Nein.«

Ford versuchte wiederholt darzulegen, daß Betty von der Clique zu nichts gezwungen worden sei. »Warum hast du dich ausgezogen?« fragte er.

»Weil sie mir gesagt haben, ich solle es tun«, entgegnete sie einfach.

»Wer hat das gesagt?«

»Die meisten von den Kids, die Jungs.«

Ford befragte sie zu der Sequenz, in der sie masturbiert hatte. »Dann hast du dich also selbst angefaßt?«

»Sie haben gesagt, ich solle es tun«, erwiderte sie.

»Hast du es getan?« fragte Ford.

»Ja«, gab sie zu.

»Hast du, bevor du es getan hast, gesagt, daß du es nicht tun willst?« wollte er wissen.

»Nein«, sagte Betty.

Ford fuhr mit der Befragung fort und fragte gezielt und in allen Einzelheiten danach, was wann geschehen war. Manchmal geriet Betty durcheinander und entschuldigte sich. »Das macht doch nichts«, sagte Ford und setzte seine endlose Litanei gezielter Fragen fort. »Hast du versucht, den Keller zu verlassen?«

»O nein«, entgegnete Betty.

»O nein«, wiederholte Ford und fragte dann: »Du hast es nicht versucht? Du wolltest also bleiben?«

»Ja«, sagte Betty.

»Du wußtest also, daß du jederzeit hättest gehen können, wenn du es gewollt hättest?«

»Richtig«, entgegnete Betty.

»Niemand hat dich davon abgehalten zu gehen?« fragte er.

»Richtig«, sagte sie erneut.

»Niemand hat dir gesagt, daß du nicht gehen dürftest?« hakte er nach.

»Korrekt«, sagte sie.

Vor Beginn der Vergewaltigung, während die Jungs sich versammelten, die Stühle aufstellten und Betty auf dem Sofa plazierten, klingelte oben das Telefon. Die Großmutter von Kevin und Kyle Scherzer nahm ab. Es war für Kyle. Die Großmutter kam die Kellertreppe zur Hälfte herunter, um Kyle zu holen, der für einige Minuten verschwand, um ans Telefon zu gehen. Die Großmutter kehrte zurück ins Erdgeschoß und kam während des Verbrechens nicht in den Keller zurück, offensichtlich nicht wissend, welche bizarren Aktivitäten direkt unter ihr stattfanden.

»Du hättest doch sicher nicht in Anwesenheit von Kevins Großmutter an dir herumgespielt, oder?«

»Nein.«

»Mit anderen Worten, das warst du nur vor den Jungs bereit zu tun?« fragte er.

»Ja, Sir.«

»Vor deinen Eltern hättest du es also auch nicht getan?«

»O nein, niemals«, entgegnete Betty entschieden und ohne zu zögern.

»Du hättest es also nicht vor einem Erwachsenen getan?«

Sie verneinte.

»Weil du wußtest, daß es ihnen nicht gefallen würde?«

»Richtig.«

Nachdem er Betty zu den Sequenzen mit dem Besen und dem Schläger befragt hatte, versuchte Ford es erneut. »Du wußtest doch, daß du das Recht hattest, nein zu sagen, oder?«

»Ja, ich denke schon«, entgegnete Betty.

»Du hast doch vorher schon ›nein‹ gesagt, wenn jemand etwas mit dir tun wollte, was du nicht wolltest, oder?« fragte Ford.

»Nein«, entgegnete Betty.

»Du hast nie zu irgend jemandem ›nein‹ gesagt?« fragte er.

»Richtig«, erwiderte sie.

»Ganz gleich, was man von dir verlangt hat, du hast immer ja gesagt?« fragte er erneut.

»Ja«, antwortete sie, womit sie erneut den Standpunkt der Staatsanwaltschaft untermauerte.

Ford versuchte es also mit einer anderen Taktik. Er entzündete dicht vor Bettys Gesicht ein Streichholz. Sie zuckte erschrocken zurück. In ihrer Aussage hatte die Psychologin der Anklage, Dr. Susan Esquilin, angeführt, Betty sei so erpicht darauf, sich beliebt zu machen, und ließe sich aufgrund ihrer geistigen Behinderung so leicht manipulieren, daß sie sich möglicherweise sogar Verbrennungen zufügen lassen würde, um von anderen Jugendlichen akzeptiert zu werden. Ford hielt das brennende Streichholz hoch. »Weißt du, was passiert, wenn du das brennende Ende berührst?« fragte er Betty.

»Nein.«

»Verbrennst du dich dann?«

»O ja«, stimmte sie daraufhin zu. »Ich verbrenne mich.«

»Du würdest doch nicht zulassen, daß dich jemand mit einem Streichholz verbrennt, oder?«

»Nein.«

»Dazu bist du zu clever.«

»Ja.«

»Und du würdest dich doch sicher auch von niemandem mit einer Nadel stechen lassen, oder?«

»Nein.«

»Wenn dich jemand mit einem Streichholz verbrennen würde, wäre er doch nicht dein Freund, oder?« fragte der Verteidiger.

Betty verneinte, wobei sie den letzten Vokal in die Länge zog. »Neiiiiiiiiin«, sagte sie, wobei der inzwischen vertraute kindliche Singsang die Geschworenen, den Richter, die Reporter und sämtliche Zuschauer an ihre begrenzten geistigen Fähigkeiten erinnerte.

Bettys geistige Zurückgebliebenheit war während ihrer gesamten Aussage unüberhörbar. Die Wort- und Satzstrukturen einer Achtjährigen aus dem Mund einer Zwanzigjährigen. Manchmal wirkte sie unglaublich unschuldig, wie zum Beispiel kurz vor einer Unterbrechung, als Richter Cohen zu ihr sagte: »Betty, wir machen jetzt eine Mittagspause. Sprich bitte mit niemandem über den Fall.«

»Das werde ich nicht«, versicherte sie ihm. »Das würde ich niemals tun.«

»Gut, vielen Dank«, entgegnete der Richter.

Aber sie war noch nicht fertig. »Ich bin sehr brav gewesen«, sagte sie.

»Gut«, entgegnete er. »Danke.«

»Keine Ursache.«

Bei anderen Gelegenheiten klang sie vorpubertär, wie zum Beispiel, als sie gefragt wurde, ob ihre Mutter gewußt habe, daß sie sich anerboten habe, an Klassenkameraden der Columbia High Fellatio vorzunehmen. »Nein«, entgegnete sie, »bis jemand sein großes Maul aufgerissen hat.« Ähnlich reagierte sie, als Ford Betty zu dem Vorfall, bei dem sie während des Musikunterrichts ihre Brüste entblößt hatte, fragte, ob dies eine sexuelle Geste gewesen sei. Betty sah ihn verwirrt an, legte die Stirn in Falten und fragte: »Was heißt das?« Und doch hatte die vorangegangene Frage sich auf Geschlechtsverkehr bezogen – sie hatte ausgesagt, sie sei mit einem Jungen von der Columbia High losgezogen und habe Sex mit ihm gehabt.

»Guten Tag«, grüßte Bryant Grobers Verteidiger, Alan Zegas, Betty.

»Hi«, antwortete sie.

Zegas fragte Betty, ob sie den Namen seines Mandanten kenne. »Grover«, entgegnete sie, das *b* mit einem *v* verwechselnd.

»So wie die Figur aus der Sesamstraße?« fragte Zegas.

Wieder antwortete Betty mit dem inzwischen vertrauten Singsang: »Neiiiiiin.«

Nach einigen weiteren Fragen schien Betty zu ermüden. Es war vierzehn Uhr dreißig, und die Verteidiger ersuchten um eine Vertagung, darauf hinweisend, daß die Wirkung des Ritalins, das Betty einnahm, um ihre Konzentrationsspanne zu verlängern, am frühen Nachmittag nachließe. Als Betty am darauffolgenden Morgen den dritten Tag in Folge in den Zeugenstand trat, wirkte sie erfrischt.

»Guten Morgen, Betty«, sagte Zegas.

»Morgen«, entgegnete sie.

»Wie fühlst du dich?« fragte er.

»Gut.« Sie war an diesem Tag richtig munter und vergnügt. »Hübsche Krawatte.«

»Danke«, sagte Zegas und begann dann mit seiner Befragung. »Du weißt schrecklich viel über Sex, nicht wahr?«

»Ja, das ist richtig«, stimmte sie zu.

»Und du hast viel Erfahrung mit Sex, nicht wahr?« fragte der Verteidiger als nächstes.

»Ja, die habe ich.«

»Und diese Erfahrungen reichen zurück bis in deine Kindheit, richtig?«

»Ja.«

»Und du hast mit deinen sexuellen Erfahrungen geprahlt, richtig?«

»Ja.«

»Ist etwas falsch daran, Sex mit jemandem zu haben?« fragte Zegas.

»Nein«, entgegnete Betty. »Daran ist nichts falsch.« Dann fügte sie hinzu: »Sex ist etwas Gutes.«

»Und er vermittelt dir eine Reihe schöner Gefühle?«

»Ja.«

»Macht Sex dich glücklich?«

»Ja.«

»Und er macht auch den anderen glücklich, richtig?«

»O ja, sicher.«

»Du fühlst dich wohl beim Sex?« Es war wie eine Frage formuliert.

Betty bejahte.

»Und der andere fühlt sich auch wohl dabei, oder?«

»Ja.«

»Und hast du nicht oft andere dadurch glücklich gemacht, daß du Sex mit ihnen hattest?«

»Ja.«

»Und es gab viele Jungen, denen du angeboten hast, Sex mit ihnen zu haben, weil du selbst glücklich sein wolltest und wolltest, daß sie glücklich sind, richtig?«

»Ja.«

»Und du warst es, die zum Sex aufgefordert hat, richtig?«

»Manchmal haben sie mich aufgefordert«, entgegnete sie, »und manchmal ich sie.«

»Und wenn du den Jungen diese Dinge gesagt hast, hat sie das meistens erregt, richtig?«

»O ja.«

»Und das wußtest du?«

Wieder bejahte sie.

»Und dann fühlten sie sich gut?«

»Ganz sicher.«

»Und du? Hast du dich dann auch gut gefühlt?«

»Ja.«

»Und es hat dir Spaß gemacht?«

»Ja.«

»Und du hättest deinen Eltern ganz sicher nicht davon erzählt, richtig?«

»Niemals.«

»Du weißt, daß wenn du einem Jungen den Penis reibst, ihn das erregt, richtig?«

»Ja.«

»Und das macht ihn glücklich?«

»Ja.«

»Und Sex kann auch für junge Frauen in deinem Alter aufregend sein?«

»O ja, sogar für noch jüngere.«

»Wie jung etwa?«

»Zwölf.«

»Und du hast seit dem Alter von zwölf Jahren diese sehr starken sexuellen Gefühle gehabt?«

»Ja.«

»Und an diesen Gefühlen ist nichts falsch?« fragte Zegas.

»Nein«, entgegnete Betty. »Natürlich nicht.«

»Du weißt, daß wenn du einem Jungen einen bläst ... entschuldige die Ausdrucksweise ...«

»Das ist schon okay«, unterbrach ihn Betty, um ihn ob seiner Wortwahl zu beruhigen.

»Du weißt, daß du einen Jungen glücklich machst«, wiederholte der Verteidiger, »wenn du ihm einen bläst, richtig?«

»Ja, das weiß ich.«

»Und es gefällt dir, das zu tun, richtig?«

»Ja.«

»Es gefällt dir, weil du dem Jungen dann nahe bist, ist das richtig?«

»Ja.«

»Und der Junge fühlt sich gut, weil er dir nah ist?«

»Ja.«

Jetzt ging Zegas zu dem Versuch über, den Beweis zu erbringen, daß sein Mandant sich nichts hatte zuschulden kommen lassen.

»Du hast Mari Carmen Ferraez gesagt, daß es dir riesig Spaß gemacht habe, Bryant Grober einen zu blasen, ist das richtig?«

»Ja, das habe ich gesagt.«

»Und du hast ihr auch gesagt, es sei aufregend gewesen?«

»Ja«, entgegnete Betty.

»Und deine Stimme hat ganz aufgeregt geklungen, als du das gesagt hast, richtig?«

»Ja«, bestätigte sie.

»Dann hat es dich wirklich erregt?«

»Ja.«

»Und du wolltest es?«

»Ja.«

»Und du hast dich gut dabei gefühlt?«

»Ja.«

»Und er hat sich auch gut dabei gefühlt?«

»Ja.«

Zegas machte sich nun daran zu beweisen, daß Grober bei Betty keinerlei Gewalt angewandt habe. »Betty, du weißt doch sicher aus Erfahrung, daß wenn du mit dem Penis eines Jungen zu grob bist, ihm das weh tut, richtig?«

»O ja«, entgegnete Betty. »Man darf nicht zu fest daran ziehen.«

»Und die Eier eines Jungen sind auch sehr empfindlich, richtig?« fragte Zegas.

»Ja«, erwiderte sie, »sie sind groß wie ein Footballfeld.«

»Wenn man das Gewebe auseinanderbreitet, meinst du?« fragte Zegas, um zu ergründen, was sie damit gemeint hatte.

»Ja.«

»Sie wären so groß wie ein Footballfeld, weil sich in den Hoden viel Gewebe befindet?«

»Ja.«

»Aber dieser Körperteil eines Jungen ist sehr weich und empfindlich, richtig?«

»Ja.«

»Okay, ich möchte, daß du sehr sorgfältig zurückdenkst, Betty, zum ersten März, okay? Als du in den Park gegangen bist.«

»Okay.«

»Du bist zu Bryant rübergegangen, hast ihm zwischen die Beine gefaßt und gesagt: ›Nettes Paket hast du da.‹ Erinnerst du dich daran?«

»Ja, das habe ich gesagt.«

»Hast du danach so etwas gesagt wie: ›Möchtest du, daß ich daran sauge?‹ oder vielleicht ›Möchtest du, daß ich dir einen blase?‹ – etwas in der Art? Denk gut nach, okay? Versuch, dich zu erinnern.«

»Ja. Ich denke, das habe ich gesagt, ja.«

»Du erinnest dich, das gesagt zu haben«, bestätigte Zegas. »Und nachdem du dann aus dem Park weggegangen und in den Keller der Scherzers hinuntergestiegen bist, erinnerst du dich, daß du irgendwann neben Bryant gesessen hast?«

Betty bejahte.

»Erinnerst du dich, daß du neben Bryant gesessen, die Hand ausgestreckt und seinen Penis gerieben hast?«

Wieder bejahte sie. »Ja, das habe ich.«

»Und so hat es mit ihm angefangen, richtig?«

»Ja.«

»Du hast angefangen, seinen Penis zu reiben?«

»Na ja«, sagte Betty, »Sie meinen . . .«

Zegas wählte einen anderen Begriff. »Seinen Schwanz?«

»Ja.«

»Du hast seinen Schwanz gerieben?«

»Ja.«

»Er hat dich nicht aufgefordert, seinen Schwanz zu reiben, richtig? Das hast du von dir aus getan.«

»Ja.«

»Und nachdem du angefangen hattest, seinen Schwanz zu reiben, hast du ihn gefragt, ob du ihm einen blasen solltest, richtig?«

»Nein«, widersprach Betty zum erstenmal. »Er hat gefragt, ob ich ihm einen blasen wolle.«

Aber Zegas ging das Geschehen in allen Einzelheiten mit ihr durch, erinnerte sie daran, daß sie zugegeben hatte, versucht zu haben, Grober zu erregen. »Und dann war er schließlich erregt, und dann hast du ihm einen geblasen, was du auch wolltest, richtig?«

»Ja«, sagte Betty.

»Und dann, irgendwann während du ihm einen geblasen hast, bist du mit den Zähnen an seine Eier gekommen, richtig?«

»Ja, ja.«

»Und daraufhin ist er aufgestanden, richtig?« fragte der Verteidiger.

»Nein.« Sie widersprach seiner Darstellung. »Er hätte nicht aufstehen können. Wie hätte er aufstehen sollen, während ich seinen Schwanz im Mund hatte?«

Zegas unterbrach, als sie zögerte, und versuchte, Fragen zu formulieren, die beweisen sollten, daß statt Bettys Kopf gewaltsam herunterzudrücken, Grober Schmerzen gehabt und versucht habe, Bettys freiwillige Handlungen so zu dirigieren, daß sie ihn erregte, anstatt ihm weh zu tun.

»O Gott«, entgegnete Betty.

»Wollte er dir helfen, es richtig zu machen?« fuhr Zegas fort.

»Ich weiß nicht«, entgegnete Betty. »Das ist eine schwierige Frage. Ich weiß es nicht.«

»Erinnerst du dich, ob du mit deinem Mund ziemlich hart rangegangen bist? Verstehst du, was ich meine?«

»O, hart wie . . .« Wieder zögerte sie.

»Hast du vielleicht zu fest gesaugt?« half ihr Zegas.

»Nein«, entgegnete sie. »Ich hätte niemals fest gesaugt, nein. Man muß ganz vorsichtig sein, wissen Sie. Nein, nein, nein. Ich war ganz vorsichtig bei ihm.«

»Und es schien ihm zu gefallen?«

»Ja.«

»Und es schien dir zu gefallen?«

»Ja.«

»Und es hat dir gefallen?«

»Ja.«

»Du hast nie zu ihm gesagt, Bryant, ich hasse es, das zu tun?«

»Nein«, entgegnete sie.

»Er hat dich nicht gezwungen, das zu tun, richtig?«

»Nein.«

»Du hast es getan, weil es dir, Betty, Spaß gemacht hat?«

»Ja.«

»So wie es dir vorher bei anderen Spaß gemacht hat, richtig?«

»Ja, bei vielen anderen.«

»Du hast zuletzt gesagt, du wüßtest nicht, wo Bryant Grober wohnt, ist das korrekt?«

»Korrekt. Ich habe keine Ahnung.«

»Und er ist auch nie gemein zu dir gewesen, oder?«

»O nein«, entgegnete sie und fügte hinzu: »Er ist ein Schatz.«

»Und er hat dich nie gehänselt oder so etwas in der Art?«

»Nein, er ist ein Schatz.«

Alan Zegas war fertig mit Betty Harris.

Kevin Scherzers Anwalt, Michael Querques, der Anwalt, der inzwischen berühmt dafür war, daß er die Beteiligung seines Mandanten an der Glen-Ridge-Affäre mit der Bemerkung ›Jungs sind eben Jungs‹ abgetan hatte, begann nun seinerseits mit dem Kreuzverhör.

»Betty . . .« Er sprach einschmeichelnd und ruhig. ». . . siehst du mir an, daß ich nervös bin?«

Sie war sehr scharfsichtig. »Sie sehen nicht so aus«, entgegnete sie zweifelnd.

Er fuhr mit derselben Taktik fort. »Ich fürchte mich ein wenig, dir bestimmte Fragen zu stellen.«

»Sie brauchen sich nicht zu fürchten«, beruhigte sie ihn auf ihre entwaffnende kindliche Art.

»Laß mich dir erklären, warum ich Angst habe«, sagte Querques.

»Sie sehen nicht aus, als hätten Sie Angst«, bemerkte Betty erneut.

»Ich weiß, daß ich nicht so aussehe, du kannst eben nicht in einen Menschen hineinsehen«, entgegnete er. »Laß es mich dir beweisen.«

Querques zeigte auf die drei Staatsanwälte, die Betty vor dem Prozeß auf ihre Aussage vorbereitet hatten. Sie pflichtete dem Verteidiger bei, daß sie ihre Freunde seien. »Ich bin nicht dein Freund, nicht wahr?« klagte er.

Die Frage verwirrte sie. »Wie?«

»Wir sind keine Freunde, du und ich, oder?«

»Ich kenne Sie doch gar nicht«, erklärte ihm Betty.

Als Thomas Ford Betty befragt hatte, hatte er mit ihr gesprochen, als sei sie völlig normal. Auch Alan Zegas hatte größtenteils die traditionelle Prozeßsprache verwendet, als er sie dazu gebracht hatte zuzugeben, daß sie wisse, wie man lüge, und daß sie ihre sexuellen Aktivitäten vor ihren Eltern geheimgehalten habe, und als er darauf verwies, daß die Staatsanwaltschaft stundenlang mit Betty geprobt hatte. Michael Querques wählte eine andere Methode.

»Glaubst du«, schmeichelte er, »glaubst du, daß du

versuchen könntest, mich heute und morgen für ein paar Stunden als Freund zu betrachten, wenn ich ganz lieb ›bitte, bitte‹ sage?«

»Ja« – eine der typischen einsilbigen Antworten von Betty.

»Du weißt doch, daß, wenn wir Freunde sind, du mir nur die reine Wahrheit sagen darfst, oder?«

»Ja«, entgegnete sie. »Diese blöde Bibel da drüben. Ich hab's geschworen.«

»Dies hier ist ein Prozeß«, sagte Querques. »Weißt du das, Betty?«

»Sicher, ja.«

»Manche Leute haben dir gesagt . . .« Querques deutete erneut auf die Staatsanwälte. ». . . das dort wären die Guten.« Er zeigte auf die Verteidiger. »Und das die Bösen. Glaubst du das auch, Betty, ist es das, was man dir gesagt hat?«

»Ja.«

»Betty«, versuchte er sie einzuwickeln, »sei lieb zu mir, Betty.«

»Okay.«

»Betty, wer hat dir gesagt, daß das dort die Bösen sind?«

»Die da«, entgegnete sie und zeigte auf Robert Laurino und die anderen Vertreter der Anklage.

»Das sind dieselben Leute, die dich samstags und sonntags, an den Wochenenden, hergebracht haben, ist das richtig?«

»Ja.«

»Übst du an diesen Tagen nicht gewöhnlich Körbe zu werfen?«

»Ja.«

»Besuchst du an diesen Tagen nicht für gewöhnlich deine Freunde, die Lipinskis?«

»Ja.«

»Gehst du an diesen Tagen nicht für gewöhnlich Eis essen, Fahrrad fahren, tust du nicht Dinge, die dir Spaß machen?«

»Das habe ich länger nicht mehr tun können, aber das ist richtig, ja.«

»Du hast dies alles länger nicht mehr tun können, weil sie dir gesagt haben, du solltest es nicht tun?«

»Nein, das haben meine Eltern mir gesagt.«

»Weißt du, ob deine Eltern es dir gesagt haben, weil sie darum gebeten wurden, Betty?«

»Nein, das glaube ich nicht.« Sie dachte einen Augenblick nach und fragte dann: »Sie meinen, Fahrrad zu fahren?«

»Ja«, entgegnete Querques, der versuchte, Bettys gutes Verhältnis zur Staatsanwaltschaft zu untergraben. »Fahrrad fahren und in der Stadt umherzustreifen, wie du es sonst getan hast, Betty. Sie haben dem ein Ende bereitet, ist es nicht so, Betty?«

»Ja«, pflichtete sie ihm bei. »Ich hasse sie dafür.«

Während Querques Betty eine Reihe von Fragen stellte, traten ihre geistigen Schwächen immer wieder deutlich zu Tage.

»Manche Leute finden es schmutzig, über Sex zu sprechen«, verkündete Querques. »Warum?« fragte Betty.

Später erwähnte Querques einen der Ärzte, die Betty untersucht hatten. »Wir gehen zurück, und wir statten ihm einen Besuch ab.« Betty mißverstand den übertragenen Sinn seiner Bemerkung. »Warum?« fragte sie. »Kommt er her?«

An anderer Stelle deutete Querques auf Thomas Ford und sagte: »Dieser alte Kerl da drüben, das ist Thomas Ford . . .«

Sie unterbrach ihn mit den Worten: »Fährt er einen Ford?«

»Aber nein Betty«, entgegnete er, »er fährt einen Jag!«

»Ein Jaguar?« fragte sie. »Aber er heißt doch Ford.«

Als Querques auf die Psychologin, Dr. Susan Esquilin, zu sprechen kam, sagte Betty: »Ich hasse diese Frau.«

»Du haßt diese Frau?« Querques war entzückt. »Ich bin froh, daß du das gesagt hast, Betty. Entschuldige, so etwas sollte ich nicht sagen.«

»Ist schon gut«, tröstete sie ihn.

»Es war nicht nett von mir, das zu sagen.«

»Warum? Es ist das, was ich fühle.«

»Es tut mir leid, Betty, aber ich muß dich fragen, warum du diese Dame haßt. Was hat sie dir getan?«

»Sie macht verrückte Sachen«, entgegnete Betty. »Sie wissen schon, so wie sie einen testet und so.«

»Du meinst also, sie ist ein bißchen...« Querques unterbrach sich.

»Plemplem«, beschreibt Betty sie.

»Weißt du«, sagte Querques, »es ist komisch, du mußt meine Gedanken gelesen haben, Betty. Ich sage nämlich nicht gern ›verrückt‹. Ich benutze auch lieber das Wort ›plemplem‹. Sie ist also ein bißchen verrückt oder plemplem?«

»Ja.«

»Nun, Betty, ich will es nicht selbst sagen. Ich will sehen, ob du es sagst. Willst du sagen, daß diese Dr. Susan Esquilin dich manchmal genervt hat?«

»Ja.«

»Sie hat dich genervt, sie hat dich geärgert, Betty?«

»Oh, sie war eine richtige Nervensäge.«

»Viele Leute, die mit diesem Prozeß zu tun haben, haben dich genervt, nicht wahr, Betty?« fragte Querques.

»Ja.«

»Ist es nicht komisch, Betty, daß dich keiner von der Verteidigung genervt hat?«

»Das stimmt.«

»Zumindest bis du vor ein paar Tagen zum ersten Mal in den Zeugenstand getreten bist. Seither haben wir dich auch ein wenig genervt, nicht wahr?«

»Eigentlich nicht«, entgegnete sie.

»Eigentlich nicht«, wiederholte er. »Das gefällt mir. Ich weiß das zu schätzen. Wir haben dich nicht genervt. Das finde ich gut.«

»Sie tun Ihr Bestes«, tröstete Betty ihn erneut und fügte hinzu: »Das ist alles, was zählt.«

»Oh, du bist einfach wunderbar, Betty. Du bist wunderbar.«

»Schon okay.«

»Manche Leute – ich nicht –, manche Leute behaupten, du seist geistig behindert, Betty. Das stimmt doch nicht, oder?«

»Nein«, entgegnete sie. »Ich sehe nicht behindert aus.«

»Und jetzt beweist du diesen Leuten, daß du nicht behindert bist, weil du nämlich Fragen beantworten kannst.«

»Richtig. Wenn ich geistig behindert wäre, könnte ich diese Fragen nicht beantworten. Dann wüßte ich nicht, wovon ich rede.«

»Perfekt, Betty«, sagte Querques strahlend.

Tatsächlich aber hatten Querques' Art der Befragung und Bettys simple, naive Antworten die Geschworenen nur in ihrer Überzeugung bestärkt, daß sie unfähig war, nein zu sagen.

Als dieser Tag des Kreuzverhörs endete, rief Querques Kevin Scherzer von seinem Stuhl auf der Seite des

Gerichtssaals, die der Verteidigung vorbehalten war, herüber und forderte ihn auf, sich direkt vor Betty zu stellen.

»Betty, wer ist dieser junge Mann?« fragte er sie.

»Oh, er ist ein Bodybuilder.«

»Wie heißt er, Betty?«

»Kyle.« Sie verwechselte ihn mit seinem Zwillingsbruder, verbesserte sich jedoch rasch. »Nein, Kevin.«

»Du willst ihm doch sicher nicht weh tun, oder?« fragte Querques.

»Nein«, entgegnete sie. »Ich möchte, daß niemandem weh getan wird.«

»Du willst niemandem weh tun?« fragte er erneut.

»Richtig«, erklärte sie. »Ich mag sie. Ich weiß, daß sie sich nicht die Bohne für mich interessieren, aber ich mag sie.«

Querques versuchte, ihre Meinung zu ändern. »Er war immer aufmerksam zu dir, oder?«

Sie wollte erst zustimmen und sagte: »Ja, er war immer . . .«, aber dann zögerte sie. Betty wußte, daß das nicht stimmte, und so führte sie ihre Antwort mit folgenden Worten zu Ende: »Er hat nie viel Zeit mit mir verbracht, weil er immer mit seinen anderen Freunden beschäftigt war.«

»Du magst ihn doch, oder?« bohrte Querques.

»Ja«, entgegnete sie und sagte über den durchtrainierten, fast ein Meter neunzig großen Footballstar: »Er sieht sehr gut aus.«

»Dann ist das, was du für ihn empfindest, also ein wenig mehr als mögen«, ermutigte sie Querques.

»Ja.«

»Du bist also ein klein wenig in ihn verliebt.«

»Ja.«

»Vielleicht auch mehr als ein wenig? Vielleicht sehr?«

»Ja, sehr«, entgegnete Betty.

Nach drei Tagen im Zeugenstand war die Qual, vor Gericht auszusagen, für Betty beinahe vorüber. Am nächsten Morgen, dem 16. Dezember 1992, beinahe vier Jahre nach der Vergewaltigung, entließ Louis Esposito, der Anwalt von Kyle Scherzer, Betty mit der überraschenden Ankündigung: »Ich werde dir keine Fragen stellen. Mr. Kyle Scherzer und ich wünschen dir frohe Weihnachten.«

Am darauffolgenden Tag war Betty wieder im Zeugenstand und erinnerte sich des am Vortag als ›Schatz‹ bezeichneten Bryant Grober ohne die Zuneigung, die sie vor den Verteidigern bekundet hatte. Sie stolperte durch eine Litanei von Fragen, die ihr Staatsanwalt Laurino stellte, und änderte ihre Aussage dahingehend, daß die orale Befriedigung ihr aufgezwungen worden sei. Für den Prozeß war die Verwirrung, die sie im Zeugenstand an den Tag legte, wichtiger als der Widerruf ihrer vorausgegangenen Aussage, derzufolge sie die Handlung freiwillig vorgenommen und sie ihr Spaß gemacht habe. Ihr Zögern, die Art, in der sie die Hände über die Augen oder den Mund schlug und ihre simplifizierte Interpretation dessen, worum es bei dem Prozeß ging, halfen der Staatsanwaltschaft zu beweisen, daß ihre geistigen Fähigkeiten einfach nicht ausreichten, freiwillig jene sexuelle Handlungen auszuführen, die ihr von ihren Nachbarn aufgezwungen worden waren. Bettys abschließende Aussage erinnerte an ihre Reaktion Tage nach der Vergewaltigung, als sie ihre Schwimmlehrerin gefragt hatte, wie man nein sage.

Als Laurino Betty erneut befragte, erinnerte er sie daran, daß sie Grober am Vortag einen ›Schatz‹, genannt habe. Sie sagte: »Das stimmte nicht«, Grober sei nichts dergleichen, und: »Von jetzt an werde ich ehrlich sein.«

Laurino versuchte als nächstes, Betty dazu zu bewegen, zu erklären, warum Grober kein Schatz sei. »Ich habe ihn nie interessiert«, sagte sie.

Laurino wollte wissen, ob es für Betty belastend wäre, ihre Aussage vor den vier Angeklagten zu machen, den Nachbarn, die sie, wie sie selbst gesagt hatte, noch immer als Freunde betrachte.

Sie zögerte und hatte Mühe, ihre Antwort zu formulieren. Schließlich sagte sie: »Bis zu einem gewissen Grad«, und fügte hinzu, sie sei »durcheinander«.

Laurino bat sie, das genauer zu erläutern, und sie vermochte es nicht besser auszudrücken als mit den Worten: »Weil hier die eine und da die andere Seite ist. Es ist schwer, zwischen den Seiten zu entscheiden.« Durch Blicke machte sie deutlich, daß sie die Staatsanwaltschaft und die Verteidigung meinte. Offensichtlich hatte Querques' Fragerei über Gut und Böse am Vortag sie durcheinander gebracht.

Als Laurino nähere Einzelheiten verlangte, zögerte sie erneut. Richter Cohen griff ein und stellte Laurinos Frage von neuem. Ob es ihr schwer falle, in Anwesenheit der Angeklagten auszusagen? Ihre Stimme drohte zu versagen, als sie antwortete: »Ich hatte Angst.«

Laurino forderte sie auf, ihre Antwort zu erklären.

Nach weiterem Zögern entgegnete sie mit ruhiger Stimme: »Diese Frage ist schwer zu beantworten.« Sie verbarg das Gesicht in den Händen, und der Richter fragte sie, ob sie die Antwort wisse. Sie schüttelte den Kopf.

Die Fragen hatten ein Ende.

Betty Harris, jetzt ein Stück amerikanischer Kriminalfolklore und Rechtsgeschichte, verließ den Gerichtssaal. Aber damit war der Fall für sie nicht erledigt. Sie mußte nicht nur mit den Erinnerungen an die Geschehnisse im Keller der Scherzers fertig werden, sondern ihr stand außerdem ein Berufungsverfahren bevor. Als nächstes stand ein Ausdruckstraining an, da ihre Eltern versuchten, sie auf das Erwachsenenleben vorzubereiten. Sie lebte weiterhin in derselben Nachbarschaft wie ihre Vergewaltiger, schien jedoch nicht um ihre Sicherheit besorgt. Wie ihre Aussage hatte anklingen lassen, betrachtete sie die vier immer noch als Freunde. Ihre geistige Behinderung schien sie vor dem Gefühl ständiger Angst und Paranoia zu bewahren, unter dem so viele Vergewaltigungsopfer noch lange nach Abhandlung des gegen sie begangenen Verbrechens leiden.

## Paul Archers Lügen

Nachdem die Staatsanwaltschaft ihre Ausführungen abgeschlossen hatte, riefen die Verteidiger Paul Archer in den Zeugenstand, in der Absicht, ihre Ausführungen mit der Aussage des Augenzeugen abzuschließen. »Sie war okay.« Christopher Archers Bruder versuchte die Geschworenen Betty betreffend zu beruhigen. »Sie hat uns gefragt, ob wir das nicht mal wiederholen könnten. Es hat ihr Spaß gemacht«, behauptete Archer mit arroganter Selbstsicherheit. »Sie hat gesagt, es habe ihr Spaß gemacht«, wiederholte er und fügte hinzu, Betty würde »freiwillig alles tun.«

Anfangs beschrieb Archer Betty als raffinierte Verführerin, eine erfahrene Beteiligte, die die dreizehn Jungen um sie herum dirigiert habe. »Sie hatte die alleinige Kontrolle«, sagte Paul Archer aus. »Sie hat allen Avancen gemacht. Sie hat alles getan. Es war alles ihre Idee.«

Paul Archer log.

Ein Jahr zuvor, als er sich schuldig bekannt hatte, das Wohl einer geistig behinderten Person gefährdet zu haben, hatte er ausgesagt, Christopher Archer und Kevin Scherzer hätten einen Besen in Betty ›hineingesteckt‹. Aber jetzt im Zeugenstand änderte er plötzlich die Geschichte, wegen der es zu einem Handel mit der Staatsanwaltschaft gekommen war, und behauptete nicht nur, daß Betty die Idee mit dem Besenstiel gehabt habe, sondern daß sie außerdem nach ›etwas Größerem‹ verlangt habe, woraufhin ›Kevin den Baseballschläger holte‹.

Am nächsten Tag wurde Archer wieder in den Zeugenstand gerufen und änderte seine Geschichte erneut, fügte widersprüchliche Einzelheiten hinzu und behauptete, während Kevin Scherzer den Besenstiel vor- und zurückgestoßen habe, habe ›Betty vor Lust gestöhnt‹. Tags zuvor hatte er noch ausgesagt, Kevin Scherzers Aktivitäten hätten sich darauf beschränkt, den Besenstiel zu halten.

Michael Querques versuchte, Archer sicher durch seine Aussage zu führen. »Dein Freund Kevin dort drüben«, sagte er und zeigte auf Scherzer, »was hat er getan?«

»Er hat das andere Ende des Besens gehalten«, antwortete Archer.

»Sag mir, warum«, forderte Querques ihn auf.

Archer entgegnete, er habe keine Erklärung dafür.

So unterstellte Querques, Scherzer habe Betty vielleicht ›geholfen‹.

»Ja«, stimmte Archer zu. Querques frage, ob Scherzer den Besen bewegt habe.

»Ja«, erwiderte Archer, »nachdem sie ihn eingeführt hatte.«

Staatsanwalt Glenn Goldberg griff die veränderte Geschichte auf. »Haben Sie uns vor Gericht irgendwelche Lügen erzählt?« fragte er.

»Nein, das habe ich nicht«, entgegnete Archer und erklärte, er habe gesagt, sein Bruder und Scherzer hätten den Besen in Betty ›hineingesteckt‹, weil er selbst ›nervös‹ gewesen sei und ›nicht nachgedacht‹ habe.

An seinem dritten Tag im Zeugenstand gestand Archer, als die Polizei ihn das erstemal zu dem Verbrechen befragte, habe er die Ermittler belogen, um seine Clique zu schützen. »Ich war nervös«, sagte er über das Verhör durch die Beamten mehrere Wochen nach der Vergewaltigung. »Ich wollte nichts sagen. Ich wollte nicht mit hineingezogen werden. Ich wollte nicht, daß meine Freunde mit hineingezogen wurden.«

Und Archer widersprach seiner eigenen Aussage von vor wenigen Tagen, indem er sagte, Betty sei beim Einführen des Besens und des Schlägers ›geholfen worden‹, daß Kevin Scherzer, Betty und der Besen sich einige Minuten lang im Einklang miteinander bewegt hätten.

Der Starzeuge der Verteidigung erwies sich als Fehlgriff.

Bevor er seine Aussage beendete, gab Paul Archer zu, einen moralischen Fehler begangen zu haben. »Ja, ich habe bei mir gedacht, daß es in moralischer Hinsicht falsch sei«, stimmte er mit Goldberg überein. »Weil da ein Mädchen war, das sexuelle Handlungen an sich vornahm und wir um sie herumstanden und zusahen.« Archer gab zu, daß Betty Besen und Schläger gebracht worden seien, wenngleich er weiter darauf beharrte, daß sie »es so wollte. Es war alles ihre Idee. Sie hat vorgeschlagen, das eine oder andere zu tun. Sie hat alles dirigiert.«

Als Goldberg Archer jedoch fragte, ob Betty um Hilfe mit dem Besen gebeten habe, bevor der Besen vor- und zurückgestoßen wurde, verneinte er.

Goldberg suchte eine Erklärung, ein Motiv für das Verbrechen. Warum er einem Akt zugesehen habe, den er nun als moralisch falsch bezeichne, einem Akt, den er nicht versucht habe zu verhindern? fragte der Staatsanwalt Paul Archer.

»Reine Neugier«, lautete die Antwort, gefolgt von: »Ich weiß nicht.«

Bryant Grobers Anwalt, Alan Zegas, stellte Archer einige Fragen, in dem Bestreben zu erklären, warum die Clique versucht habe, den Vorfall geheimzuhalten. »Ich wollte nicht, daß meine Mutter oder meine Lehrer davon erfahren«, sagte Archer. »Ich wollte nicht, daß meine

Eltern erfahren, daß ich einem Mädchen bei der Ausführung sexueller Handlungen zugesehen hatte. Es war mir peinlich. Ich hielt es für moralisch falsch. Aber ich dachte nicht, daß wir gegen das Gesetz verstoßen hätten.«

Nachdem die Geschworenen die vier Angeklagten schuldig gesprochen hatten, bezeichnete Christopher Archers Anwalt, Thomas Ford, Paul Archers Aussage – neben Bettys die einzige Aussage eines Augenzeugen – rückblickend als großen Fehler in der Verteidigungsstrategie. »Meiner Ansicht nach«, sagte er, »wären wir ohne Paul Archer besser dran gewesen.« Es war Bryant Grobers Anwalt, der wollte, daß Archer aussagte, weil Archer bestätigte, daß Grober sich von den anderen abgesondert hatte, bevor Besen und Schläger ins Spiel kamen.

»Ich hätte ihn niemals aufgerufen«, sagte Ford über Archer. »Ich wollte ihn nicht als Zeugen. Ohne seine Aussage hätte niemand Betty Harris' Version untermauern können. Offensichtlich waren es vor allem der Besen und der Baseballschläger, die die Geschworenen aufbrachten. Ohne Archers Aussage wäre nichts davon bestätigt worden, so daß Zweifel an dem bestanden hätten, was genau sich ereignet hat. In einem Fall wie diesem stellt man keinen Zeugen auf, der die Aussage des Opfers untermauert.«

Der Geschworene Patrick Parker, ein Lastwagenfahrer, sprach nach dem Prozeß ausführlich mit Reportern über den Fall und die Beratung des Schwurgerichts. Er stimmte Ford zu, daß es ein schwerwiegender Fehler gewesen sei, Paul Archer als Zeugen aufzurufen. »Sein Bruder steht vor Gericht. Er will nur eins, seinen Bruder entlasten.« Zu erwarten, daß die Geschworenen Archer Glauben schenken würden, sagte Parker, wäre dasselbe gewesen wie zu behaupten, sie seien dämlich.

## Der Spruch der Geschworenen

»Es war nicht ihre Absicht, die reine, ungeschmückte Wahrheit vor Ihnen auszubreiten«, beschwerte sich Thomas Ford in seinem Plädoyer für einen Freispruch bei den Geschworenen über die Staatsanwälte. »Es ist beinahe so, als versuche der Staat einen dieser Schauprozesse abzuhalten – so wie es unter Stalin in Rußland üblich war.« Ford beharrte gegenüber dem Schwurgericht immer wieder darauf, daß Betty Harris an jenem Tag sehr wohl gewußt habe, was sie tue und es auch gewollt habe. »Sie hat an keiner Stelle gesagt: ›Ich hatte keine andere Wahl‹. Tief in ihrem Innersten, tief in ihrem Herzen wußte sie, daß sie an allem, was vorgefallen ist, freiwillig teilgenommen hatte.«

Was sich in jenem Keller ereignet hat, sei keine Vergewaltigung gewesen, sagte Ford, sondern freiwilliger Sex. »Sie nahm den Besenstiel selbst in die Hand und führte ihn ein, und als sie damit fertig war und ihr der Schläger gebracht wurde, nahm sie das dicke Ende und versuchte vergeblich, es einzuführen.« Die Jungen im Keller seien keine Vergewaltiger, lautete seine nachdrückliche Botschaft, sie hätten Betty Harris lediglich geholfen.

Unsinn, konterte Staatsanwalt Glenn Goldberg in seiner Schlußrede. Er griff Michael Querques' ›Jungs-sind-eben-Jungs‹-Verteidigung aufs schärfste an. »Jungs mögen mit Käfern, Fröschen und Laborratten experimentieren«, sagte er angewidert, »aber sie experimentieren nicht mit Frauenkörpern. Das war kein Streich. Man kann einer jungen Frau mit einem Baseballschläger und einem Besenstiel keinen Streich spielen.« Er griff Querques weiter an.

»Jungs spielen mit Baseballschlägern Baseball. Jungs fegen mit Besen den Fußboden. Jungs haben nicht das Recht, Gegenstände zur Haushaltsreinigung in Mädchen einzuführen.« Er verwarf Querques' Beschreibung von Betty als Beispiel für ein Mädchen, das gern ›den glücklichen Ausdruck auf dem Gesicht eines Jungen sieht, wenn dieser ejakuliert‹, als Beweis dafür, daß sie die Vergewaltigung im Keller herausgefordert habe. »Ein Baseballschläger ejakuliert nicht. Und er zaubert auch keinen glücklichen Ausdruck auf das Gesicht eines Mädchens.« Goldbergs Schlußplädoyer dauerte Tage. Gegen Ende, nachdem er sechs Tage lang geredet hatte, kam er immer wieder auf den Kern seiner Anklage zurück und führte graphische Darstellungen des Verbrechens an. »Ihr wurden in einem überfüllten kleinen Keller Arme und Beine gespreizt, und dann wurde sie mit Stöcken vergewaltigt, die mit Abfalltüten umwickelt und mit Vaseline eingeschmiert worden waren. Es war kein Akt der Liebe. Es war nicht einmal ein sexueller Akt. An einem hilflosen Opfer ausgeführt, handelt es sich um unentschuldbare Grausamkeit. Dieses geistig behinderte Mädchen war auf mitleiderregende Weise darauf bedacht, es anderen recht zu machen. Ihre außergewöhnliche Verwundbarkeit hat einen sehr hohen Preis gefordert. Sie kann gehänselt, verspottet, mißbraucht, mit Stöcken penetriert werden, aber sie ist nicht wertlos, und auch ihr Leben ist nicht wertlos.« Nach vierzehn Stunden und fünfzehn Minuten nahm Glenn Goldberg Platz, und die Geschworenen im Glen-Ridge-Vergewaltigungsfall zogen sich zur Beratung zurück.

»Dies ist ein Strafprozeß«, erinnerte Richter Cohen die Geschworenen, als er sie über ihre Pflichten aufklärte, bevor sie mit ihrer Beratung begannen, die mehrere Tage dauern sollte, und manchmal arteten vernünftige Debatten in Schreiwettkämpfe aus. »Die Angeklagten stehen nicht wegen eines Streiches vor Gericht, sie sind nicht hier, weil sie sich einer Handlung schuldig gemacht hätten, die häßlich, dumm und unmoralisch wäre.« Und Betty Harris »steht hier nicht unter Anklage«, ermahnte der Richter die Geschworenen.

Die Komplexität der Anklagepunkte ließ den Geschworenen eine breite Palette von Möglichkeiten, wenn sie beschlossen, die Angeklagten eines Verbrechens schuldig zu sprechen – von sexueller Nötigung ersten Grades zu weit weniger ernsten Vorwürfen wegen Verabredung zur Verübung einer Straftat. Erst mußten die Geschworenen sich einig werden, ob Betty der Definition des Gesetzes des Staates New Jersey gemäß als ›schwachsinnig‹ einzustufen war, das heißt, ob sie in der Lage war, ihr Recht zu begreifen, sich zu weigern, an den Vorfällen im Keller teilzunehmen, und ob ihre geistigen Fähigkeiten ausreichten, dieses Recht geltend zu machen.

Die Geschworenen wurden sich schnell einig, daß Betty Harris vor dem Gesetz als schwachsinnig zu bezeichnen sei. Auch einigten sie sich schnell darauf, daß die Angeklagten gewußt hatten, daß Betty geistig behindert war. Dann jedoch wurde der Verlauf der Beratungen schleppend, zog sich über Tage hin, und das Geschworenenzimmer wurde Schauplatz von Szenen der Frustration und lautstarken Auseinandersetzungen. Schließlich, nach zwölf Tagen, einigte man sich. Alle vier Männer wurden der Verabredung zur Verübung und Verübung eines besonders schweren Sexualdeliktes schuldig gesprochen. Für Bryant Grober war die Schuldigsprechung wegen Verabredung zur Verübung einer Straftat weniger bedeutsam. Er wurde der Verabredung zur Verübung einer Straftat dritten Grades für schuldig befunden. Grober wurde keines weiteren Verbrechens beschuldigt. Aber Christopher Archer und Kevin Scherzer wurden beide eines Sexualdeliktes ersten Grades schuldig gesprochen, genauer der Penetration einer geistig behinderten Person mit einem Baseballschläger, einem Besenstiel und einem Stock. Außerdem wurden Christopher Archer und Kevin Scherzer der Verübung eines Sexualdeliktes unter Einsatz von Gewalt und Drohungen schuldig gesprochen. Kyle Scherzer wurde ebenfalls der Verübung eines Sexualdeliktes ersten Grades unter Einsatz von Gewalt und Drohungen schuldig befunden. Was seine Schuld hinsichtlich der zweiten Anklage wegen eines Sexualdeliktes ersten Grades betrifft, wurde sie von den Geschworenen als zweiten Grades eingestuft.

Alle vier Angeklagten wurden in sämtlichen anderen Anklagepunkten freigesprochen: Erzwungener Oralverkehr, Fellatio durch eine geistig behinderte Person, das unsittliche Anfassen von Bettys Brüsten und die erzwungene Masturbation. Nachdem die Geschworenen entlassen worden waren, erklärte der Geschworene Mario Tolentino die Freisprüche mit Bettys mangelnder Glaubwürdigkeit: »Sie änderte ihre Aussage, um es demjenigen recht zu machen, der sie gerade befragte.« Eben das Verhalten, das die Geschworenen bewog, Betty als geistig behindert einzustufen, verhinderte, daß sie in den anderen Anklagepunkten Schuldsprüche fällen konnten. »Es gab nicht genügend Beweise«, erklärte Tolentino.

Richter Cohen verlas die Geschworenensprüche. Die vier Vergewaltiger erhoben sich und lachten und scherzten nicht mehr mit ihren Freunden, wie sie es während der Dauer der Geschworenenberatung getan hatten. Sie hielten sich sehr gerade, mit ausdruckslosen Gesichtern. Sie verließen den Gerichtssaal, gefolgt von ihren Angehörigen. Nur Grobers Vater, der Arzt Nathan Grober, antwortete auf die Fragen der Reporter. »Genug ist genug«, sagte er.

Aber mehrere der Geschworenen beschlossen, ihre Gefühle kund zu tun. Besonders gesprächig war der Lastwagenfahrer Patrick Parker. Er bezeichnete die von Mari Carmen Ferraez aufgenommenen Bänder als außerordentlich hilfreich für seinen persönlichen Entscheidungsprozeß, vor allem die Stelle, an der Ferraez Betty gefragt habe, was sie tun würde, wenn ein fremder Mann sie auf der Straße anspräche und zum Sex aufforderte. »Sie sagte: ›Ich weiß es nicht‹« erzählte Parker, nachdem die Urteilssprüche der Geschworenen verlesen worden waren. »Das hat mir geholfen. Für mich war damit erwiesen, daß sie unfähig war, einfach nein zu sagen.«

Am schwierigsten war es für die Geschworenen zu entscheiden, ob die Angeklagten gewußt hätten, daß Betty geistig behindert war. »Wenn sie es vor der Sache mit dem Besenstiel nicht gewußt haben, dann ganz sicher hinterher«, kamen er und die anderen Mitglieder des Schwurgerichts schließlich überein. »Kein normaler Mensch würde so etwas mitmachen, Punkt.«

Zwei Monate später, als Richter Cohen den Angeklagten mit seinem Urteil ein Geschenk machte und ihnen durch eine Kaution von nur zweieinhalbtausend Dollar ermöglichte, weiter an der Küste und in Bars herumzuhängen, brachte der Geschworene Parker seinen Unmut und seine Frustration zum Ausdruck. »Ich kann nicht einmal in Worte fassen, was in mir vorgeht. Für mich war es, als sei unsere Arbeit völlig umsonst gewesen.« Parker wie so viele andere Prozeßbeobachter spekulierten über Rassismus und Klassismus. Hätte man die vier eingesperrt, wenn sie arm und schwarz gewesen wären? »Ich kenne die Antwort«, sagte Parker. »Jetzt will ich es hinter mich bringen. Es ist, als habe der Richter uns mitgeteilt, daß wir ganz umsonst so viel Zeit geopfert hätten. Wir haben Steuergelder vergeudet und fünf Monate unseres Lebens. Ich hatte von Anfang an das Gefühl, daß sie möglicherweise mit einem blauen Auge davonkämen. Als die Kerle nach dem Geschworenenspruch nicht zurück in U-Haft geschickt wurden, dachte ich mir gleich: ›Der Richter will, daß sie davonkommen.‹«

## Bettys beste Freudin

Basketball und die Nachbarschaft brachten Betty mit Jennifer Lipinski zusammen. Sie trafen sich in der High School und in den ruhigen Straßen entlang der Grenze zwischen Bloomfield und Glen Ridge. Betty hatte – in der für sie typischen Art – Jennifer angelächelt und freundlich ›Hallo‹ gesagt. Schon bald betrachtete Betty Jennifer als ihre beste Freundin und Jennifers Zuhause – voller Brüder und Schwestern – als ein zweites Heim. Sie warfen miteinander Körbe. Betty war bei den Lipinskis häufiger Gast bei Tisch. Die Mädchen gingen zusammen einkaufen, Eis essen und unterhielten sich.

»Sie hat mir vieles erzählt«, sagte Jennifer. »Aus irgendeinem Grund hat sie mich ins Herz geschlossen. Ich denke, das lag daran, daß ich zu den wenigen Leuten ihres Alters gehörte, die sich wirklich für das interessieren, was sie sagte, und sie als normaler betrachteten als die anderen, eben einfach als Menschen. Und das gefiel ihr.«

Kurz nach der Verurteilung der Vergewaltiger bricht die Dämmerung über einen schwülen spätsommerlichen Abend herein. Jennifer, inzwischen Basketballstar und Wirtschaftsstudentin an der Universität von Delaware, steht kurz vor der Erlangung des ersten akademischen Grades und einer Europareise, bevor sie dann an der Graduate School weiter studiert. Wir treffen uns in der Deer Park Tavern, einer lärmenden Bar unweit des Campus von Newark (gelegen in Delaware, nicht in New Jersey), wo Bier und *nachos* serviert werden und 1913 die Aktivistinnen der Suffragettenbewegung ihre Strategien besprachen. Inzwischen zweiundzwanzig Jahre alt, ist Jennifer eine lebhafte junge Frau mit großen Augen. Sie braucht keine Ermutigung oder Aufforderung, von Betty und dem Fall zu sprechen, der immer noch ein dominierendes Kapitel in ihrem Leben darstellt. Sie ist wütend, daß die schuldig gesprochenen Vergewaltiger auf freiem Fuß bleiben.

Nach der Vergewaltigung ganz benommen, floh Betty aus dem feuchten Keller der Scherzers in die Geborgenheit des Lipinski-Heims. »Sie war gekommen, um es mir zu erzählen«, erinnerte sich Jennifer. Aber wie so oft war Jennifer nicht zu Hause. Sie war während der Zeit an der High School in drei Sportarten aktiv, und es schien, als würde sie ständig trainieren. »Sie war gekommen, um es mir zu erzählen, aber ich war nicht da, und daraufhin ging sie nach Hause.«

Ein paar Tage später, nachdem Betty sich ihrer Schwimmlehrerin anvertraut hatte, erzählte sie auch Jennifer, was vorgefallen war. »Sie hat mir nicht alles erzählt.« Anfangs war Betty sich gar nicht bewußt, wie entsetzlich der Vorfall war. »Ich wußte nicht genau, was sie mit ihr gemacht hatten, zum Beispiel das mit dem Baseballschläger.« Aber die beiden standen sich doch so nahe, daß Jennifer spürte, daß Betty etwas bedrückte. »›Was ist denn los?‹ fragte ich sie, und sie antwortete: ›Nichts.‹« Diese Haltung war Jennifer nicht neu. Wenn Betty ihr etwas anvertrauen wollte, das sie belastete, rückte sie nie sofort damit heraus. Aber Jennifer erkannte an der Ernsthaftigkeit der sonst so fröhlichen Natur, daß etwas nicht stimmte.

»Diesmal redete sie besonders lange um den heißen Brei herum.« Jennifer fragte sie immer wieder, was mit ihr los sei, und Betty antwortete jedesmal: »Ist nicht wichtig, ist nicht wichtig.« Jennifer ließ jedoch nicht locker, und schließlich sagte Betty: »Sie haben mich reingelegt.«

»Wer hat dich reingelegt?« fragte Jennifer.

»Sie alle«, antwortete Betty.

»Hast du es deiner Mom erzählt?« fragte Jennifer, und Betty entgegnete: »Nein«, aber ihre Schwimmlehrerin wüßte es.

Anfangs wollte Betty keine Namen nennen, erzählt mir Jennifer, während sie an ihrem Bier nippt. Wir sitzen draußen, auf der überdachten Terrasse der Deer Park Tavern. Am Nebentisch sitzen drei Studentinnen. Sie lachen, trinken Bier und reden über Jungs. Cabrios fahren vorbei, Jungen winken und hupen.

»Ich konnte nicht allzuviel aus ihr herausbekommen«, sagte Jennifer zu diesem ersten Tag. »Hätte ich damals gewußt, was ich heute weiß, hätte ich natürlich ihre Mutter angerufen oder sonstwas getan. Das ist etwas, was ich zutiefst bedauere.«

Jennifer spricht schnell. Sie ist leidenschaftlich und aufrichtig, mit adrettem amerikanischem Aussehen, ihr gefällt es in der College-Stadt, sie fühlt sich wohl in einem weiten blauen Shirt und weißen Shorts. Silberne Ringe und Armbänder fangen das schwindende Licht ein. Sie hilft mir, mich bei meinem Bemühen, die Ursache für das Verbrechen zu verstehen, durch ihre Kindheit und Jugend in Glen Ridge zu arbeiten.

»Ich kannte die Archers. Sie lebten gleich neben dem Park. Sie waren ständig dort. Sie gehörten zu denen, die sie immer ›Piggy‹ und ›Pigorskia‹ nannten.« Es war mehr als Neckerei, es war grausamer Spott. Jennifer versuchte, dem ein Ende zu bereiten. »Betty lachte manchmal darüber, aber es war ein gequältes Lachen. Sie machten sich ständig über sie lustig. Wenn wir zum Beispiel Körbe warfen, waren die Archers im Park, hingen einfach nur rum. Ich meine, sie waren nicht einmal gekommen, um Basketball zu spielen. Manchmal haben sie zwar ein paar Körbe geworfen, aber sie waren keine Basketballfans oder -spieler.« Sie riefen Betty im Park Schimpfworte zu und sagten ihr, wie Jennifer sich ausdrückt, »allerlei Gemeinheiten«.

Jennifer war die gute Freundin, die den Archers sagte, sie sollten Betty in Ruhe lassen, mit ihren Angriffen aufhören, das wäre unrecht. »Hinterher ließen sie sie weitgehend in Frieden, wenn ich dabei war.« Aber wenn Betty ohne ihre Freundin im Park war, setzten sie ihr weiter zu. Betty erzählte ihr dann später davon.

»Wenn man Betty anschaut, sieht man gleich, daß mit ihr irgend etwas nicht stimmt«, erklärt Jennifer mir während unserer Unterhaltung in der Bar. »Und so auf ihr herumzuhacken, sie zu verhöhnen . . . Ich meine, es war kein Spaß, es war nicht so, als wären sie ihre Freunde, die sie neckten. Denn sie waren nicht ihre Freunde.«

Aber bei Jennifer zu Hause fand Betty echte Freunde. »Betty gehört praktisch zur Familie.« Jennifer überlegt laut, warum die Archers und die anderen sie gequält haben. »Sie fühlte sich wohl bei uns zu Hause. Ich empfand es so, als tue ich wirklich etwas für sie, denn sie hörte auf das, was ich sagte, und befolgte meine Ratschläge.« Jennifer versuchte, Betty zum Lernen anzuregen. »Ich glaube, was sie am dringendsten brauchte, war zu hören, daß sie ein intelligenter Mensch sei, Talente habe und nur ein wenig mehr, vielleicht auch ein wenig härter als alle anderen, an sich arbeiten müsse, daß sie es aber schaffen könne.« Und es funktionierte. Jennifer sah den Erfolg ihres Einflusses: Betty verbrachte nach ihrer Unterhaltung mehr Zeit mit Lernen.

Aber eben diese Beeinflußbarkeit, meint Jennifer, habe es den Vergewaltigern so leicht gemacht; sie erkannten, wie leicht Betty zu manipulieren war, wie leicht sie dazu zu bringen war, etwas zu tun. »Ich sehe es so: Sie haben sich eines Tages einfach gelangweilt und dachten sich, sie könnten mit so etwas durchkommen, weil es sich um Betty handelte.« Jennifer bemüht sich nach Kräften, die Motivation zu verstehen, und stolpert über die gleichen Worte, wie die Verteidigung sie vorgebracht hat: »Wissen Sie – Jungs sind eben Jungs. Ich meine, sie ... Sie wissen schon ... in dem Alter sind sie eben nicht ganz zurechnungsfähig. Aber vor allem glaube ich, daß sie wußten oder glaubten, daß sie mit so etwas durchkommen konnten.«

Ich sage Jennifer, daß ich mich bei der ›Jungs-sind-eben-Jungs‹-Charakterisierung unwohl fühle. Wir sind in der Deer Park Tavern von jungen Männern umgeben, und doch scheint es sich nicht um Vergewaltiger zu handeln. Jennifer stimmt mir hastig zu, daß ihre Freunde in New Jersey niemals eines so abscheulichen Verbrechens fähig wären, wie es an Betty begangen wurde. »O nein, nein, nein! Das ist keine Sache, mit der ich mich anfreunden könnte. Man muß schon krank sein, wenn man in Anbetracht dieses Verbrechens eine solche Entschuldigung anführt. Ich würde gern ihre Meinung dazu hören.« Sie möchte wissen, wie sie auf die Idee gekommen sind, Betty zu vergewaltigen, und was sie dazu getrieben hat, das Verbrechen auszuüben.

Während der Verhandlung erzählte Jennifer, was Betty ihr wenige Tage nach der Vergewaltigung erzählt habe. »Sie sagte, sie sei im Keller der Scherzers gewesen. Daß ein kleiner Baseballschläger benutzt worden wäre. Daß sie ihn mit Vaseline eingeschmiert und in sie hineingesteckt hätten. Sie sagten, sie sei überredet worden, mit in den Keller zu gehen, und zu allem anderen gezwungen worden.« Jennifers Aussage war wichtig, weniger für die Feststellung, daß ein Verbrechen begangen worden war, als für den Beweis, daß Betty sich über das, was die Vergewaltiger ihr angetan hatten, beklagt hatte.

»Als ich aus dem Zeugenstand entlassen wurde«, sagte mir Jennifer in der Deer Park Tavern, »hatte ich das Gefühl, wirklich etwas Gutes getan zu haben. Ich war richtig stolz auf mich. Meine Mutter war nicht im Saal – sie war in Ohnmacht gefallen. Sie hat Betty auch sehr gern. Ich weiß, daß sie sehr stolz auf mich gewesen wäre, wenn sie meine Aussage gehört hätte.« Die Erinnerung an jenen Tag läßt Jennifer noch schneller sprechen. »Betty mußte während der ganzen Sache so vieles über sich ergehen lassen: Gesellschaftliche Kritik, Leute, die über sie urteilten. Sie hat so viel durchgemacht. Sie hat aufgrund ihrer geistigen Behinderung schon genug gelitten. Ich fühlte mich ganz elend. Allein daß sie keinen Führerschein hat. Sie hätte so gern den Führerschein, um herumfahren zu können und so. Sie war so aufgeregt, als sie einundzwanzig wurde. Sie erzählte mir, sie sei losgezogen und habe ein Bier getrunken. Ich glaube nicht, daß etwas dagegen einzuwenden ist. Sie wird nie ausgehen und so unabhängig sein können wir wir anderen. Und dann mußte sie all das durchmachen. Ich war also gelinde gesagt froh, als sie schuldig gesprochen wurden.« Und traurig, daß Richter Cohen sie bis zum Berufungsverfahren gegen Kaution freiließ. »Ich war enttäuscht und wütend. Unser Rechtssystem – ich glaube nicht, daß es so toll ist, wie immer behauptet wird. Es war einfach enttäuschend. Meiner Ansicht nach haben sie nicht bekommen, was sie verdienen. Vergewaltigung ist ein so abscheuliches Verbrechen. Allein sich so etwas auszudenken, so etwas zu planen, daß eine Clique von Jungs sich zusammensetzt, so etwas aushecken und es dann in die Tat umsetzen kann, ist krank.« Jennifer kommt immer mehr in Fahrt. Sie kann einfach nicht fassen, daß der Richter die Vergewaltiger nicht als Bedrohung für die Gesellschaft betrachtet, daß die Peiniger ihrer Freundin nun denken müssen, sie seien davongekommen. Sie möchte, daß sie im Gefängnis sitzen und über das nachdenken, was sie getan haben. »Sie haben unzweifelhaft psychologische Hilfe nötig. Sie hätten das Verbrechen keinem freundlicheren Menschen antun können, es gibt niemanden, der es weniger verdient hätte. Betty hat ein Herz aus Gold, wirklich. Sie würde für jeden alles tun.« Jennifer erkennt, daß ihre Bemerkung im Kontext dessen, worüber wir sprechen, mißverstanden werden könnte. »Ich meine, sie hat anderen allerlei abgenommen, einfach geholfen.«

Als wir unser Bier ausgetrunken haben, ist Jennifer Lipinski immer noch zornig und sagt weitere Verbrechen wie das, das an ihrer Freundin begangen wurde, voraus – obwohl sie zu diesem Zeitpunkt nichts von einer ganz ähnlichen Vergewaltigung wußte, die zwei Monate zuvor in North Carolina begangen worden war. »Die Gesellschaft ist hier geschädigt worden. Denken Sie nur an die Kids ihres Alters, die sich die Strafe ansehen, die sie bekommen haben, und aufgrund dessen nicht weiter nachdenken, ehe sie dasselbe tun. Wie sollten sie keine Gefahr für die Gesellschaft sein? Sie haben bereits so großen Schaden angerichtet. Ich verstehe nicht, was der Richter sich dabei gedacht hat. Ich begreife es einfach nicht.«

Jennifer ist Betty eine echte Freundin. Aber Bettys geistige Behinderung gestattet es ihr nicht, zwischen jemandem zu unterscheiden, der sie, wie Jennifer, aufrichtig mag, und jemandem, der nur darauf aus ist, sie auszunutzen. »Kurz gesagt«, faßte Staatsanwalt Robert Laurino Bettys Auffassung von Freundschaft zusammen, »glaubt Betty, wenn man befreundet ist, tut man alles füreinander, weil Freunde eben füreinander da sind. Also war sie bereit, alles zu tun, was man von ihr verlangte. Darum sah sie das, was ihr widerfahren war, auch nicht als Verbrechen an. Man hatte sie darum gebeten, und da sie sich als Freundin der Jungen betrachtete und diese wiederum behaupteten, ihre Freunde zu sein, tat sie ganz selbstverständlich alles, was sie von ihr verlangten.«

Bettys Auffassung von Freundschaft wäre wunderbar, wenn ihre Bekanntschaften auf wahre Freunde wie Jennifer Lipinski beschränkt wären.

# Montagmorgen-Manöver mit Thomas Ford

Wenn man von Glen Ridge aus einige Meilen durch die Vorstädte von New Jersey fährt, stößt man auf ein sandfarbenes zweigeschossiges Bürogebäude unter ausladenden schattenspendenden Bäumen, das durch einen asphaltierten Parkplatz von der Millburn Avenue getrennt ist. In dem Gebäude sind Arztpraxen und Anwaltskanzleien untergebracht, darunter auch die von Christopher Archers Verteidiger, Thomas Ford. Seine affige Gerichtssaal-Aufmachung hängt an diesem Samstagmorgen, an dem wir uns zusammensetzen, um über seinen berühmtesten Fall zu sprechen, im Schrank. Fords hellblauer Lacoste-Pullover spannt über dem Bauch. Sein Mont-Blanc-Füller steckt lässig zwischen den offenen Knöpfen. Er trägt eine blaukarierte Hose und einen weißen Gürtel. Sein graues, gewelltes, kurzgeschnittenes Haar, seine ebenfalls ergrauten buschigen Brauen und sein gepflegter Schnäuzer vereinen sich mit seiner Country-Club-Kleidung zu einer dandyhaften Erscheinung im Freizeitdress.

»Wir waren nicht ganz zufrieden mit dem Urteil.« Ford räuspert sich und fährt hastig fort, um nicht den Eindruck zu erwecken, er stimme mit den Kritikern überein, daß sein Mandant mit einer zu geringen Strafe davongekommen sei. Er bringt eine negative Interpretation von Richter Cohens Entschluß vor: »Natürlich haben die jungen Männer fünfzehn Jahre bekommen, was bedeutet, sie könnten in etwa drei Jahren wieder draußen sein – etwas mehr oder etwas weniger, das wäre von der Gefängnisbehörde abhängig.« Aber Ford insistiert, daß er die verhältnismäßig milde Strafe nicht als Sieg betrachtet.

»Ich finde, wir hätten den Fall aufgrund der von uns angeführten Beweise gewinnen müssen«, sagt er und blickt hinüber zu seinem unordentlichen Schreibtisch. Im Gegensatz zu seiner makellosen persönlichen Erscheinung herrscht in seinem Büro ein heilloses Durcheinander von Unterlagen. Überall stapeln sich juristische Schriftsätze und Prozeßprotokolle. Fords mit Papieren übersäter Schreibtisch steht in der Mitte des Raumes. In einer Ecke stapeln sich Kartons mit Akten. Auf der Kredenz steht eine kleine Plastik eines Affen. Der Affe trägt einen Anzug, eine Uhrkette, eine Juristen-Perücke im englischen Stil und eine Brille und hält einige Habeas-Corpus-Akten in der Hand.

Einige Monate sind seit dem Ende des Prozesses vergangen. Ford wird Christopher Archer nicht beim Berufungsverfahren vertreten: Das Mandat wird von einem Pflichtverteidiger übernommen, weil der Archer-Familie das Geld ausgegangen ist. »Ich glaube, wir haben verloren«, sagte er über den wohl bekanntesten Fall seiner bisherigen Laufbahn, »weil wir ein Schwurgericht hatten, das sich uneins war. Nachdem sie eine Woche debattiert hatten, haben die Geschworenen sich auf einen Kompromiß geeinigt. Ich weiß, daß es im Geschworenenzimmer laut zugegangen ist, weil wir gehört haben, wie an die Wände gehämmert wurde. Tatsächlich ...« – er streut die Geschichte in unsere Unterhaltung ein, als handele es sich um eine Schlagzeile im *National Enquirer* – »... hat eine der jungen weiblichen Geschworenen darum gebeten, daß der Baseballschläger aus dem Zimmer entfernt würde, weil sie befürchtete, er könne gegen sie eingesetzt werden. Offenbar gehörte sie zu denen, die die Angelegenheit derart in die Länge gezogen haben.« Ford blickte auf, um zu sehen, ob die Anekdote mich neugierig gemacht hat. Er weiß, was eine gute Story ausmacht – er hat während des Glen-Ridge-Falles bundesweit im Rampenlicht gestanden, und sein Sohn arbeitet für CNN. Tatsächlich hat während der Debatte einer der Geschworenen einen anderen angeschrien: »Ich will, daß der Baseballschläger fortgeschafft wird. Ich traue Ihnen nicht.«

Den Spruch der Geschworenen analysierend, erklärt mir Ford, warum er für ihn keinen Sinn machte. »Die Anklageschrift umfaßte neun Punkte. Drei der Jungen (darunter auch sein Mandant Archer) wurden in drei Punkten schuldig gesprochen und in sechs weiteren für nicht schuldig befunden. Die sechs Punkte, für die sie nicht schuldig gesprochen wurden, beruhten auf denselben Zeugenaussagen. Wie die Geschworenen behaupten konnten, sie würden dem Mädchen in drei Punkten glauben und in anderen wiederum nicht, ist mir ein Rätsel.«

Aber im Grunde ist es ihm sehr wohl klar, und Ford fährt rasch fort, um mir seine Theorie zu unterbreiten. Trotz der Tätigkeit seines Sohnes, trotz Fords Gastfreundschaft Reportern gegenüber, macht er den Presserummel, den der Fall verursacht hat, für seine Niederlage mitverantwortlich. Er behauptet, daß das Aufsehen, das der Fall erregt hat, sowie der Baseballschläger und der Besen die Entscheidung der Geschworenen herbeigeführt hätten. »Mit anderen Worten«, versucht er seinen Standpunkt zu verdeutlichen, »sie haben sich gesagt, sie hat sie möglicherweise freiwillig befriedigt oder sich von ihnen anfassen lassen, aber sie hat niemals eingewilligt, einen Besen und einen Baseballschläger in sich einführen zu lassen.« Und mit diesen Worten trifft Ford den Kern der Sache hinsichtlich seiner makabren Popularität. Ganz gleich welche rechtlichen Spitzfindigkeiten das Geschehen komplizieren, für die meisten laienhaften Prozeßbeobachter beweisen der Besen und der Baseballschläger eindeutig den Tatbestand der Vergewaltigung.

»Man hatte Mitleid mit dem Mädchen«, meint Ford, sagte aber weiter, daß dieses Mitgefühl die Interpretation der Fakten seitens der Geschworenen auf ungerechtfertigte Weise beeinflußt habe. Als Beispiel führt Ford die schockierenden Bilder der Vergewaltigung an, die Betty während ihrer Therapiesitzungen gezeichnet hat. Der Richter bestimmte, daß sie nicht als direkte Beweise für das Verbrechen gewertet werden dürften, sondern lediglich als Hinweis darauf, was während Bettys Sitzungen mit der Psychologin geschah, die sie untersucht und behandelt hat. »Trotzdem haben die Geschworenen Fragen gestellt, die sich direkt auf diese Zeichnungen bezogen. Sie haben die Bilder als ›Beweis für ein Verbrechen‹ interpretiert«, beklagt sich Ford und bezeichnet dies als einen von vielen Fehlern, die während des Prozesses begangen worden seien.

Ganz gleich wie kompliziert die Einzelheiten des Falles auch gewesen sein mögen, sagt Ford, der Schuldspruch sei unmittelbar aus dem Abscheu hervorgegangen, den die Geschworenen wegen der Verwendung eines Besens und eines Schlägers empfunden hätten. »Wenn ich mich recht entsinne, sagten die Geschworenen so etwas wie: ›Wir glauben nicht, daß sie – oder sonst irgend jemand – hierin einwilligen würde.‹ Ich habe dem entgegengehalten, daß viele Menschen abnorme Sexualpraktiken befürworten und ausführen.« Aber von diesem Standpunkt hatte Ford die Geschworenen nicht überzeugen können. »Die Kombination ihres geistigen Zustandes mit der Abnormität der Sexpraktiken stellten ein Problem für die Geschworenen dar, und ich denke, das hat zu ihrer Entscheidung geführt.«

Menschen lassen sich auf viele Arten von Sexualpraktiken ein, sagt Ford und veranschaulicht seinen Standpunkt mit legendären Anekdoten. »Es gibt unzählige Geschichten, in denen Frauen sich mit Colaflaschen befriedigen, über Frauen, die in erotischen Bühnenshows mit Eseln auftreten, und Leute, die hingehen und sich das ansehen. Offensichtlich muß es jemand tun, wenn andere dabei zusehen. Ich habe es nie geschafft, das zu dokumentieren. Ich habe nie eine solche Show gesehen, aber ich weiß aus meiner jahrelangen Berufserfahrung, daß es sie gibt.«

So wie Ford die Vorfälle im Keller der Scherzers interpretiert, ging es Betty nicht unbedingt um ihr eigenes Vergnügen, sondern um das ihres Publikums. »Mit anderen Worten, ich habe gehört . . .« Hastig fügt er hinzu: »Ich bin natürlich nie auf einer gewesen, aber ich habe von Junggesellenabschiedsfeten gehört, bei denen zwei Frauen gegenseitig aneinander sexuelle Handlungen vornehmen, und man kann doch wohl davon ausgehen, daß sie nichts tun würden, was sie verletzen könnte. Dann beziehen sie das Publikum mit ein. Anders ausgedrückt, wenn man einen Finger hineinstecken kann, kann man auch anderes hineinstecken.«

Er führt Bettys körperliche Unversehrtheit als weiteren Beweis dafür an, daß kein Verbrechen stattgefunden habe. »Viele Menschen denken, wenn sie den Baseballschläger oder den Besenstiel betrachten, an bajonettähnliche Gegenstände – so wie die Japaner in Nanking angeblich Frauen Stöcke in den Unterleib gestoßen haben. Aber Sie dürfen nicht vergessen«, bezieht er sich auf die Tat seines Mandanten, »daß es nicht so abscheulich war, als wenn jemand verletzt worden wäre.«

Wir kehren zurück zur Frage der Einwilligung, speziell im Hinblick auf den Besen und den Baseballschläger. »Sie dürfen nicht vergessen«, beharrt Ford mit langsamer, ruhiger Stimme, »daß sie im Grunde selbst gesagt hat, sie habe es freiwillig getan. Es gibt keinen einzigen Hinweis darauf, daß jemand sie festgehalten oder sonstwie gezwungen hätte. Die Staatsanwaltschaft hat angeführt, sie habe es den Jungen recht machen wollen, es seien so viele gewesen, daß sie sich nicht habe weigern können.« Ford ist von diesem Argument immer noch nicht überzeugt. Ebensowenig wie ihn die Behauptung seines Kollegen Michael Querques überzeugte, das Verbrechen ließe sich dadurch erklären, daß Jungs eben Jungs seien. Sich selbst als Menschen mit gesundem Menschenverstand bezeichnend, hält Ford Querques' Verteidigungsstrategie für falsch, schon allein wegen der vielen Frauen in dem Schwurgericht. »Ich bin ganz und gar nicht der Ansicht, daß Jungen so etwas tun sollten«, sagte er zu Aktivitäten wie jenen, die im Keller der Scherzers stattgefunden haben. »Ich habe darauf hingewiesen«, sagt Ford zu seinem Eröffnungsplädoyer, »daß das, was diese Jungs getan haben, moralisch verwerflich gewesen sein mag – und ich es keineswegs gutheiße. Ich habe den Geschworenen nicht erzählt, daß die Jungen dafür Lobpreisungen verdient hätten, sondern daß ich ihr Handeln vielmehr verurteile. Trotzdem ist es kein Verbrechen gewesen. Das war meine Verteidigungsstrategie.«

Ford, der keinen regelmäßigen Kontakt mehr mit Archer hat, sagt weiter, daß Archer und die Vergewaltiger seiner Überzeugung nach die geistigen Fähigkeiten des Mädchens nicht ausreichend beurteilen konnten, um zu wissen, ob sie nun in der Lage war, ›ja‹ oder ›nein‹ zu sagen. Dann versucht Ford, wie schon während des Prozesses, die Tat mit Bettys regem Sexualleben zu rechtfertigen. »Wer marschiert denn in der Cafeteria zum Footballteam und erbietet sich, alle oral zu befriedigen?«

Thomas Ford betrachtet seinen Mandanten nicht als Anstifter zu einem abscheulichen Verbrechen, sondern als Opfer. »Ich würde sagen, in diesem Fall gab es nur Opfer. Die Eltern beider Seiten waren Opfer. Andere Familienmitglieder waren Opfer. Betty, könnte man sagen, war gleich zweimal ein Opfer. Sie waren Opfer des Geschehens, und der Presserummel hat ihrer aller Leben verändert. Ja, ich glaube, man hätte diesen Fall auf völlig andere Weise verhandeln können, auf eine Art, die beiden Parteien gedient hätte.« Als eine solche bessere Lösung führt er eine Verurteilung wegen eines geringeren Verbrechens an, wie zum Beispiel unsittliche Berührung oder sexuelle Nötigung in einem minder schweren Fall. Er wirft der Staatsanwaltschaft vor, die Publicity gewollt zu haben und sagte abfällig: »Lassen Sie es mich so ausdrücken: Welcher Staatsanwalt profitiert nicht von Publicity?« Hastig fügt er hinzu: »Ich will ja niemanden beschuldigen. Das passiert bei jedem Fall.« Er lächelt.

Die Publicity um den Glen-Ridge-Fall ist gewaltig. Während der Arbeit an diesem Buch habe ich das Projekt gegenüber Freunden und Kollegen angesprochen, und kaum einer hatte nicht von der Vergewaltigung gehört. Ich brauchte nur dreierlei zu erwähnen: New Jersey, vier Sportler, ein geistig behindertes Opfer.

Aber die Vertreter der Anklage lachen nur schallend, als ich ihnen von Fords Vorwurf erzähle, sie hätten den Fall benutzt, um sich beruflich zu profilieren und sich persönliche Vorteile zu verschaffen. »Sehen Sie sich doch um!« Robert Laurino brüllt vor Lachen und weist auf die schäbigen Büros der Staatsanwälte von Essex County hin.

»Ihre Wahrnehmung der Dinge ist typisch«, spottet Elizabeth Miller-Hall. »Das Außergewöhnliche ist, daß man so hart an einem Fall arbeitet, um das Richtige zu tun, seine Arbeit so gut wie nur möglich zu machen, daß man den Presserummel nur am Rande wahrnimmt. Wenn man nachts nur ein paar Stunden Schlaf bekommen hat, gekämpft, debattiert und durchdacht hat, wie man den Fall angehen und die Argumente der Gegenseite widerlegen soll, ist das letzte, woran man denkt, ein Auftritt im Fernsehen.«

Glenn Goldberg lächelt ebenfalls, wird aber gleich darauf wieder ernst. »Das ist bei jedem Fall, in dem sie eine alternative Theorie anbringen wollen, um die Aufmerksamkeit von der Schuld des Angeklagten abzulenken, ein typischer Vorwurf von Verteidigern und Angeklagten«, sagt er ärgerlich. »Sie unterstellen den Staatsanwälten irgendein persönliches Motiv. Ich hatte Fälle, bei denen verbreitet wurde, ich hätte politische Ziele oder Ambitionen – Gouverneur, Präsident, was weiß ich, was alles. Das ist alles Unsinn. Das ist völlig absurd.«

Allerdings besteht kein Zweifel daran, daß der Fall die drei Staatsanwälte ins Licht der Öffentlichkeit gerückt hat. »Wir tun das, was wir immer getan haben«, sagt Elizabeth Miller-Hall Monate nach Prozeßende. »Es hat sich nicht geändert.«

GRUPPENVERGEWALTIGUNG IN DER VORSTADT lautet die erste Schlagzeile zum Fall in *Newsweek*. TAG DES GRAUENS nennt das Magazin die Vergewaltigung. VERGEWALTIGUNGSFALL ERSCHÜTTERT BLÜHENDE STADT IN N.J. schreibt *USA Today*. DAS LANGSAME MÄDCHEN UND DIE SPORTASSE faßt die Überschrift von Anna Quindlens Kolumne in der *New York Times* das Drama zusammen. Michael Querques gerät ob seiner ›Jungs-sind-eben-Jungs‹-Strategie in Verruf, und nach dem Schuldspruch zieren alle vier Verlierer die Titelseite des *New Jersey Law Journal* unter der Balkenüberschrift: SIE HÄTTEN ES BESSER MACHEN KÖNNEN.

Thomas Ford lehnt sich in dem Sessel hinter seinem Schreibtisch zurück. Er blickte durch den Raum auf das Ölgemälde eines Pferderennens. »Sie waren alle High-School-Sportler, und sie stammten alle aus derselben Stadt.« Er sucht nach einem Grund, warum der Fall so viel Staub aufgewirbelt hat, und erklärt, der Umstand, daß die Jungen aus privilegierten Familien stammten, sei gegen sie verwendet worden. »Sie waren nicht so wohlhabend, wie es dargestellt wurde. Es gab keinen einzigen Hinweis dafür, keine Aussage, nicht einmal eine Andeutung, daß sie, weil sie Football oder Baseball gespielt haben, eine Sonderbehandlung genossen hätten. High-School-Sportler sind keine Helden. Das waren ganz normale, gewöhnliche Kids. Die ganze Sache wurde künstlich aufgebauscht. Mit anderen Worten, es kann sehr gut sein, daß es Fälle wie diesen gibt, oder noch abscheulichere, wo ein Mädchen festgehalten, gewaltsam penetriert und verletzt wird, die keine Schlagzeilen machen, verstehen Sie?«

Was ihn betreffe, habe er ›nichts gegen die Publicity‹ gehabt, nur über den Zeitaufwand beklage er sich. »Ich hätte nie erwartet, daß der Prozeß sechs Monate dauern würde. Der Fall hat mich völlig vereinnahmt. Ich hatte anderes zu erledigen, aber ich kam einfach nicht dazu. Das war alles, worüber die Leute reden wollten. Wenn ich im Gericht war, war das das einzige, wofür sich alle interessierten. Ich wurde sogar angesprochen, wenn ich im Supermarkt einkaufen war.«

Wieder lehnt Ford sich in seinem Sessel zurück, und die

Fragen zur Vergewaltigung und Publicity veranlassen ihn, darüber zu philosophieren, wie unsere prozeßsüchtige Gesellschaft Männer zu Opfern mache. »Jede Frau kann Anzeige erstatten«, sagt er besorgt. »Während der Angeklagte, auch wenn seine Unschuld zweifelsfrei erwiesen ist, sein Leben lang damit zu kämpfen hat, daß die Leute glauben, er sei vielleicht doch schuldig.« Er nennt Clarence Thomas als Beispiel für diese Ungerechtigkeit, sowie den Navy Tailhook Sexskandal und die Flut von Prozessen wegen sexueller Belästigung in der Geschäftswelt, bei denen es um horrende Summen geht. Das amerikanische Gesetz, sagt er, »neigt immer mehr dazu, der Frau oder der Person, die Anzeige erstattet, zu glauben«. Dann fügt er hinzu: »Ich schätze, auch ein Mann könnte Anzeige erstatten.«

Das Kapitel Vergewaltigung durch eine dem Opfer bekannte Person macht Ford ebenfalls Sorgen. »Da beschließt jemand plötzlich, daß er eigentlich gar nicht wollte. Hätte die Betreffende rechtzeitig ›nein‹ gesagt, wäre es gar nicht erst zum Geschlechtsverkehr gekommen. Aber später heißt es dann: ›Ich habe mich unter Druck gesetzt gefühlt‹. Ich denke, das bringt beide Seiten in eine sehr schwierige Lage. Als ich noch Staatsanwalt war, war Vergewaltigung noch eine eindeutige Sache«, erinnert er sich. »War keine körperliche Gewalt angewandt worden, war es keine Vergewaltigung. Heute werden die Fälle immer subjektiver. Letztendlich steht es Aussage gegen Aussage.« Das System werde mißbraucht, sagt er, den William-Kennedy-Smith-Fall als Beispiel anführend. »Wenn man jemanden nicht leiden kann und ihm schaden will, beschuldigt man ihn der Vergewaltigung. In zwanzig Jahren wird es, auch wenn der Angeklagte freigesprochen wird, heißen: ›Ich erinnere mich an ihn, das ist der Kerl, der wegen Vergewaltigung angeklagt wurde.‹ Es entsteht ein Ungleichgewicht.«

Ford sucht nach einem weiteren Beispiel und stolpert über dasselbe, das Carol Vasile angeführt hat, um denselben Punkt von ihrer Warte aus zu verdeutlichen. »Lassen Sie es mich so formulieren«, sagt er. »Raub ist Raub. Anders ausgedrückt, wenn ich jemanden mit der Waffe bedrohe und ihm sein Geld stehle, besteht kein Zweifel daran, daß es sich um ein Verbrechen handelt. Wenn aber jemand einen sexuellen Akt vornimmt, beabsichtigt er hierdurch möglicherweise gar nicht, ein Verbrechen zu begehen. Möglicherweise hat das sogenannte Opfer unbewußt oder dadurch, daß es keinen Widerstand geleistet hat, zu dieser Tat ermutigt. Es wird immer Beziehungen zwischen Männern und Frauen geben«, sagt Ford. »Die Frage ist nur, wie wir zwischen einem Verbrechen und einem Akt der Zuneigung oder der Liebe entscheiden sollen.« Ford spricht jetzt schneller, erwärmt sich für das Thema. Er scheint zu glauben, er habe das Problem im Griff. »Anders ausgedrückt, wenn sie jemandem mit Waffengewalt sein Geld wegnehmen, ist das in jedem Fall Raub, ganz gleich, ob es sich bei dem Opfer um Ihren Bruder, Ihre Mutter oder Ihre Frau handelt. Bei einem sexuellen Akt handelt es sich manchmal um einen Akt der Zärtlichkeit und Liebe und manchmal um ein Verbrechen – ein Akt, zwei Möglichkeiten.« Er legt eine kurze Pause ein, um Luft zu holen. »Das ist das Problem, dem wir gegenüberstehen, von Fall zu Fall zu beurteilen und zu bestimmen, worum es sich gehandelt hat.«

Thomas Ford steht nicht allein mit seinen Ansichten. Camille Paglia, Sozialkritikerin und Dozentin für Geisteswissenschaften an der University of the Art in Philadelphia, pflichtet ihm bei. In einem Artikel für die New Yorker Zeitung *Newsday* aus dem Jahre 1991, den sie auch in ihre Sammlung von Essays zu dem Thema *Sex, Art, and American Culture* aufgenommen hat, schreibt sie: »Ein Jahrzehnt lang haben Feministinnen ihre Jüngerinnen darauf gedrillt zu sagen: ‹ Vergewaltigung ist kein Sexualdelikt, sondern ein Gewaltverbrechen‹. Dieser zuckergußüberzogene Shirley-Temple-Unsinn hat junge Frauen in die Katastrophe geführt. Fehlgeleitet durch den Feminismus erwarten sie nicht, von netten Jungs aus gutem Hause, die in der Klasse neben ihnen sitzen, vergewaltigt zu werden.«

Während sie Vergewaltigung verurteilt, beharrt Camille Paglia darauf, daß Frauen das Risiko bei ihren Kontakten mit Männern akzeptieren müssen. »Schon in dem Augenblick, in dem eine Frau mit einem Mann ausgeht«, schreibt sie in einem anderen Essay, der diesmal auf einem Interview mit dem *San Francisco Examiner* basiert, »in dem Augenblick, in dem eine Frau allein eine Bar betritt, um etwas zu trinken, geht sie ein Risiko ein. Wir müssen die Tatsache akzeptieren, daß die prickelnde Erregung, die mit Sex einhergeht, teils aus der Gefahr hervorgeht, beim Sex dem Willen des körperlich Überlegenen zu unterliegen.« Paglia führt ebenfalls den William-Kenndy-Smith-Fall an, um ihren Standpunkt zu verdeutlichen. »Das Mädchen im Kennedy-Vergewaltigungsfall ist eine dumme Gans. Sie begibt sich spät nachts auf das Kennedy-Anwesen, also gewissermaßen in die Höhle des Löwen, und wundert sich dann, daß etwas passiert? Sie ist es, die man anklagen sollte – der sträflichen Dummheit und Ignoranz.«

In den gesammelten Essays befinden sich auch Camille Paglias Antworten auf Fragen, die das *YM* Magazin ihr zum Thema ›Vergewaltigung bei einer Verabredung‹ gestellt hat. »Ist es Vergewaltigung, wenn die Frau zu betrunken ist, sich zu weigern?« wird Paglia gefragt.

»Wenn sie betrunken ist, trifft sie eine Mitschuld«, meint sie und erklärt ihre Theorie mit einem Vergleich: »Wenn sich jemand betrunken ans Steuer seines Wagens setzt und drei Menschen überfährt, würden Sie ihn auch nicht entschuldigen, nur weil er jammert, das habe er nicht gewollt.«

Ein weiterer Kritiker der strikten Verurteilung von Vergewaltigung durch eine dem Opfer bekannte Person von Seiten der Frauenbewegung ist das ehemalige Vorstandsmitglied der National Organization for Women, Warren Farrell. In seinem Buch *Myth of Male Power* erklärt er, »Jeder, der beruflich mit beiden Geschlechtern zu tun hat, weiß, daß ein Mann der Ansicht sein kann, eine Frau geliebt zu haben, während sich diese vergewaltigt fühlt. Ebenso ist es möglich«, schließt Farrell, »daß eine Frau am Abend im Rausch noch der Ansicht ist, einen Mann geliebt zu haben, und sich am Morgen, wenn sie wieder nüchtern ist, vergewaltigt fühlt – ohne das der Mann ein Vergewaltiger wäre. Auch kann eine Frau sich am Abend geliebt gefühlt haben, wenn der Mann gesagt hat: ›Ich liebe dich‹, sich aber am nächsten Morgen vergewaltigt fühlen, weil er nicht angerufen hat.«

Katie Roiphe schließt sich mit ihrem Buch *The Morning After: Sex, Fear and Feminism on Campus* dieser These an. Basierend auf ihren eigenen Erfahrungen als Studentin in Harvard und Princeton, wirft Roiphe – deren Mutter, Annie Roiphe, den feministischen Roman *Up the Sandbox* geschrieben hat – ihren Klassenkameradinnen vor, sich zu schnell als Opfer zu bezeichnen und zu rasch gesellschaftliche Fehler als Vergewaltigung durch einen Bekannten darzustellen. »Wenn das Urteilsvermögen einer Frau beeinträchtigt ist, wie man so schön sagt, und sie mit einem Mann schläft«, schreibt sie über eine Frau, die mit Drogen vollgepumpt war und am nächsten Tag behauptete, vergewaltigt worden zu sein, »ist nicht immer der Mann schuld; und dann ist es auch nicht notwendigerweise Vergewaltigung.«

In ihrem Buch wirft Roiphe den Feministinnen der Generation ihrer Mutter vor, fehlinterpretiert zu haben, was eine Vergewaltigung durch einem dem Opfer bekannte Person ausmacht. »Der Gedanke, daß Frauen sich nicht gegen verbalen oder emotionalen Druck wehren können, infantilisiert sie«, schreibt sie. Eine ihrer Schlußfolgerungen: »Alle sind sich darin einig, daß Vergewaltigung etwas Abscheuliches ist, aber darin, was genau eine Vergewaltigung ist, stimmen wir nicht überein. Es gibt eine Grauzone, innerhalb derer die Vergewaltigung des einen für den anderen nicht mehr als eine unangenehme Nacht ist.«

Diese Fragen zum Krieg der Geschlechter umgeben die Debatte um den Glen-Ridge-Fall, trotz der Tatsache, daß Bettys geistige Behinderung der klassischen Vergewaltigung bei einer Verabredung, Vergewaltigung durch eine dem Opfer bekannte Person oder sogar Gruppenvergewaltigung eine einzigartige Variable hinzufügt.

»Ich glaube nicht, daß wir die Männer zu Opfern machen«, sagt Robert Laurino, als wir uns über die Diskussionen zum Thema ›Vergewaltigung‹ innerhalb der feministischen Bewegung unterhalten. »Ich denke, daß in den meisten Fällen tatsächlich eine Vergewaltigung vorliegt«, sagt er. Das wahre Problem ist in Laurinos Augen eher das Gegenteil: Zu viele Fälle von Vergewaltigung gelangen aufgrund mangelnder Beweise gar nicht erst zur Anklage. Laurino spricht sich gegen die Theorie aus, daß wenn eine Frau in das Büro eines Staatsanwaltes stürme und schreie: »Er hat mich vergewaltigt!«, der Mann automatisch für schuldig befunden und ins Gefängnis wandern würde. »Zu Fords Zeiten«, sagt er und meinte damit die Zeit, als sein Prozeßgegner noch Staatsanwalt war, »lag die Verurteilungsrate quasi bei null. Einer der Gründe, weshalb die Abteilung, die ich heute leite, ins Leben gerufen wurde, war der, daß es in diesem County zu keiner Verurteilung auf diesem Gebiet kam. Es wird nie ein gleichberechtigtes Spielfeld sein. Opfer von Sexualdelikten werden immer eine Extrahürde überwinden müssen, zumindest in naher Zukunft. Meistens waren nur zwei Personen zugegen, das Opfer und der Angeklagte. Diese Art von Verbrechen wird nicht in der Öffentlichkeit begangen. Wann immer sich also die Situation Aussage gegen Aussage ergibt, ist das Verbrechen, wie man sich vorstellen kann, schwer zu beweisen.«

Laurino hat sich eingehend mit diesem Thema befaßt. Er möchte keinen Zweifel an seiner Position bestehen lassen. »Ich glaube wirklich nicht, daß Männer hier zu Opfern gemacht werden«, sagte er noch einmal. »Im Gegenteil. Frauen wurden in erschreckenden Maße zu Opfern gemacht.«

Als wir uns in seinem Büro weiter über diese Problematik unterhalten, äußert Ford sich zu Carol Vasile und ihren Mitarbeiterinnen vom NOW. »Diese Leute haben ganz offensichtlich eigennützige Zwecke verfolgt, ihre eigenen Interessen gesehen«, sagt er zu ihrer Rolle als Prozeßbeobachter. »Sie gehören zu den Leuten, die Anita Hill glauben und nicht Clarence Thomas.« Ich fragte ihn, worin er Vasiles langfristige Motive sieht, und er beginnt mit einer Litanei von Klagen. »Feminismus kontra Gegenseitigkeit. Daß Frauen als eine Kategorie, eine Gruppe betrachtet werden. Daß es nicht um die menschliche Rasse als Ganzes geht, sondern daß jede Gruppe in eigene Segmente unterteilt wird.« Er macht einen Sprung. »Offensichtlich gibt es Leute, die Männer hassen, und diese Leute könnten in diese Kategorie passen. Aber das ist reine Philosophie«, fügt er vorsichtig hinzu, bevor er zu spezifischen Punkten des Glen-Ridge-Falles zurückkehrt und wiederholt, daß er das, was sein Mandant getan hat, als unmoralisch, aber nicht als rechtswidrig ansieht.

»Meiner Meinung nach steckte bei keinem der Jungen böse Absicht dahinter. Sie wollten niemandem weh tun, auch nicht ihr. Was vorgefallen ist, ist auf freiwilliger Basis von beiden Seiten geschehen. Mir würden da andere Dinge einfallen, die noch weit schlimmer wären.«

Als ich ihnen Fords Bemerkungen wiedergebe, schütten die Staatsanwälte sich aus vor Lachen. »Wenn man sich die Größe der Gegenstände ansieht«, sagte Laurino zu dem Besen und dem Schläger, mit denen Betty mißhandelt wurde, »vor allem diesen Schläger, wenn man sie hat beschreiben hören, was sie getan haben, daß sie versucht haben, ihn gewaltsam einzuführen, ihnen das aber nicht gelang, ist für mich absolut unvorstellbar, daß irgendeine Frau verlangen sollte, daß ein Gegenstand dieser Größe in sie eingeführt wird. Es scheint, als seien die Jungen an diesem Punkt ziemlich frustriert gewesen. Sie haben geschoben und geschoben, aber er ging einfach nicht rein. Sie haben es beinahe mit Verachtung für das Opfer aufgegeben.«

»Sie haben sie beinahe benutzt wie eine Laborratte«, meldet sich Miller-Hall zu Wort. »Als würden sie ein wissenschaftliches Experiment an ihr vornehmen. Was ist der größte Gegenstand, den man in dieses Objekt einführen kann? Ich denke, alles, was sie da gehört haben, ist der Wunsch Tom Fords und Michael Querques', an ihre eigene Theorie zu glauben. Sie wollen es glauben. Sie wollen glauben, das Opfer habe es gewollt, es habe sich nur um eine abartige Sexpraktik gehandelt, sie sei nicht geistig zurückgeblieben und sie sei sehr wohl in der Lage gewesen, dem Ganzen ein Ende zu machen. Sie wollen es einfach glauben«, sagt sie noch einmal.

Ford steht auf und geht in ähnlich arroganter Art wie im Gerichtssaal in seinem Büro auf und ab. Ich frage ihn, ob er seine Entscheidung, Christopher Archer nicht in den Zeugenstand gerufen zu haben, bereut. »Ich glaube nicht, daß das irgendeine Rolle gespielt hat«, entgegnet er. »Sie hätten nicht geleugnet, was passiert ist«, sagt er über die vier Vergewaltiger. »Sie hätten gesagt: ›Ja, wir haben das mit dem Besen gemacht. Ja, wir haben das mit dem Schläger gemacht. Aber wir haben es aus folgendem Grund getan.‹« Vielleicht, grübelt er, als wir uns verabschieden, hätte eine solche Aussage die Geschworenen doch überzeugt.

Keine Chance, sagt Staatsanwalt Glenn Goldberg mir später. Er ist enttäuscht, keine Gelegenheit gehabt zu haben, die vier Angeklagten während des Prozesses in die Mangel zu nehmen. Goldberg hätte ihnen liebend gern eben jene Frage gestellt, von der Ford behauptet hatte, die Vergewaltiger hätten sie zu beantworten versucht. Nämlich, warum sie, um Fords Worte zu benutzen, ›das mit dem Besen‹ und ›das mit dem Schläger‹ gemacht hätten.

»Ich glaube, der Grund, weshalb sie nicht ausgesagt haben, ist der, daß sie nicht bereit waren, diese Fragen zu beantworten oder vor den Geschworenen ihre Motive darzulegen.«

## Sex und die geistig Zurückgebliebenen

»Es war von Beginn an unsere Überzeugung«, beharrt Robert Laurino, »das wir kein Problem damit haben, daß auch geistig Zurückgebliebene in der Lage sind, eine normale sexuelle Beziehung einzugehen. Aber das hier war reine, brutale Gewalt. Daß sie Gegenstände dieser Art benutzt haben, die ihnen (den Jungen) keine direkte Befriedigung verschafft haben, ist Beweis genug dafür, daß es allein um Gewalt und Erniedrigung ging.« Das Gesetz von New Jersey differenziert bewußt zwischen jenen geistig Behinderten, die in der Lage sind, in bezug auf Sex eigene Entscheidungen zu treffen, und jenen, die nicht in der Lage sind zu verstehen, was Sex überhaupt ist und daß sie das Recht haben, ihn zu verweigern.

Den Großteil dieses Jahrhunderts wurden geistig behinderte Frauen, die in Anstalten lebten, zwangsweise sterilisiert – ein Verfahren, daß der Oberste Gerichtshof in einem Präzedenzfall in Virginia im Jahre 1927 in die Verfassung aufnahm. Die Operation wurde in Virginia bis zum Jahr 1974 offiziell durchgeführt. Bevor dieses Gesetz abgeschafft wurde, wurden bundesweit mindestens fünfzigtausend geistig behinderte Amerikaner aufgrund dieser eugenischen Maßnahme und der Vorurteile gegenüber geistig behinderten Personen zwangssterilisiert. Heute wird das Recht, sexuelle Beziehungen zu einer geistig behinderten Person zu unterhalten – und somit auch das Recht eines geistig Behinderten auf Sex – von Fall zu Fall entschieden. In New Jersey zum Beispiel verbietet Paragraph N.J.S.A. 2C:14-2 ausdrücklich Sex –

auch freiwilligen Sex – mit einer geistig behinderten Person, die ›nicht in der Lage ist, die rein sexuelle Natur der Handlung zu begreifen oder unfähig ist, das Recht, diese Handlungen zu verweigern, zu begreifen oder von ihm Gebrauch zu machen.‹

Im Verlauf des Glen-Ridge-Falls befürchteten Verfechter für die Rechte geistig Behinderter, daß ihre erfolgreichen Bemühungen, tief verwurzelte gesellschaftliche Vorurteile gegen geistig Behinderte abzubauen, zunichte gemacht würden. Dadurch, daß die Verteidigung Betty als Sexbesessene und die Staatsanwaltschaft sie als unfähig hinstellte, in sexuellen Fragen ihre eigenen Entscheidungen zu treffen, steigerte sich ihre Sorge, daß hierdurch stereotype Vorurteile gegen geistig Behinderte untermauert würden.

Betty Harris' Hilferuf, als sie das an ihr begangene Verbrechen zum erstenmal jemandem anvertraute, lautete: »Wie sage ich ›nein‹?« Diese einfache Frage ist Dreh- und Angelpunkt des gesamten Prozesses, Beweis dafür, wie verwundbar Betty war, welch ideales Opfer für die Vergewaltiger.

»Wäre sie auf meiner Schule gewesen«, sagte mir Leslie Walker-Hirsch, »hätte sie sehr wahrscheinlich gelernt, ›nein‹ zu sagen. Man hätte ihr beigebracht zu entscheiden, mit wem sie diesen intimen Akt teilen möchte und welche Charakteristika und Eigenschaften sie von dieser Person erwartet.« Walker-Hirsch ist Vorsitzende der Special Interest Group on Social and Sexual Concerns for the American Association on Mental Retardation, eine Organisation, der Experten auf dem Gebiet ›geistiger Behinderung‹ angehören, die in den Bereichen Öffentlichkeitsarbeit, Forschung und Schule tätig sind. Als Psychologin hat sie sich auf Fragen zum Thema ›Sexualität bei geistig Behinderten‹ spezialisiert. Sie ist Verfasserin eines Lehrplans, der den Behinderten helfen soll, die gesellschaftlich relevanten Aspekte zum Thema Sexualität zu verstehen. Zu ihrer Tätigkeit gehört auch, geistig Behinderten beizubringen, individuelle Entscheidungen in sexuellen Fragen zu treffen. Darüber hinaus versucht sie, Schulen von der dringenden Notwendigkeit zu überzeugen, für geistig Behinderte speziellen Sexualkundeunterricht anzubieten.

»Im Grunde war ihr Problem gar nicht das Neinsagen an sich«, sagte Walker-Hirsch zu Bettys Verzweiflung. »Ihr Problem war: ›Wie setze ich meinen Willen durch, ohne den anderen vor den Kopf zu stoßen? Wie stelle ich klare Grenzen auf?‹« Die Walker-Hirsch-Methode erklärt den Behinderten drei bestimmte Schritte, für den Fall, daß jemand diese Grenzen überschreitet. Der erste Schritt ist zu sagen: ›Halt‹. Der nächste ist es, sich so bald als möglich vom Ort des Geschehens zu entfernen. Der dritte besteht darin, einer Vertrauensperson zu erzählen, was passiert ist. Sie sagt, das sei ein ›allgemeingültiges‹ System, dessen sich jeder bedienen könne.

Häufig wissen geistig Behinderte jedoch nicht, wo die Grenzen liegen, und so sagt sie: »Sie sehen nicht, wenn jemand sie überschreitet, und erkennen demzufolge auch den Mißbrauch erst, wenn es zu spät ist. Hinterher fühlen sie sich entsetzlich.«

Die Gesellschaft hatte lange Zeit Vorurteile gegen geistig Behinderte, die sexuell aktiv waren. Die Sorge eventueller Schwangerschaften heizte einige der Repressionen an, denen geistig Behinderte noch in relativ junger Vergangenheit ausgesetzt waren. Es wurden nicht nur legitime Fragen aufgeworfen, wie zum Beispiel, wer sich um die Kinder geistig behinderter Paare kümmern solle. Es wurde zudem allgemein und fälschlicherweise angenommen, die geistige Behinderung sei erblich. Gleichzeitig tauchten Klischees auf, denen zufolge bei geistig Behinderten überdurchschnittliche Promiskuität üblich sei.

»Ein Mensch, der aufgrund seiner Behinderung abgewertet wird« – Walker-Hirsch spricht hier ganz allgemein, aber ihre Beschreibung trifft exakt auf Betty zu – »und wenig Selbstwertgefühl hat, neigt häufig dazu, sehr willfährig zu sein und beinahe alles zu tun, um sich beliebt zu machen. Wir haben die Behinderten dahingehend erzogen, kooperativ und gehorsam zu sein, das zu tun, was ihnen gesagt wird, zu tun, was sie Behörden, die es ja besser wissen, die schlauer sind als sie, ihnen sagen, das sie tun sollen.« Walker-Hirsch kritisiert die Neigung der Vereinigten Staaten, sich nur oberflächlich mit Behinderungen auseinanderzusetzen und die Behinderten ohne angemessene Vorbereitung in die normale Gesellschaft zu entlassen. »Häufig werden diese Frauen nur als Sexobjekte bewundert oder mißbraucht«, sagt sie zu Frauen im allgemeinen, die von anderen herabgesetzt wurden. Dieses Schicksal ist bei geistig behinderten Frauen noch verbreiteter, weil ihnen der intellektuelle und emotionale Rückhalt fehlt, auf den wir anderen zurückgreifen können, wenn wir auf Menschen treffen, die uns herabsetzen und uns nur als Sexobjekte betrachten.«

Aufgrund dieser Analyse fällt es Walker-Hirsch leicht, Bettys Passivität im Keller der Scherzers zu verstehen. »Ein Mensch mit wenig Selbstwertgefühl, der gemocht und mit einbezogen werden möchte, der vermutlich einem weit höheren Maß an Angriffen auf das Selbstbewußtsein ausgesetzt war als gewöhnliche Menschen, ist ein ideales Opfer für jemanden, der ihn sexuell mißbrauchen will.«

Auch fällt es Walker-Hirsch nicht schwer nachzuvollziehen, warum die Vergewaltiger sich Betty als Opfer ausgewählt haben. Auch hierbei spielten Klischees eine

Rolle. »Es gibt Leute, die sagen, geistig Behinderte gäben gute Opfer ab, weil niemand zuhört oder ihnen glaubt, wenn sie etwas sagen. Weil sie manchmal im Hinblick auf Zeit und Ort kognitive Schwierigkeiten haben, sich nur schwer artikulieren können oder leicht zu verwirren sind. Sie werden nervös, wenn sie über Worte stolpern, sie geben keine sehr glaubwürdigen Zeugen ab. Also kann eine behinderte Person durchaus als jemand angesehen werden, der ein ideales Opfer darstellt, weil er nicht darüber sprechen wird.«

Bettys Mut im Zeugenstand, die Beharrlichkeit der Staatsanwälte und das harte Urteil der Geschworenen könnten dazu beitragen, daß der Glen-Ridge-Fall ein rechtliches Umdenken hinsichtlich geistig behinderter Vergewaltigungsopfer bewirkt. Das Verfahren hat trotz Richter Cohens Urteil deutlich gemacht, daß auch so komplexe Fälle erfolgreich verhandelt werden können.

Für Leslie Walker-Hirsch und ihre Kollegen liegt die Herausforderung darin, den geistig Behinderten Mittel an die Hand zu geben, mit denen sie verhindern können, daß Verbrechen an ihnen begangen werden. »Menschen mit einer geistigen Behinderung, die nicht speziell ausgebildet sind, sind gefährdeter.« Wenn ihnen soziale und sexuelle Verhaltensweisen nicht speziell beigebracht werden, besteht kein Grund zu der Annahme, daß die Behinderten sie von sich aus lernen, nur weil sie ihnen im Alltagsleben begegnen. »Menschen wie Sie und ich«, sagt sie, »sind da anders. Sie beobachten ihren älteren Bruder, sie sehen Menschen in einem Film, sie speichern eine Unmenge von Informationen über zwischenmenschliche Beziehungen, ohne daß man sie ihnen konkret beibringen müßte. Es ist beinahe so, als nehme man diese Informationen über die Haut auf. Sie beobachten ganz beiläufig – wir nennen das Zufallslernen –, man bringt es ihnen nicht gezielt bei.« Zufallslernen funktioniert bei geistig behinderten Menschen nicht.

Daß Betty und ihre Schulkameraden nicht von der spezialisierten Walker-Hirsch-Methode profitiert haben, ist keine Entschuldigung für das Verbrechen, das an ihr begangen wurde. »Diese Jungen wußten, daß sie behindert war.« Walker-Hirsch ist von der Aussage überzeugt. »Sie sind im selben Ort aufgewachsen wie sie. Sie wußten, daß sie zurückgeblieben war. Statt ihr besonders nett und verantwortungsvoll zu begegnen, haben sie dieses Wissen benutzt, um sie in eine Situation zu bringen, die ihr Begriffsvermögen deutlich überstieg. Das Opfer trifft keine Schuld. Gleich, was sie getan oder nicht getan hat, die Jungen wußten, daß sie ihnen unterlegen war. Darum haben sie sie ausgewählt. Was sie auch getan oder nicht getan hat, ich glaube nicht, daß das hier zur Debatte steht.« Sie verwirft die Argumente der Verteidigung – vor allem Querques' Lolita-Theorie. »Hier geht es um die Tat der Angeklagten.«

Während unserer Unterhaltung steigert Walker-Hirsch sich zunehmend in Zorn gegen die Vergewaltiger, ihren sozialen Hintergrund und ihr mangelndes Verantwortungsgefühl. »Ich glaube wirklich, daß Footballspielern – Football ist eine sehr gewalttätige Sportart – beigebracht wird, die Gefühle ihrer Gegner zu mißachten und sie zu Objekten zu degradieren, kein Mitgefühl zu empfinden, wenn sie Schmerz zufügen, wenn sie den Gegner mit ihrem Gewicht niederwerfen, um den Ball über die Linie zu bekommen. Ich kann nicht anders, ich habe das Gefühl, daß diese Jungen ihre Selbstachtung dadurch erlangen, daß sie die Gefühle anderer mißachten, so wie man es ihnen als Mitglieder eines Footballteams beigebracht hat.« Dieses Training, glaubt sie, habe ihnen geholfen, ihre Verbrechen zu rationalisieren.

So wie der Klassenkamerad der Vergewaltiger, Josh Golin, es zum Ausdruck gebracht hatte, erkennt Walker-Hirsch im Verhalten der Vergewaltiger eine pervertierte Doppelmoral. »Ich bin ziemlich sicher, daß diese Jungen, wenn sie mit ihren festen Freundinnen zusammen sind, nie auf die Idee kämen, vorzuschlagen, beim Sex einen Baseballschläger zu verwenden. Und wenn ihre Freundinnen dies vorschlügen, würden sie das für das Abartigste halten, was ihnen je untergekommen ist. Ich glaube kaum, daß sie so etwas mit ihren festen Freundinnen praktizieren.«

Aktuelle Behandlungsmethoden bei geistiger Behinderung zielen darauf ab, Menschen mit Entwicklungsstörungen (eine Bezeichnung, die von den Psychologen allgemein vorgezogen wird) verstärkt in die Gesellschaft zu integrieren, statt sie in Heimen und Anstalten unterzubringen. »Geistig zurückgebliebene Menschen leben heute mit viel größerem Erfolg ganz auf sich gestellt als je zuvor«, erinnert mich Walker-Hirsch, als ich sie fragte, warum der Glen-Ridge-Fall ihrer Ansicht nach so großes Aufsehen erregt hat. Diese neue Unabhängigkeit und die Freiheiten, die damit einhergehen, zwängen die Behinderten, sich verstärkt auch mit ihrer Sexualität auseinanderzusetzen. »Ich denke, das Thema war einfach reif, da entwicklungsgestörte Personen inzwischen von der Gesellschaft zunehmend als Normalität angesehen und akzeptiert werden«, sagt sie. »Die Ungerechtigkeiten in diesem Fall haben jeden berührt. Im Gerichtssaal sehen sie diese hünenhaften jungen Männer und diese arme verwirrte Frau, die Mühe hat, die Dinge zu begreifen, die ganz allein diesen großen, starken, durchtrainierten Kerlen gegenübersteht. Es ist, als hätten sie alle Karten in der Hand, während sie weniger Karten hat als die meisten. Der krasse Kontrast läßt niemanden kalt.«

Walker-Hirsch – und viele andere, die sich für die Belange geistig Behinderter einsetzen – kritisiert, daß so häufig gesagt wurde, Betty Harris sei eine Erwachsene mit dem Verstand einer Achtjährigen. »Ich verabscheue so etwas«, sagt sie traurig. »Ein Mensch, der acht Jahre alt ist, ist acht Jahre alt«, erklärt sie einfach, »und ein Erwachsener, der einen IQ von vierundsechzig hat, ist nicht dasselbe wie ein achtjähriges Kind. Das ist sehr irreführend«, sagt sie zur Charakterisierung von Bettys geistigen Fähigkeiten. »Gesellschaftlich kann der Betreffende gewandter und fähiger sein als in Mathematik«, führt sie als Beispiel an, »und das ist anhand eines ermittelten IQ-Wertes nicht zu erkennen. Ein Mensch hat nicht auf allen Gebieten dasselbe Maß an Fähigkeiten. Es gibt eine Anzahl verschiedener Gebiete, die gemessen werden, wenn man den IQ ermittelt, und die Resultate sind häufig sehr unterschiedlich.«

Ihre Verärgerung ist verständlich. Betty Harris ist nicht acht Jahre alt. Zum Zeitpunkt der Vergewaltigung hatte sie siebzehn Jahre gelebt und siebzehn Jahre lang verschiedene Lebenserfahrungen gesammelt. Sie hatte einer Achtjährigen neun Jahre Lebenserfahrung voraus, auch wenn ihre Intelligenz, zum besseren Verständnis ihrer geistigen Fähigkeiten, mit der einer Achtjährigen vergleichbar ist. Und was für den Glen-Ridge-Fall noch viel entscheidender war: Betty hatte mit siebzehn den Körper einer Siebzehnjährigen und nicht den einer Achtjährigen. Ihre Gefühle waren nicht auf die einer Achtjährigen beschränkt, sie waren vielmehr von ihrer hormonellen Entwicklung beeinflußt. Physische Empfindungen, einschließlich sexueller Empfindungen, waren bei Betty nicht auf jene einer durchschnittlichen Achtjährigen beschränkt. »Sie ist eben nicht acht Jahre alt«, sagte Walker-Hirsch frustriert. »Es ist einfach nicht dasselbe.«

»Das hier ist ein Strafprozeß«, hatte Richter Cohen die Geschworenen unmittelbar vor ihrer Beratung ermahnt. »Dies ist keine Moralität.« Die Geschworenen musterten ihn eindringlich, während er sprach. »Sie sollen nicht darüber entscheiden, ob das, was die Angeklagten getan haben, im moralischen Sinne richtig oder falsch war.«

Alice Vachss hörte die Botschaft des Richters, als ihr Buch über Vergewaltigung mit dem Titel *Sex Crimes* gerade in den Handel kam. »Der Richter sagt, dies sei keine Moralität«, äußerte sie Reportern gegenüber. »Aber für uns ist es das. Wir müssen es als Botschaft an die Gesellschaft sehen. Und die Botschaft könnte lauten, daß wir als Gesellschaft nicht in der Lage sind, unsere am meisten verwundbaren, gefährdeten Mitglieder zu schützen.«

Vachss' Buch betont auch, die Botschaft zu predigen, die Gesellschaft müsse vor Sexualtätern geschützt werden, einer Art von Kriminellen, die ihrer Überzeugung nach nur selten auf Rehabilitationsbemühungen ansprechen. »Zu behaupten, die Opfer seien selbst schuld an einer Vergewaltigung«, schreibt sie, »hieße zu behaupten, Banken seien schuld an Überfällen. Niemand verdient es, vergewaltigt zu werden.«

Als ehemalige Lehrerin des Special Victims Bureau im Büro der Staatsanwaltschaft von Queens in New York City widerspricht Vachss der These, Vergewaltiger seien krank. »Wenn Sexualtäter erwischt werden«, behauptet sie in *Sex Crimes*, »und wenn ihnen ernste Konsequenzen drohen, verlangen sie nach einer ›Behandlung‹, wenngleich niemand von sich behauptet, er habe ein ›Heilmittel‹ gefunden. Die einzige sinnvolle ›Behandlung‹ gegen Vergewaltigung ist Quarantäne. Es wird viel über therapeutische Behandlungen von Sexualtätern gesprochen, aber es gibt nur ein funktionales diagnostisches Kriterium: Gefährlichkeit. Wir vergeuden viel zu viel Zeit für den Versuch, Vergewaltiger vom therapeutischen Standpunkt aus zu ›verstehen‹. Wenn man Vergewaltiger schon studiert, dann sollte man sie vom Standpunkt der Bekämpfung aus studieren; wir brauchen den Feind nicht zu verstehen. Was wir vor allem über Vergewaltiger wissen müssen, ist, wie wir sie an ihrem Tun hindern können und wie wir sie bestrafen müssen, wenn sie erst gefaßt worden sind.«

## Schlußbemerkungen des Staatsanwaltes

Es ist schwül und stickig an diesem Spätsommermorgen, während ich an der Tür des neuen Gerichtsgebäudes in Newark darauf warte, daß der lustlose Wachmann das Röntgenbild meiner Tasche betrachtet. Er und seine Kollegen beraten gerade, wo sie zum Mittagessen hingehen sollen. Er fährt das Förderband zurück und besieht sich das Innenleben meines Kassettenrecorders noch einmal, bevor er mich einläßt. In der Halle ist es ruhig, nur die alltägliche Szenerie. Keine lautstarken Pressekonferenzen von Thomas Ford, kein Pulk von Fotografen, die die Glen-Ridge-Vergewaltiger verfolgen, um ein weiteres Bild ihrer Visagen mit dem arrogant vorgeschobenen Kinn zu schießen. Es ist einige Monate her, seit die vier verurteilt wurden, und die Aufmerksamkeit, die ihr Prozeß auf das Gericht von Essex County gelenkt hat, ist lange verflogen.

In einem Hinterzimmer des Gebäudeflügels, in dem die Büros der Staatsanwaltschaft untergebracht sind, schiebe ich eine Puppe, die auf einem niedrigen Tisch liegt, aus dem Weg und nehme meinen Recorder aus der Tasche. Die Staatsanwälte Glenn Goldberg, Robert Laurino und Elizabeth Miller-Hall gesellen sich zu mir in das Zimmer, in dem die Staatsanwälte gewöhnlich Kinder befragen, die Opfer eines Verbrechens wurden. Der Raum ist vollgestopft mit einer Tafel, Puppen, Stofftieren, Kinderbüchern und kleinen Stühlen. Und es ist heiß.

Laurino, die Schläfen ergraut, die Krawatte gelockert und die Ärmel seines Kurzarmhemdes wegen der Hitze aufgerollt, führt den Großteil der Unterhaltung. Eindringlich und mit klarer Ausdrucksweise teilt er mir seine Meinung mit – die Meinung eines Mannes, der bei seiner Verfolgung von Gesetzesbrechern täglich mit den Schattenseiten von Essex County konfrontiert wird. »Ich sehe Parallelen«, sagte Laurino zu den anderen Fällen, an denen er arbeitet. »Im Grunde ist der Fall gar nicht so außergewöhnlich.« Er hat sich auf Sexualdelikte spezialisiert und sagt, Vergewaltigung mit Fremdgegenständen sei ganz sicher nicht ›die Regel‹, aber in der schmutzigen Welt brutaler Vergewaltigungen bekäme er die schlimmsten Dinge zu sehen.

»Ich habe Fälle gehabt, bei denen Taschenlampen, Äste . . .« Er geht in Gedanken die Fälle durch, die er studiert und vor Gericht vertreten hat. »Ich habe erlebt, daß Colaflaschen und sonstige Gegenstände in die Scheiden der Opfer eingeführt wurden. Alles in allem«, sagt er über Vergewaltigungen mit Fremdgegenständen, »ist das so ungewöhnlich nicht.« Bei seinen Vergewaltigungsfällen, schätzt er, wurde »in einem von zehn Fällen ein Gegenstand benutzt, der nicht zum normalen penivaginalen Sex gehört. Es kann sich um eine Hand oder Finger handeln. Das ist nicht ungewöhnlich.« Aber in Verbindung mit anderen aufsehenerregenden Aspekten des Verbrechens – zum Beispiel Bettys geistige Behinderung und die verhältnismäßig hohe Täterzahl – waren Öffentlichkeit und Presse fasziniert von der Benutzung von Fremdgegenständen in diesem speziellen Fall. Neben den Aspekten des Falles, die seine Faszination ausmachten, stellte die Glen-Ridge-Vergewaltigung einen gesellschaftlichen Kontrapunkt zum Central-Park-Jogger-Fall dar, in dem eine Großstadt-Gang aus ärmeren Verhältnissen eine junge und erfolgreiche New Yorker Karrierefrau brutal vergewaltigt hatte.

»Die Leute haben so viele falsche Vorstellungen von Vergewaltigung«, sagte Elizabeth Miller-Hall und fügte hinzu, der Glen-Ridge-Fall habe den Menschen bewußt gemacht, daß es sich hierbei um etwas sehr Brutales und Erniedrigendes handle und nicht um Sex. Auch Elizabeth Miller-Hall spricht mit großer Eindringlichkeit und gestikuliert dabei mit den Händen. An ihrem Handgelenk blitzt ein goldenes Armband auf. In Abständen zieht sie am Saum ihres Kleides, wenn es ihre Beine hinaufrutscht und ihr Slip zu sehen ist. »Sie haben sich ein Opfer ausgesucht«, sagte sie über die Glen-Ridge-Clique, »das sehr verwundbar ist, aber nicht als klassisches Vergewaltigungsopfer angesehen wird – als ein Sexobjekt.«

Ist Vergewaltigung Sex oder Gewalt, insbesondere eine Vergewaltigung wie jene, die im Keller der Scherzers stattgefunden hat, wo nur wenig oder gar keine körperliche sexuelle Befriedigung der Verbrecher im Spiel war? Laurino antwortet ohne zu zögern: »Es ist eine Kombination von beidem«, sagt er.

Die drei Staatsanwälte sind zufrieden mit sich, und sie zeigen es auch. Sie haben einen schwierigen und kontroversen Fall vor Gericht vertreten, und sie haben einen Schuldspruch von den Geschworenen erreicht. Als wir über ihre Strategien und die Kritik der Verteidigung sprechen, machen sie der Debatte über ihre Methoden mit der Bemerkung ein Ende, daß der Staat New Jersey den Fall gewonnen habe.

Aber was ist mit den verhältnismäßig geringen Strafen? Während wir in dem heißen, stickigen Kinderbefragungszimmer sitzen, erholen sich Christopher Archer, die Scherzer-Zwillinge und Bryant Grober von einer Kneipentour, sonnen sich an der Küste von Jersey, bereiten sich auf den Beginn eines neuen Semesters vor oder arbeiten, um sich bei einem Ferienjob etwas Geld zu verdienen.

Für diese schuldig gesprochenen und verurteilten Vergewaltiger geht das Leben relativ normal weiter.

Laurino äußert seine Enttäuschung, aber trotz der Klage wegen des Urteils ist er zufrieden mit den Ergebnissen ihrer Arbeit. »Ich denke, man muß den Fall globaler betrachten. Wir hatten mit unseren Argumenten für das Strafmaß nur wenig Erfolg. Aber alles in allem hat der Fall etwas bewirkt.« Er ist stolz, daran teilgehabt zu haben, daß das Büro der Staatsanwaltschaft überhaupt Anklage erhoben hat. Laurino möchte sicher gehen, daß sein Standpunkt auch richtig verstanden wird. »Bei Vergewaltigungsfällen wollen die Geschworenen im allgemeinen ein keusches Opfer, eine vestalische Jungfrau. Sie wollen kein Opfer, das in irgendeiner Weise behindert ist. Wenn sie in irgendeinem Vergewaltigungsfall ein Opfer mit einer x-beliebigen sexuellen Vergangenheit haben und geistige Behinderung hinzukommt, haben sie es außergewöhnlich schwer. Geschworene mögen solche Fälle nicht.« Laurino und seine Kollegen sind der Überzeugung, daß andere Staatsanwälte, die ähnlich komplexe Fälle zu vertreten haben, es in Zukunft leichter haben werden, weil sie sich im Glen-Ridge-Fall behauptet hätten, obwohl Bettys vorausgegangene Promiskuität und ihre geistige Behinderung ihre Glaubwürdigkeit als Zeugin in Frage gestellt hätten. Laurino führt weitere Ergebnisse des Falles an, die ihn stolz machen: »Wir haben in New Jersey den Tatbestand der Nötigung bei einer Vergewaltigung geltend gemacht. Das Vergewaltigungstraumasyndrom wird in diesem Staat jetzt anerkannt. Das Strafmaß war enttäuschend«, sagte er erneut, »aber ansonsten war es ein großer Sieg.«

Ich erinnere die drei Staatsanwälte daran, daß trotz ihrer Erfolge die Schuldigen frei in Essex County herumlaufen, während wir uns über das Verbrechen unterhalten. »Ja«, sagt Laurino mit einer Akzeptanz, die seine Berufserfahrung ihn gelehrt hat. »Sie sind draußen. Das ist richtig.«

»Das muß Sie doch aus der Fassung bringen«, sage ich. »Das muß Sie doch wütend machen.«

Elizabeth Miller-Hall stimmt mir zu, denkt aber an die Frustration außerhalb ihres Büros. »Ich denke, es ist für Vergewaltigungsopfer oder andere Frauen da draußen noch unfaßbarer. Hier handelt es sich um einen Fall, bei dem das System funktioniert hat. Sie haben eine Staatsanwaltschaft, die nicht nur verkündet, daß Vergewaltigung ein schweres Verbrechen ist, sondern darüber hinaus, daß Vergewaltigung an einer der verwundbarsten und beinahe vergessenen Personen unserer Gesellschaft ein schweres Verbrechen ist. Dann haben Sie ein Schwurgericht, das sich dieser Auffassung anschließt. Das vermittelt anderen Opfern das Gefühl, die Gesellschaft beginne möglicherweise, sich zu ändern.« Sie schlägt mit einer Hand auf die andere, während sie ihre Meinung äußert, ihre Augen sind geweitet. Sie ist sehr leidenschaftlich in ihrer Überzeugung, daß das Gesetz dazu da ist, Verbrechen zu ahnden. »Natürlich wäre es aus unserer Sicht schöner gewesen, wenn sie sofort ins Gefängnis gekommen oder zu einer härteren Strafe verurteilt worden wären«, sagt sie, aber auch ihrer Stimme hört man die berufliche Akzeptanz der Realität des milden Richterspruchs an. Sie und die anderen untersuchen und vertreten ganz andere Fälle, bemühen sich, andere Verbrecher ins Staatsgefängnis von Rahway zu befördern.

»Wir sind enttäuscht«, sagt Laurino, »aber wir haben alles in unserer Macht Stehende getan.«

Von den dreien ist Glenn Goldberg der stillste. Er sitzt da und sieht und hört zu, während wir uns unterhalten und bringt nur hin und wieder eine seiner oft sarkastischen Bemerkungen an. Goldberg ist jener Staatsanwalt, der die Melodie von Simon and Garfunkels ›Sound of Silence‹ gesummt hat, als er während der Prozesse die Sichtweise der Staatsanwaltschaft zusammenfaßte. Wenngleich er ungebührliches Betragen leugnete, lenkte er hiermit die Aufmerksamkeit der Geschworenen auf die Tatsache, daß keiner der vier Angeklagten ausgesagt hatte. Die Verteidigung verkündete, sein Gesumme würde als einer der Gründe für die Berufung angeführt werden, da jeder Angeklagte gemäß Zusatzartikel 5 der Verfassung das Recht habe zu schweigen.

»Noch ein positiver Aspekt«, meldet Goldberg sich schließlich zu Wort, »ist der, daß, wenngleich wir – ebenso wie viele andere – eine sofortige Gefängnisstrafe vorgezogen und als befriedigender empfunden hätten, sie vermutlich dadurch, daß das Strafmaß über ihnen schwebt wie ein Damoklesschwert, mehr bestraft sind. Letztendlich«, sagt er voller Überzeugung, »werden sie doch noch eingesperrt werden, wenn sie die Berufung erst verloren haben.«

Vielleicht. Vielleicht auch nicht. Die ehemaligen Klassenkameraden begegnen ihnen in Glen Ridge und Bloomfield in Bars und sehen, wie sie sich in der Nachtclubszene amüsieren. Wieder einmal haben die Stars vom Campus das System besiegt – zumindest für den Augenblick. Die freche Arroganz, die sie vor Gericht an den Tag gelegt haben, setzt sich in ihrer Gemeinde fort.

Ermittler aus dem Büro der Staatsanwaltschaft behalten sie im Auge. »Wir haben zwar niemanden, der jeden ihrer Schritte beobachtet«, sagt Laurino, aber sein Büro versuche, über Informanten und die örtliche Polizei ein Auge auf sie zu haben. »Offenbar führen sie wieder ein ganz normales Leben, sind wieder in der Kneipenszene anzutreffen, an der Küste«, sagte Goldberg. »Insoweit glaube ich nicht, daß sie die Strafe sehr gespürt haben. Der Tag der Urteilsverkündung hat bei ihnen zu lange auf sich warten lassen. Die Sache zieht sich jetzt fünf Jahre seit dem Verbrechen hin, und es ist nichts passiert. Es heißt, rasche Bestrafung sei ein Abschreckungsmittel und wohl die effektivste Art der Bestrafung, aber daran hat es in diesem Fall völlig gefehlt.«

Ein Sommer am Meer und in den Bars beschäftigt auch Miller-Hall. »Aus meiner Sicht«, sagt sie verzweifelt, »haben sie einfach nicht begriffen, was sie getan haben. Sie sehen nicht, welchen Schaden sie angerichtet haben.« Sie beschreibt die Haltung der Täter als ›gleichgültig‹ und kann nicht begreifen, daß sie keinerlei Reue empfinden und unfähig sind, ihr Tun in Frage zu stellen oder die Richtigkeit ihres Verhaltens anzuzweifeln.

Ebenso schwer begreiflich ist das Motiv für das Verbrechen. »Wenn man sich die Vergangenheit der Jungen betrachtet, haben sie Betty schon immer verspottet und sich über sie lustig gemacht«, sagt Laurino. Er wiederholt, daß seiner Erfahrung gemäß, wie abscheulich der Glen-Ridge-Fall den meisten Beobachtern auch erschienen sein mag, seine kriminellen Aspekte nicht ungewöhnlich seien. Der Fall, sorgt er sich, könne »ein Spiegelbild dessen sein, wie die Gesellschaft ihre am meisten verwundbaren, schutzbedürftigen Mitglieder betrachtet, Menschen, die nicht als vollwertig angesehen werden. Diese Jungen, vor allem die Archers, haben sie verhöhnt. Sie schimpften sie ›blöd‹, ›behindert‹ und noch vieles mehr. Sie wurde jahrelang ausgelacht. Betty wurde beinahe so etwas wie ein Dorftrottel.«

Aufgabe des Staates bei einem Strafprozeß ist es nicht zu beweisen, warum ein Verbrecher ein Verbrechen begeht. Was eindeutig und ohne Zweifel erwiesen werden muß, ist allein die Schuld des Angeklagten. Und doch bitte ich diese erfolgreichen Staatsanwälte immer wieder, so weit es ihnen möglich ist, zu erklären, warum die vier Vergewaltiger so etwas getan haben könnten. Nachdem sie sich eingehend mit dem Verbrechen und dem Leben des Opfers, der Täter und aller anderen Beteiligten befaßt haben, sind diese Staatsanwälte am besten geeignet, Spekulationen hinsichtlich des Motivs anzustellen. Ist es Schuld der Gesellschaft, die sie hervorgebracht hat, der engmaschigen, blühenden Vorstadt? Haben ihre Eltern versagt? Ihre Schule, die Lehrer?

Miller-Hall unterbricht meine Frage, als ich erneut über ihren Status in der Schule nachdenke: Sportasse, die von ihren Mitschülern bewundert werden. »Das bedeutet, daß sie in einer Stadt aufgewachsen sind, in der Sportler und attraktive Jungen bevorzugt werden. Aber das heißt nicht, daß ihnen auch nur das geringste Gefühl für Moral beigebracht worden wäre.« Sie äußert die Theorie, daß die irrigen Prioritäten der Glen-Ridge-Gesellschaft ihre Entwicklung negativ beeinflußt habe. »Bis zu einem gewissen Grad hat die an Heldenverehrung grenzende Sonderbehandlung ihnen das Gefühl vermittelt, über allen anderen zu stehen und mit jedem machen zu können, was ihnen beliebt.«

Ich kann die Sonderstellung der vier Vergewaltiger innerhalb ihrer Stadt verstehen, sage ich den Staatsanwälten. Was zu verstehen mir schwerfällt, ist der Schritt, der diese Jungen dazu gebracht hat, von Helden zu Kriminellen zu werden. Elizabeth Miller-Hall sieht mich an, und ihrem nachdenklichen Gesichtsausdruck entnehme ich, daß sie in Gedanken Akten ebenso abscheulicher Verbrechen und Verbrecher wälzt. »Wenn man sich die Geschichte betrachtet«, sagte sie schließlich, »tun Menschen anderen schrecklich viele Grausamkeiten an. Das scheint einfach zur Schattenseite der menschlichen Natur zu gehören.«

»Wir sind keine Soziologen«, sagt Glenn Goldberg und steuert unsere Unterhaltung fort von einer allgemeinen und emotionalen Reaktion auf alle bösen Menschen dieser Welt. »Und natürlich ist es nicht unbedingt unsere Aufgabe, zu ergründen, warum Kriminelle das tun, was sie tun. Einfach ausgedrückt glaube ich, daß der gesunde Menschenverstand darauf schließen läßt, daß hier Prahlerei eine nicht unerhebliche Rolle gespielt hat. Diese Jungen haben voreinander angegeben. Betty war beinahe das perfekte Opfer – ein Objekt, das man benutzen konnte, um voreinander zu prahlen, auf das sie Kontrolle und Macht ausüben und dessen sie sich bedienen konnten, um sich vor ihren Sportkameraden groß zu tun.«

Ich fordere die drei auf, darüber nachzudenken, wie Angeberei sich zu brutalem, kriminellem Verhalten steigern kann. Wieder meint Miller-Hall, daß kriminelles Verhalten von den meisten Menschen nicht verstanden oder nachvollzogen werden könne. »Hoffentlich können Sie es nie ganz verstehen«, sagt sie. »Ich denke, wenn der Augenblick gekommen ist, daß Sie es völlig verstehen, haben Sie die Grenze beinahe überschritten.« Sie lacht, sie meint die Grenze zwischen Guten und Bösen. »Es ist besser, wenn man nicht in der Lage ist, sich in sie hineinzuversetzen und zu verstehen, warum sie jemandem so etwas antun.«

Betty Harris, verdeutlichen mir die Staatsanwälte, sei, von ihrem professionellen Standpunkt aus betrachtet, alles andere als ein perfektes Opfer gewesen. Ihr aktives Sexualleben, die Frage ihrer Glaubwürdigkeit angesichts ihrer geistigen Behinderung und ihre freiwillige Teilnahme an den Vorgängen im Keller der Scherzers stellten insgesamt gesehen eine gewaltige Herausforderung für den Staat dar.

»Wir wollten den Fall so aufbauen, daß die Leute dieses Mädchen, Betty, verstehen lernen.« Laurino erklärt mir die Grundstrategie der Staatsanwaltschaft. »Die Leute sollten wissen, wer sie ist, und sie über Menschen, die sie kannten, kennenlernen – Freunde, Lehrer, Erzieher und sogar Fremde, die sie mit anderen beobachtet hatten und gesehen hatten, wie die Jungen sie behandelten.« Mit Hilfe von Aussagen von Sachverständigen und Menschen, die Betty regelmäßig begegneten, hofften die Staatsanwälte die Geschworenen auf Bettys Aussage vorbereiten zu können. Nach ihrem Auftreten vor Gericht, sagt Laurino, habe die Staatsanwaltschaft sich bemüht, Zeugen zu präsentieren, die den Geschworenen erklären konnten, was Bettys Aussage für den Fall bedeutete. »Ich denke, es war eine überaus erfolgreiche Strategie«, schließt er zufrieden, und seine Kollegen stimmen ihm in seiner selbstgefälligen Zusammenfassung nach dem Prozeß zu.

Die drei sind sich ebenfalls einig bei der Verspottung von Michael Querques' gescheiterter ›Jungs-sind-eben-Jungs‹-Strategie. Sie sprechen seinen Namen sogar belustigt ›Quirk-ease‹ aus. »Ich würde sagen, er ist eben älter und ein Produkt seiner Zeit«, meint Laurino. Miller-Hall ist in ihrer Kritik direkter. »Es war offensichtlich, daß er Frauen nicht als menschliche Wesen, sondern nur als Objekte sieht«, sagte sie mit abgehackter Besonnenheit. Sie erinnert sich an ihre Reaktion auf die holprige Verteidigung. »Es war einfach unglaublich, daß ihm gar nicht bewußt war, was er da sagte.«

Auch wenn ein Schwurgericht die These ›Jungs sind eben Jungs‹ als Ausdruck jugendlichen Experimentiereifers hätte akzeptieren können, wäre die Verteidigung schon allein wegen der von den Vergewaltigern verwendeten Gegenstände gescheitert, sagt Laurino. »Sie sind einen Schritt über die jugendliche Abenteuerlust hinausgegangen«, sagt er. »Als die Gegenstände ins Spiel kamen, waren die Geschworenen nachdrücklich schockiert.«

Miller-Hall kehrt zu Querques' Charakterisierung von Frauen im allgemeinen zurück. »Er hat nur zu deutlich gemacht, daß Frauen für ihn keine menschlichen Wesen sind«, interpretiert sie Querques' bizarre Bemerkungen und den Vergleich der körperlichen Attribute seiner Töchter vor den Geschworenen. »Seine Botschaft lautete, daß ein Opfer bis zu einem gewissen Grad selbst für das verantwortlich ist, was ihm widerfährt«, sagt Miller-Hall, und daß »diese Jungen oder Männer in unserer Gesellschaft das Recht haben zu tun, was ihnen beliebt. Er schien wirklich überzeugt zu sein davon, daß sie jedes Recht hatten, dem Opfer anzutun, was ihnen gefiel.«

»Er ist auch über das Ziel hinausgeschossen, als er versuchte, Betty als Sirene und Lolita hinzustellen«, sagt Laurino.

»Aber eine Sirene aufgrund ihres Aussehens«, bemerkt Miller-Hall zornig. »Ihr Körper machte sie zu etwas, was die Täter dazu veranlaßte, das zu tun, was sie tun mußten.«

»Und somit wurden die armen Jungen verführt«, beschließt Laurino seine Interpretation von Querques' Strategie angewidert.

»Wir Frauen sollten uns alle operieren lassen«, spottet Miller-Hall, »um Jungen davon abzuhalten, Jungs zu sein und zu vergewaltigen.«

»Ich glaube, er hat in einigen Punkten genau das getroffen, was viele Leute dachten«, sagt Laurino und gibt zu, daß Querques' Theorie hätte erfolgreich sein können, wenn er sie nicht so miserabel präsentiert hätte. »Aber er war so schockierend direkt, daß der Schuß nach hinten losgegangen ist.«

Der Schuldspruch der Geschworenen zeige deutlich, daß Querques' Taktik ein Mißerfolg gewesen sei, sagt Goldberg. Sie »wollte nicht funktionieren, konnte nicht funktionieren und hat nicht funktioniert«, sagt er entschieden. »Der Aufschrei aus der Bevölkerung«, sagt er, beweise, daß Querques' Auffassung dessen, was eine Vergewaltigung ausmacht, sowie seine Haltung Frauen gegenüber »nicht mit aktuellem Gedankengut oder aktueller Philosophie übereinstimmen. Wenn er überhaupt etwas damit erreicht hat, dann dazu beizutragen, diese irrigen Überzeugungen endgültig aus der Welt zu schaffen und Strafverteidigern für die Zukunft zu demonstrieren, daß diese Art von Auffassung und Taktik nicht funktioniert.«

Wir kommen auf den Dreh- und Angelpunkt des Verbrechens zu sprechen, zugleich Dreh- und Angelpunkt des Prozesses. Betty ist freiwillig in den Keller der Scherzers hinabgestiegen; sie hat alles getan, was die Gang von ihr verlangt hat; sie hat sich im Zeugenstand nicht eindeutig dazu geäußert, ob sie verletzt wurde. Was, frage ich, hat die Geschworenen dazu bewogen, die Vorfälle dieses Nachmittags als Verbrechen einzustufen? Warum haben sie nicht Betty die Schuld gegeben?

Die Antwort kommt von Laurino. »Ich glaube, ihre geistige Behinderung war der Hauptfaktor, der die Geschworenen zu dem Urteil bewogen hat, sie sei nicht so sehr schuldig als viel eher benutzt worden. Ich glaube, in den meisten Vergewaltigungsfällen sehen die Geschworenen das Opfer an und glauben, die Betreffende trage eine

Mitverantwortung und, wenn sie bestimmte Grenzen überschritten hat, habe den Vorfall möglicherweise heraufbeschworen oder gar herausgefordert.

In Bettys Fall war das Opfer geistig behindert, und die Jungen wußten das. Sie wußten, wie sie sie dazu bringen konnten, mit in den Keller zu gehen, sie wußten, daß sie nur zu sagen brauchten, Paul Archer, der Junge, den sie anhimmelte, würde dort sein und mit ihr ausgehen. Betty ist naiv genug, auf so etwas hereinzufallen. Ein normales Mädchen wäre wohl kaum so leichtgläubig. Aber bei Betty war das genau der richtige Text, und sie wußten, daß sie sie damit überreden würden.«

## Kein Einzelfall

Während die Vergewaltiger von Glen Ridge vor Gericht standen, ereignete sich an der Westküste ein erschreckend ähnlicher Skandal. Neun Schüler der Lakewood High School in einem Vorort von Los Angeles wurden angeklagt, ein erst zehn Jahre altes Mädchen aus der Nachbarschaft belästigt und vergewaltigt zu haben. Sie waren Mitglieder eines Klubs mit Namen Spur Posse, eine von zwei Dutzend gelangweilten Lakewoodschülern, die durch die Anzahl ihrer sexuellen Begegnungen intern miteinander konkurrierten, locker organisierte Subkultur.

Spur Posse war als Wettkampf ausgelegt – zum Zeitpunkt der Verhaftung lag der neunzehnjährige Billy Shehan vorn. Billy prahlte mit sechsundsechzig Kerben in seinem Gürtel. Schwieriger verständlich ist der Stolz, den einige Eltern von Spur-Posse-Mitgliedern gegenüber der Reporterin Jane Gross von der *New York Times* zum Ausdruck brachten, als diese sich im Rahmen ihrer Recherchen für die Story in Lakewood umhörte. »Sind sie nicht unglaublich männlich?« fragte Tom Belman Gross rhetorisch und meinte damit seine beiden Söhne, der eine Gründer des Klubs, der andere gerade erst aus dem Gefängnis entlassen und schon der Vergewaltigung angeklagt. Von Belman Senior stammen noch weitere verblüffende Zitate. Er erklärte, die betroffenen Mädchen hätten ›es darauf angelegt‹ und es gäbe ›in Amerika nicht genügend Gefängnisse‹, alle Jungen einzusperren, die das täten, was seine Jungs getan hätten. Billy Shehans Vater machte die Gesellschaft verantwortlich: »Ich finde, diese

Kids verhalten sich nicht viel anders als Sportprofis. Denken Sie doch nur an Wilt Chamberlain, der in seinem Buch behauptet, er habe mit zwanzigtausend Frauen geschlafen.«

Es gibt keinen Hinweis darauf, daß die Opfer von Spur Posse geistig behindert gewesen wären, aber in Kalifornien ist Geschlechtsverkehr mit Minderjährigen strafbar, und mit zehn Jahren lag das Alter des Opfers nur knapp über dem verstandesmäßigen Alter, das dem Glen-Ridge-Opfer bescheinigt wurde.

Letztendlich wurde die Anklage gegen acht der neun Beschuldigten fallengelassen – der Staatsanwalt kam zu dem Schluß, daß es unmöglich sei, ein Schwurgericht davon zu überzeugen, daß die Mädchen nicht freiwillig mitgemacht hätten, da einige der betroffenen Mädchen zweifellos aus freien Stücken mit einigen Mitgliedern der Spur-Posse-Clique Sex gehabt hatten. Der Junge, der wegen Mißbrauchs des zehnjährigen Mädchens angeklagt wurde, leugnete nicht; er wurde zu einer Freiheitsstrafe von weniger als einem Jahr in einer Anstalt für jugendliche Straftäter verurteilt. »Das waren vierzehn- und fünfzehnjährige Mädchen, die unsicher waren und sich wünschten, beliebt zu sein«, sagte L.A. Polizeichef Robert Ripley der Reporterin Amy Cunningham für ihren Artikel in der Zeitschrift *Glamour*. »Man gelangt an einen Punkt, an dem man sich fragt, wo Nötigung anfängt.«

Übereinstimmend mit Querques' Eröffnungsplädoyer sagte die Mutter eines der Mitglieder der Spur-Posse-Clique dem *Time* Magazin: »Was soll ich machen? Das sind die Testosterone.« Wie in Glen Ridge spaltete sich die Schülerschaft der Lakewood High in zwei Lager – die einen waren angewidert, die anderen trugen schwarze Armbinden, um ihre Loyalität gegenüber ihren verhafteten Klassenkameraden zu demonstrieren.

Etwa um die gleiche Zeit machte ich an einem Supermarkt an der Chesapeake Bay Halt, und mir fiel eine Schlagzeile in Annapolis *Capital* auf: BRÜDER DER VERGEWALTIGUNG ANGEKLAGT. Der Untertitel weckte aufgrund meiner Recherchen im Glen-Ridge-Fall erst recht mein Interesse: DAS OPFER: ES PASSIERTE AUF EINER HIGH-SCHOOL-FETE.

Die Geschichte klingt deprimierend vertraut. Eine Party in West River. Alkohol. Ein sechzehnjähriges Mädchen, das draußen in der Auffahrt umkippt. Die sechzehn und siebzehn Jahre alten Brüder, so erzählten Freunde des Mädchen der Polizei, hoben sie auf, legten sie auf die Ladefläche eines Pickups und vergewaltigten sie nacheinander. Die Freunde sagen, sie seien Zeugen gewesen und hätten versucht, die Vergewaltigung zu verhindern, hätten jedoch Angst vor den Brüdern gehabt, die sie später warnten, die Polizei zu verständigen. Der Vater zeigte sich schockiert, als die Jungen als Erwachsene eines Verbrechens angeklagt wurden, das in Maryland im Höchstfall mit ›lebenslänglich‹ bestraft wird. »Es kommen ständig irgendwelche Mädchen ins Haus«, sagte er. »Meines Wissens war das völlig freiwillig.«

Wenngleich das Mädchen aus West River nicht geistig behindert war, bedeutet der Umstand, daß sie betrunken und bewußtlos war, ganz ohne Zweifel, daß sie ebenfalls nicht in der Lage war, nein zu sagen.

Nur wenige Tage später handelte sich in Baltimore County Thomas Bollinger, Richter am Landgericht von Maryland, die Kritik der Lokalpolitiker, negative Presse und den Zorn der Öffentlichkeit ein, als er einen Vergewaltiger nur zu einer kurzen Haftstrafe auf Bewährung verurteilte. Das Opfer war ein Teenager, der Vergewaltiger ein Mann mittleren Alters und der frühere Chef des Mädchens. Das Urteil hätte auf zwanzig Jahre Gefängnis lauten können. Wieder war die Fähigkeit des Opfers, nein zu sagen, ein Hauptelement des Falles.

Aber es war nicht nur die milde Strafe, die die Marylander aufbrachte, als sie das erstemal im *Baltimore Sun* von Richter Bollingers Entscheidung lasen. Seine chauvinistische, sexistische Bewertung des Verbrechens, des Täters und des Opfers bewies wieder einmal, daß Vergewaltigungsopfer vom Gesetz erneut vergewaltigt werden, wenn sie den Täter anzeigen.

Alkohol war auch in diesem Fall Teil des Problems. Ein minderjähriges Mädchen verbrachte den Abend mit einigen Freunden in einer Bar in Towson, Maryland, und es wurde viel getrunken. Zu betrunken, um allein klar zu kommen, wurde das Mädchen von seinen Freunden in das gleich neben der Bar liegende Apartment von Lawrence Gillette gebracht, dem ehemaligen Besitzer eines Kinos im Ort. Dort übergab sich das Mädchen und schlief dann auf Gillettes Bett ein.

Sie sagte aus, daß Gillette auf ihr gelegen habe, als sie wieder zu sich gekommen sei. Sie sagte dem Gericht, sie habe ihn erkannt und sei dann wieder bewußtlos geworden. Gillette bestritt gar nicht, mit dem Mädchen geschlafen zu haben, behauptete jedoch, sie sei einverstanden und bei vollem Bewußtsein gewesen. Bewußtsein ist hier ein Schlüsselelement, denn dem Gesetz nach gilt der Beischlaf mit einer bewußtlosen Frau in Maryland als strafbar und wird als Vergewaltigung zweiten Grades eingestuft. Die wichtigsten Begriffe im Gesetzestext sind ›entscheidungsunfähig‹ und ›körperlich hilflos‹. Das Gesetz schließt ausdrücklich Rauschmittel bei der Festlegung dessen mit ein, was als Entscheidungsunfähigkeit und geistige und körperliche Hilflosigkeit anzusehen ist. Und im Towson-Fall lautete das Urteil auf Vergewaltigung; Gillette wurde schuldig befunden, sein bewußtloses Opfer vergewaltigt zu haben.

Richter Bollinger versetzte seine Kritiker in fassungsloses Staunen, als er – bei der Begründung der milden Strafe für den Täter – das Opfer beschuldigte und sagte, sie treffe »aufgrund der Fahrlässigkeit, mit der sie sich in diese Situation gebracht« habe, eine nicht unerhebliche Mitschuld. Dann verspottete der Richter das Gesetz von Maryland, das zu vollstrecken seine Pflicht war, indem er behauptete, das Opfer habe das Verbrechen ›erleichtert‹. Wieder handelt es sich um einen Fall, bei dem die Frau geistig nicht in der Lage war, sich frei zu entscheiden. Der Richter reagierte mit einer ›Jungs-sind-eben-Jungs‹-Einstellung, wenngleich dieser ›Junge‹ vierundvierzig Jahre alt war. »Im Grunde doch der Traum vieler Männer«, sagte Richter Bollinger zum Thema Sex mit einer bewußtlosen Partnerin.

»Ich bin schockiert«, sagte ein Mitglied einer gesetzgebenden Körperschaft des Landes, Senatorin Mary Boerges. »Das ist wie ein Rückfall von dreißig oder vierzig Jahren«, beklagte sie und verlangte disziplinarische Maßnahmen gegen den Richter. »Es ist unfaßbar, daß es in Ordnung zu sein scheint, mit jemandem zu schlafen, der nichts davon mitbekommt.« Ihre Kollegin, Senatorin Janice Piccinini, bezeichnete die Worte und das Handeln des Richters als »völlig unverständlich in unserer Zeit«, vor allem, da »Maryland einer der ersten Staaten war, der Vergewaltigung als Gewaltverbrechen anerkannte und erklärte, Frauen seien keine Leibeigenen.«

In dem Buch *Sexual Violence* von Staatsanwältin Linda Fairstein wird eine Handvoll perverser Zahnärzte in New York als Vergewaltiger aufgeführt – Vergewaltiger, die sich an Frauen vergehen, die sie während der Zahnbehandlung anästhesieren. Fairstein gesteht, daß es ihr schwer fällt, die Motivation hinter ihren Verbrechen zu verstehen. »Ein Mensch wie Teicher«, schreibt sie über den dreiundfünfzig Jahre alten Marvin Teicher, den sie ins Gefängnis brachte, nachdem sie ihn der Belästigung zweier Patientinnen und eines Lockvogels der Polizei überführt hatte, »und seinesgleichen geben den meisten von uns Rätsel auf. Er ist ein gebildeter, beruflich erfolgreicher Mann. Er praktiziert seit zwanzig Jahren. Er hat eine nette Familie, ein hübsches Haus in der Vorstadt und viele Freunde in der Gemeinde.«

Einer der Zahnärzte entschuldigte sich, nachdem Fairstein ein Telefongespräch zwischen ihm und seinem Opfer arrangiert hatte. Das Opfer brachte ihn mit Hilfe einer schriftlichen Vorlage von Fairstein dazu, die Tat zu gestehen. Er bot ihr – als Wiedergutmachung – an, ihre Zähne künftig kostenlos zu behandeln. »Unser Erfolg bei dem Versuch, Sexualtäter zu einem Geständnis zu bewegen, das wir ohne sein Wissen aufzeichnen, versetzt mich immer wieder in Erstaunen«, schreibt Fairstein.

Sie hat außerdem herausgefunden, daß Männer aus der Mittelschicht im Gegensatz zu Vergewaltigern von der Straße ihren Opfern gegenüber häufig ein Geständnis ablegen. »Für diese Täter«, schließt sie, »scheinen Worte wie ›unfreiwillig‹ und ›ohne Einwilligung‹ völlig bedeutungslos zu sein.« Allgemein sagt sie – passend auf die Vergewaltiger von Glen Ridge – zu diesem Verbrechertyp: »Das sind Leute, die ihre eigenen Bedürfnisse und Wünsche über die Würde anderen Menschen stellen. Diese Täter *wissen*, daß das, was sie tun, unrecht ist und gegen alle gesellschaftlichen Regeln verstößt. Das Traurige ist nur, daß es sie nicht kümmert.«

Kurz nachdem die Scherzers, Archer und Grober verurteilt worden waren, stolperte die Polizei in Montclair – wenn man die Bloomfield Avenue entlang fährt, der nächste Ort hinter Glen Ridge – über mindestens sieben männliche Teenager, die sich vom Glen-Ridge-Prozeß offenbar nicht hatten abschrecken lassen. Die Polizei ermittelte, daß die sieben einer Gang angehörten, die sich die Hardhedz Posse nannte, eine marodierende Bande brutaler Krimineller, die sich auf den Diebstahl von Fahrrädern und deren Verkauf spezialisiert hatten. Drei der später verhafteten sieben Hardhedz-Mitglieder überraschten ein Mädchen aus der siebten Klasse, die laut Polizeibericht ein ›ideales Opfer‹ war. Sie befand sich auf dem Weg von der Schule nach Hause. Die Hardhedz zerrten sie ausgerechnet in ein rückwärtiges Gebäude auf dem Campus der St. Cassians Church and School. Dort wurde sie gezwungen, die Gangmitglieder oral und mit der Hand zu befriedigen.

Einige Wochen später wurde dasselbe Mädchen von fünf Hardhedz belästigt, darunter zwei, die schon beim erstenmal dabei gewesen waren. Sie und zwei ihrer Freundinnen entkamen in eine vorübergehende sichere Zuflucht – die Bellevue Branch Library. Aber die Täter belagerten die Bibliothek, und als das Opfer und eine der Freundinnen schließlich beschlossen, einen Fluchtversuch nach Hause zu wagen, holte ein Hardhedz-Mitglied auf dem Fahrrad das rennende Mädchen ein und zerrte es zurück zur Mt. Hebron Schule. Die darauffolgende Vergewaltigung wird von Jonathan Welsh und Sanford Jacobs in ihrem Artikel über den Fall in der wöchentlich erscheinenden *Montclair Times* in allen Details beschrieben.

> Drei Gangmitglieder brachten sie zum Fuß einer Außentreppe, die zum Kellereingang führt. Während einige Gangmitglieder oben an der Treppe Schmiere standen, zwangen die anderen laut Polizeibericht das Opfer, sie oral zu befriedigen.
>
> Aber die Freundin, die bei dem Mädchen ge-

wesen war, kehrte auf das Schulgelände zurück und stellte die Wachposten zur Rede. Laut Polizeiaussagen verlangte sie lautstark zu wissen, was sie mit ihrer Freundin gemacht hätten.

Das Mädchen konnte Jungen unten an der Treppe sehen, aber das Opfer befand sich außerhalb ihres Blickfelds. Scheinbar haben die Beharrlichkeit der Freundin und die Anwesenheit eines Lehrers, der nach draußen gekommen war, die Wachposten bewogen, die anderen zu warnen, und sie ließen das Mädchen gehen.

Laut Polizeibericht rannte sie weinend die Treppe hinauf, und das Haar, das sie zuvor zu einem Pferdeschwanz gebunden getragen hatte, war offen und zerzaust, weil die Jungen sie an den Haaren gepackt hatten, um sie zu dem zu zwingen, was sie von ihr verlangt hatten.

Aber die Hardhedz waren offenbar noch nicht fertig mit ihrem mißbrauchten Opfer. Einige Wochen später beging sie während eines Schultages den Fehler, auf die Toilette zu gehen. Sie wurde auf dem Flur gepackt und erneut unter eine Treppe gezerrt, wo fünf Jungen Sex von ihr verlangten. Die Polizei von Montclair identifizierte einen der Hardhedz, der die Schülerin der Mt. Hebron School mißbrauchte, als Mittäter bei einem ähnlichen Überfall auf eine dreizehnjährige Siebtkläßlerin der Glenfield School.

Der Polizeichef von Montclair, Thomas Russo, hatte eine Antwort parat, als er gefragt wurde, welchen Zusammenhang er zwischen den Vorfällen in seinem Bezirk und der Vergewaltigung von Glen Ridge sehe. »Es gibt keinen Zusammenhang«, beharrte er. Die Vorsitzende der Schulbehörde, Carolyn Nunery, sagte den

Eltern, es bestehe kein Grund zur Sorge. »Unsere Schulen sind bislang sicher gewesen und werden es auch künftig sein«, sagte sie und bot allen Eltern und Schülern, die von diesem Fall betroffen waren, Beratungsgespräche an.

Aber die beängstigenden Neuigkeiten für all jene, die sich wegen der Glen-Ridge-Vergewaltigung Sorgen machten, kamen aus North Carolina. Es war Silvester, mitten während des Glen-Ridge-Prozesses. Fünf Teenager wurden von der Polizei von Iredell County festgenommen und angeklagt, eine geistig behinderte Frau vergewaltigt zu haben, die mit einem der fünf ausgegangen war. Die Frau – damals neunzehn – stand geistig auf der Ebene eines Kindes.

Silvester, erzählte sie den Ermittlern, wäre sie in eine Wohnung gebracht, vergewaltigt und mit einem Besenstiel penetriert worden. Am darauffolgenden Tag habe man sie auf eine Baustelle gebracht und erneut vergewaltigt. Beim zweiten Mal zeichneten die Täter das Geschehen auf Video auf, und das Band fiel der Polizei später in die Hände. »Ich dachte, hinterher könnte ich nach Hause gehen und es sei alles vorbei«, erklärte die Frau vor Gericht auf die Frage, warum sie sich nicht gegen die Vergewaltiger gewehrt habe.

Keiner dieser Fälle dürfte einen Experten, der sich mit Vergewaltigungen durch eine oder mehrere dem Opfer bekannte Personen befaßt, allzusehr überraschen. Joseph Weinberg ist jedenfalls nicht von der endlosen Liste von Fällen überrascht, die Parallelen zur Glen-Ridge-Vergewaltigung aufweisen. Weinberg leitet seine Vergewaltigungspräventionsarbeit von seinem Haus in Madison, Wisconsin, aus. Von dort aus organisiert er Vorträge, Seminare und interaktive Workshops an Schulen, in

Betrieben und Gefängnissen über die Vereinigung Männer gegen Vergewaltigung. Er ist ohne vorangegangene Ausbildung zu seiner Arbeit gekommen, war Jahre lang als Schreiner und Bauunternehmer tätig – zu seiner beruflichen Formation führt er ein ›Diplom in Hypermännlichkeit‹ an. Sein Essay, das er mit Unterstützung von Michael Bierbaum geschrieben hat und das sich mit Techniken zur verbalen Schaffung einer erotischen Atmosphäre befaßt, wurde in die Milkweed Anthropologie *Transforming a Rape Culture* aufgenommen.

»O nein, nein, nein«, sagte er, als ich ihn fragte, ob er den Glen-Ridge-Fall als abscheulichen Einzelfall betrachte. »Das ist Entertainment«, sagt er zu der Vergewaltigung im Keller der Scherzers – Spaß, wie er von Jungen und Männern definiert werde, mit denen er arbeitete und die sich untereinander genauso verhielten wie die Sportlerclique aus Glen Ridge, die von den Scherzers und den Archers angeführt wurden. »In jeder Bruderschaft, in der ich gewesen bin, wurde mehr oder weniger offen über die ›Bums-eine-Dicke‹- und ›Bums-eine-Häßliche‹-Wettkämpfe gesprochen. Ich höre das ständig. Ich werde ständig damit konfrontiert.« Weinberg weist nicht als einziger auf diese Art von Wettkämpfen hin. Sozialpsychologe Chris O'Sullivan kennt sie als *Pig Contest* oder *Hog Contest* (›Schweinewettkampf‹, Anm. des Übers.). Diese Bruderschaftserfahrungen, theoretisiert Dr. O'Sullivan in einem Essay mit dem Titel *Transforming a Rape Culture*, resultieren darin, daß »Frauen zu Opfern und Objekten degradiert werden und Männer sich ihrer eigenen Sexualität entfremden.«

Frauen, die als unattraktiv gelten, werden aufgrund ihrer Verwundbarkeit als Opfer gewählt, glaubt Weinberg – weil es solchen Opfern an Glaubwürdigkeit fehlt, wenn sie Anzeige erstatten. »Wenn sie alle als unattraktiv einstufen, neigen die Leute dazu, ihr weniger zu glauben«, sagt er, weil die Einstellung »Warum sollte sie jemand vergewaltigen, wo sie doch so häßlich ist?« weit verbreitet sei. Hinzu komme, sagt er, daß Vergewaltiger, die an solchen Wettbewerben teilnehmen, sich potentiell mit der Behauptung herausreden können, die Frau lüge, um Aufmerksamkeit zu erregen.

Das Sammeln von ›Eroberungen‹ ist ebenfalls ein verbreiteter Aspekt, den Weinberg ständig bei Angehörigen von Bruderschaften feststellt. »Die Motivation besteht darin, Punkte zu sammeln und anderen Jungen zu beweisen, daß man heterosexuell und somit auf diesem Gebiet keine Bedrohung ist. Ich glaube, das Hauptanliegen der Männer ist«, sagt er traurig, sich auf seine Beobachtungen der modernen amerikanischen Gesellschaft stützend, »den anderen Männern zu beweisen, daß sie heterosexuell sind – daß sie ihre Baseballmützen mit dem Schirm nach hinten tragen.«

Weinberg meint aus seiner Sicht als Erforscher des Gruppenvergewaltigungsphänomens, das häufig unter Sportlern und Bruderschaftsmitgliedern auftritt, daß bei der Opferwahl der Vergewaltiger von Glen Ridge die gleiche Mentalität zugrunde gelegen habe wie bei den Wettbewerben der Bruderschaften. »Sie (Betty Harris) wollte es allen recht machen und hat Freunde gesucht. Ich weiß noch, als ich sechs, sieben, acht Jahre alt war, lebte in der Nachbarschaft ein geistig zurückgebliebenes Mädchen, und die älteren Jungen sagten dann: ›Estelle, zieh dein Kleid aus.‹ Und Estelle zog ihr Kleid aus.«

Weinberg nennt den Glen-Ridge-Fall als typisches Beispiel bei seinen Vorträgen zur Vergewaltigungsprävention. Zum einen stellt er ihn dem brutalen Überfall auf die Joggerin im Central Park gegenüber und hebt dabei hervor, was für ihn – und viele andere – den rassistischen Aspekt des Verbrechens ausmacht. »Wenn man jung und schwarz ist«, sagt er und nimmt damit Bezug auf die Täter im Central-Park-Fall, »wird man gehängt. Das ist Abschaum der westlichen Zivilisation. Ein wilderndes Rudel Wölfe. Das Ende der Welt.« Aber, sagt er, wenn vier attraktive weiße Männer es tun, hieße es: ›Jungs sind eben Jungs‹. Weinberg schließt daraus, daß Rassismus bei der Verhandlung von Vergewaltigungen eine Rolle spielt, ein Schluß, der auf eigenen Beobachtungen und instinktiven Reaktionen basiert – Statistiken hierzu gibt es nicht.

Das übliche Vergewaltigungsopfer in einem Bruderschaftsheim, hat Weinberg gelernt, ist eine stark betrunkene Frau. Er verdeutlicht seinen Schülern, daß das Gesetz in vielen Staaten nicht zwischen behindert, schlafend, betrunken und bewußtlos unterscheidet. »All diese Frauen gelten als unfähig, ihre Zustimmung zu geben.« Aber er bemüht sich ebenfalls, seiner Zuhörerschaft klar zu machen, daß die Benutzung eines Baseballschlägers und eines Besenstiels nicht als schlimmer zu bewerten ist als jede andere Art erzwungener Penetration – trotz der abstoßenden Bilder, die den meisten Menschen bei einem solchen Fall durch den Kopf gehen. »Ich mache keinen so großen Unterschied zwischen einem Penis und einem anderen Fremdkörper. Wenn die Penetration erzwungen wird, mache ich keinen Unterschied, der diesen Fall drastisch von anderen Vergewaltigungsopfern unterscheiden würde.«

Weinberg glaubt, daß Scham und Schuldgefühle Männer in seine Begegnungsstätten und Vorträge führen. »Sie nehmen lebhaft an der Diskussion teil.« Obwohl er der Überzeugung ist, daß die Vergewaltiger von Glen Ridge bestraft werden müssen, hofft er, daß sie sich außerdem beraten und helfen lassen. »Sie sollten damit anfangen, in sich hineinzuhorchen und herauszufinden, wer sie sind. Sich mit ihrem Verhalten auseinandersetzen. Wo haben sie gelernt, Männer zu sein? Wie haben die Lektionen ausgesehen? Warum waren sie so unglaublich unsicher, daß keiner von ihnen gesagt hat ›Wir haben da ein Problem‹, ›Wir gehen zu weit‹ oder ›Das gefällt mir nicht, ich will nichts damit zu tun haben?‹ Diese Fragen müssen sie sich beantworten.«

Es besteht kein großer Unterschied zwischen der Umgebung, in der Bruderschaftsvergewaltigungen stattfinden, und dem Umfeld, in dem die Vergewaltiger von Glen Ridge ihre Phantasien ausgelebt haben. Der Ort an sich ist einem College Campus nicht unähnlich, durch den Reichtum seiner Bewohner, die imposanten Häuser mit den weitläufigen Grundstücken und den inzestuösen Gemeinschaftssinn vom Rest von Essex County abgetrennt. Die Scherzers, die Archers und ihre Mitschüler waren die populärste Clique an ihrer Schule, und sie benutzten ihr Elternhaus als private Bruderschaftshäuser. Die Großmutter der Scherzers befand sich während der Vergewaltigung im Haus und arbeitete in der Küche wie die Haushälterin einer Bruderschaft. Der Lebensstil der Glen-Ridge-Vergewaltiger vereinte das Macho-Getue außer Kontrolle geratener Sportmannschaften mit den Perversionen institutionalisierter Vergewaltigungsszenarios in Bruderschaftshäusern.

Weinberg bemüht sich, Vergewaltigung vorzubeugen und versucht jene Männer, die er als hochgradig gefährdet – oder gefährlich – bezeichnet, zu erreichen. Aber was ist mit Vergewaltigern wie jenen Verbrechern aus Glen Ridge? Sollte man sie einsperren oder sind sie Kandidaten für eine Heilbehandlung? Sind sie in der Lage zu begreifen, daß das, was sie Betty Harris angetan haben, falsch war? Kann man ihnen beibringen, nicht wieder zu vergewaltigen? Können sie gleichzeitig behandelt und bestraft werden?

Im Osten von Baltimore, auf einem Campus, der von schäbigen Vierteln umgeben ist, befindet sich die John Hopkins University School of Medicine. Dort ist Dr. Fred Berlin lehrbeauftragter Dozent in der Abteilung Psychiatrie und Verhaltenswissenschaft. Berlin versucht am National Institute for the Study, Prevention and Treatment of Sexual Trauma (Nationales Institut zur Erforschung, Prävention und Behandlung sexueller Traumata), dessen Direktor er ist, Sexualtäter zu heilen. »Ich bezweifle, daß man ein solches Verhalten durch Strafen kurieren kann«, sagt er über Männer, die an Verbrechen wie dem, das an Betty Harris begangen wurde, beteiligt waren. Obwohl er sich mit der Behandlung von Sexualtätern befaßt, glaubt er, daß das Rechtssystem und die Ärzte mit zahlreichen Fällen konfrontiert werden, in denen die Schuldigen hinter Schloß und Riegel gehören. Und es gibt Fälle, in denen die Verbrecher einfach nur verdorben sind, ohne im klinischen Sinne krank zu sein. »Auch wenn wir diese Leute als Kranke bezeichnen, möchte ich ihr Fehlverhalten ganz sicher nicht dadurch entschuldigen, daß ich behaupte, es sei ein Produkt ihrer Krankheit. Das ist nicht meine Überzeugung. Menschen können auch dann Hilfe brauchen, die Welt mit anderen Augen zu sehen, ihre Verantwortung in der Gesellschaft anders zu verstehen und die Auswirkung ihres Handelns auf andere zu begreifen, wenn sie gesund sind. Ich will nicht behaupten, daß diese Menschen im traditionellen Sinne geistig krank seien und deshalb nicht für ihre Taten verantwortlich gemacht werden sollten. Das bedeutet aber nicht, daß Strafe allein die Lösung des Problems ist.« Eine professionelle Behandlung, die die Ursachen dafür erforscht, warum diese Männer diese Verbrechen begangen haben, kann Dr. Berlins Ansicht nach zu einer erfolgreichen Rehabilitation führen.

Wenn man ihn bäte, Sexualtäter wie die Glen-Ridge-Vergewaltiger zu behandeln, würde er als erstes ihre persönlichen, moralischen und ethischen Werte studieren, sagte mir Dr. Berlin. Er würde erforschen, inwieweit der Druck der Freunde bei dem Verbrechen eine Rolle gespielt habe, und feststellen, ob die Jungen das Opfer zum Objekt degradiert und sich gestattet hätten, die Tatsache zu ignorieren, daß sie es mit einem Menschen zu tun hatten. »Ich vermute, daß solche Menschen«, sagte er zu Gruppenvergewaltigern, »dazu neigen, die betroffene Frau nicht als Person mit echten Gefühlen anzusehen. Sie neigen dazu, keine persönliche Verantwortung zu übernehmen, sondern wälzen diese vielmehr auf die Gruppe ab. Sich selbst betrachten sie nicht als verantwortliche Individuen.« Wenn er diese Punkte geklärt hätte, fuhr Dr. Berlin fort, könnte er durchaus eine Behandlungsmethode auch für Vergewaltiger wie jene im Glen-Ridge-Fall aufstellen. »Ich gehe davon aus, daß diese Menschen nicht an einer sexuellen Fehlfunktion leiden«, meint Dr. Berlin. »Sie scheinen nicht zu einem solchen Verhalten getrieben worden zu sein oder aus einem inneren Zwang heraus gehandelt zu haben. Mir scheint, daß wir es viel mehr mit Menschen zu tun haben, die spezielle Werte und Verhaltensmuster haben. Die Behandlung . . .« An dieser Stelle erklärt er, das Wort *Behandlung* würde ihm widerstreben, weil er nicht überzeugt sei, daß eine Diagnose die Vergewaltiger als krank bezeichnen würde. ». . . würde darin bestehen, diesen Punkt anzusprechen, um zu sehen, ob man diesen Personen die Auswirkungen ihres Handelns auf andere Menschen begreiflich machen kann, ob man ihnen verständlich machen kann, welches Trauma sie möglicherweise bei ihren Opfern bewirken.

Man muß ihnen vor Augen führen, daß sexuelle Intimität mit gegenseitigem Respekt und Rücksicht für den Partner einhergeht. Über diese Werte zu sprechen, den Personen ein Gespür dafür zu vermitteln, wäre meiner Ansicht nach der wichtigste Punkt bei einer Behandlung in einem solchen Fall.«

In Dr. Berlins Institut würde eine solche Behandlung vermutlich in der Gruppe erfolgen. »Wenn es mit einer Gruppensituation angefangen hat, hat ein negativer Druck seitens der Freunde diese Jungen wahrscheinlich zu einer bestimmten Denk- und Verhaltensweise geführt. Manchmal besteht der effektivste Weg, dem entgegenzuwirken, darin, positiven Druck seitens der Freunde zu schaffen, indem man sie mit Leuten zusammenbringt, die vielleicht gelernt haben, verantwortungsvoller zu denken. Anstatt sich von einer Respektsperson eine Lektion anzuhören, hören sie es von ihren Kumpels, die bereits begonnen haben, ihre Denkweise zu ändern.«

Das Gericht hat für die Vergewaltiger von Glen Ridge keinerlei Therapie angeordnet oder auch nur empfohlen. Aber Dr. Berlin ist überzeugt, daß die Täter von professioneller Hilfe profitieren würden. »Ich bin der Meinung, wenn allein der Druck aus dem Freundeskreis die Ursache war und wenn der Täter Konsequenzen für sein Tun zu tragen hat, indem er zum Nachdenken über sein Handeln gezwungen wird, ist das Risiko, daß er weitermacht, nicht unbedingt groß. Es ist zu hoffen, daß die jungen Leute eine schmerzhafte Lektion gelernt haben, und sofern das der Fall ist, ist ihre Prognose für die Zukunft gar nicht mal so schlecht.«

Wer trägt also die Schuld? Was ist schuld? Verantwortungslose Eltern? Eine nachlässige High-School-Verwaltung? Stets verfügbare Pornographie? Eine populäre Kultur im Amerika des späten zwanzigsten Jahrhunderts, die sexuell anregende Informationen über Reklametafeln, Filme, Musik, Fernsehen und Radio propagiert?

Ende Juli 1993 diskutierte Larry King in seiner Radio Talkshow mit einigen Hörern den Zusammenhang zwischen fiktionaler Gewalt, die durch die Medien verbreitet werde, und der zunehmenden Gewalt in der amerikanischen Gesellschaft. Dick Cavett rief im Sender an und erinnerte King an die Beliebtheit von Comedy Shows im Fernsehen. »Wie kommt es«, fragte Cavett, »daß, wenn Gewalt im Fernsehen zu Gewalt auf den Straßen führt, Komödien im Fernsehen nicht zu Komödien auf der Straße führen?«

Natürlich gingen Pornohefte den schmutzigen Videos voraus, an denen die Vergewaltiger von Glen Ridge sich während ihrer Jahre auf der High School ergötzt haben. »Hieroglyphen und Höhlenzeichnungen«, spekulierte Staatsanwalt Glenn Goldberg über den Ursprung der ersten Beispiele dieses Genres. Aber weder er noch seine Kollegen machen Pornographie für das Verbrechen im Keller der Scherzers verantwortlich. »Die anderen Umstände und Kräfte« sind seiner Ansicht nach verantwortlich: »Sex, die menschliche Natur, die Unterschiede von Mensch zu Mensch, angeborene Güte, angeborene Grausamkeit – das gibt es seit Tausenden von Jahren.«

Amy Pagnozzi, Kolumnistin von *New York Daily News*, zitierte eine Erklärung für das Verbrechen, die Verteidiger Louis Esposito im Laufe einer Unterhaltung mit einem ihrer männlichen Kollegen auf dem Flur des Gerichtsgebäudes von Essex County äußerte. »Wenn du achtzehn Jahre alt bist, steht dein Schwanz ständig unter Strom.«

Mit achtzehn Jahren und das ganze Leben hindurch

sind viele Männer von sexuellem Verlangen erfüllt – oder gar besessen. Die meisten Männer sind keine Vergewaltiger. Nur wenige Männer versammeln ihre Freunde um sich, um eine geistig behinderte Frau aus der Nachbarschaft mit Baseballschläger und Besenstielen zu vergewaltigen. Den Glen-Ridge-Fall zu verstehen heißt begreifen, daß es hier nicht um Betty Harris' geistige Fähigkeiten oder ihre sexuelle Erfahrung ging. Ganz sicher ging es um die Frage der Einwilligung. Aber vor allem dreht sich die Geschichte um vier irregeführte Kriminelle, die offensichtlich in böser Absicht gehandelt haben.

Die Frage der Einwilligung wird von den Amerikanern neu definiert. Susan Estrich, Dozentin an der University of Southern California Law School, Vergewaltigungsopfer und Autorin von *Real Rape*, sagt, ihre Recherchen hätten ergeben, daß noch vor hundert Jahren bei Vergewaltigungsfällen Richter den Vorsitz gehabt hätten, die die Meinung vertraten, Geschlechtsverkehr sei unmöglich, wenn die Frau sich verweigere.

In unserer Zeit glaubten die Geschworenen in Indiana der Bekannten von Mike Tyson, als sie während des Vergewaltigungsprozesses aussagte, sie sei mitten in der Nacht in sein Hotelzimmer gegangen, habe jedoch nie die Absicht gehabt, mit ihm zu schlafen. Die beiden waren ganz allein im Zimmer. Es gab keine Zeugen. Er sagte aus, sie habe es gewollt; sie sagte aus, er habe sie unter Gewaltanwendung zum Beischlaf gezwungen. Der Boxweltmeister im Schwergewicht kam ins Gefängnis. Und doch deutet die Beliebtheit von T-Shirts mit dem Slogan FREE MIKE TYSON darauf hin, daß der Schuldspruch nicht von allen akzeptiert wird. Was hat sie mitten in der Nacht in seinem Zimmer gewollt, wenn nicht Sex? Hat sie nicht schon dadurch, daß sie ihn um diese Zeit in seinem Zimmer aufgesucht hat, eingewilligt, mit ihm zu schlafen? Welche Verantwortungen müssen Frauen übernehmen, um sich vor ungewolltem Sex zu schützen?

Die Dinge lagen beim William-Kennedy-Smith-Prozeß ganz ähnlich, und die Geschworenen entschieden schnell, daß die Frau, die Smith in einer Bar kennengelernt und mit nach Hause genommen hatte, kein Vergewaltigungsopfer sei. Ihre Vergangenheit als Party-Girl mag die Geschworenen beeinflußt haben, vielleicht aber auch nicht; ganz sicher aber hat sie die öffentliche Meinung beeinflußt, die sich gegen sie stellte.

Einwilligung war der Hauptfaktor in Austin, Texas, als Joel Rene Valdez in die Wohnung einer Frau einbrach, sie mit einem Messer bedrohte und Sex verlangte. »Sie bat mich, ihr einen Gefallen zu tun, und das habe ich getan«, sagte Valdez später aus. »Sie hat mich gebeten, ein Kondom zu benutzen, und auch das habe ich getan.« Die Verteidigung behauptete, ihre Bitte an ihn, sie vor Krankheit und Schwangerschaft zu schützen, impliziere eine Einwilligung zum Sex. In einer ersten Instanz gab ein texanisches Schwurgericht Valdez recht und weigerte sich, ihn anzuklagen. Nachdem er von einem anderen Schwurgericht in zweiter Instanz angeklagt wurde, wurde er vor Gericht gestellt, schuldig gesprochen und zu vierzig Jahren Staatsgefängnis verurteilt.

»Ich bin Xan Wilson«, sagte die Frau, die Valdez angezeigt hatte, den Geschworenen nach der Urteilsverkündung. »In der Vergangenheit bin ich als das Kondom-Vergewaltigungsopfer bekannt geworden. Ich bin nicht das Kondom-Vergewaltigungsopfer. Ich habe keine Opfermentalität. Ich bin eine Überlebende einer Vergewaltigung, eines Gewaltverbrechens.« Wilson bezeichnete die Vergewaltigung als Alptraum und dankte dem Richter und den Geschworenen. »Heute, in der Zeit von AIDS, wo wir wissen, daß ein Kondom lebensrettend sein kann«, sagte sie, »ist Selbstschutz in meinem und in zukünftigen Fällen nicht mit Einwilligung gleichzusetzen.«

Auch in Manassas, Virginia, ging es um die Frage der Einwilligung, als Lorena Bobbitt ihrem Mann den Penis abschnitt. Sie sagte aus, er habe sie zum Sex gezwungen; er bestritt den Vorwurf. »Ich habe geweint und wollte mir nur ein Glas Wasser holen«, erzählte sie einem Reporter von ABC News. »Ich trank das Wasser, und mein Blick fiel auf das Messer.«

Einwilligung war das Dilemma, mit dem sich die Verantwortlichen des Antioch Colleges konfrontiert sahen, als sie ihre undurchführbaren neuen Anordnungen bei Verabredungen aufstellten. Zu Beginn des Semesters 1993 verlangte das Antioch College, das alle Studenten sexuellen Kontakten jeglicher Art, vom ersten Kuß über alles, was sich sonst noch zwischen Partnern abspielt, vorab verbal zustimmten. Keine andere Schule in Amerika erlegt ihren Schülern solche festen Regeln bezüglich ihrer Rendezvous auf.

»Damit wird klargestellt«, erklärt Jim Mann, Sprecher des Antioch College, einem Reporter von Associated Press, James Hannah, »›Ich habe nein gesagt‹. Außerdem wird hiermit festgelegt, daß, wenn jemand betrunken oder bewußtlos ist, er nicht in der Lage ist, einzuwilligen. Die Anordnung ist einerseits auf große Zustimmung gestoßen und andererseits mit einiger Belustigung aufgenommen worden.«

Die Regel lautet: »Bei jeder neuen Stufe körperlichen oder sexuellen Kontaktes oder Handelns zwischen zwei Personen muß vorab eine verbale Einwilligung erfolgen, ungeachtet der Frage, wer den Kontakt hergestellt hat. Die Frage ›Willst du mit mir schlafen?‹ reicht nicht aus. Jeder Schritt muß einzeln abgesprochen werden.«

Studenten, die gegen diese Vorschrift verstoßen, können der Hochschule verwiesen werden, wenngleich es schwierig erscheint, eine Vergewaltigung nachzuweisen, die sich aus einer intimen Situation ergeben hat, bei der nur zwei Menschen zugegen waren. Vielleicht tragen Studenten des Antioch Colleges bei ihren Rendezvous ja Kassettenrecorder als moderne elektronische Eskorte bei sich.

»Was wollen Frauen?« fragte Freud rhetorisch, nachdem seine jahrelangen Studien ihm hierauf keine zufriedenstellende Antwort geliefert hatten. Und was wollen Männer? Sogar Josh Golin, der Klassenkamerad, der die Glen-Ridge-Vergewaltiger verurteilte, gab zu, daß der ausschweifende Lebensstil seiner Mitschüler ihn faszinierte.

Seine Erklärung für den Reiz an der abscheulichen, brutalen Sexszene in Glen Ridge läßt mich auch lange nach unserem Gespräch nicht los: »Ganz sicher redeten sie viel mehr über Sex und das, was sie alles getan hatten. Aber sie hatten auch schon viel mehr getan als die Leute, mit denen ich zusammen war. Wenn ich sie so reden hörte, habe ich mir immer gesagt, daß es falsch sei, über Mädchen herzuziehen, mit denen man seinen Spaß gehabt hatte. Das war der eine Teil von mir. Aber ein anderer Teil von mir hat sie bewundert.« Und dann sein offenes Geständnis: »Ich meine, ich weiß nicht, was passiert wäre, wenn ich und meine Freunde ... Also, ich glaube nicht, daß wir so gewesen wären wie sie, aber andererseits wären wir auf gewisse Weise wohl doch so gewesen.«

Die Frage der Einwilligung scheint so leicht zu beantworten. *Ja* heißt *ja*. *Nein* heißt *nein*. Aber Kommunikation unter den Menschen ist niemals so einfach. Wir mißverstehen einander. Wir sagen etwas und verwechseln verbale Botschaft und Körpersprache. Manchmal wissen wir selbst nicht genau, ob wir nun ›ja‹ oder ›nein‹ meinen. Wir sind empfänglich für verwirrende Einflüsse aus den widersprüchlichen und verwirrenden moralischen Botschaften, die zu jeder Tages- oder Nachtzeit auf uns einstürmen, wohin auch immer wir uns wenden. Die neue Politik des Antioch Colleges mag auf den ersten Blick albern und undurchführbar erscheinen. Aber die Absicht ist klar und entspricht einer realen Notwendigkeit. Wir müssen wissen, was wir wollen, was unser oder unsere Partner wollen. Und wir müssen alles tun, in unserem Sexualleben wie auch hinsichtlich aller anderen Aspekte unseres Lebens, um die Frage der Einwilligung eindeutig zu klären.

# Quellennachweis

*Against Our Will: Men, Women and Rape* (New York: Simon and Schuster, 1975), Susan Brownmillers vielzitierte Studie zum Thema Vergewaltigung.

*Transforming a Rape Culture* ist eine anregende Sammlung von Essays, die von Emilie Buchwald, Pamela R. Fletcher und Martha Rith herausgegeben wurde, um eine gesellschaftliche Veränderung anzuregen (Minneapolis: Milkweed Editions, 1993)

Susan Estrich, Vergewaltigungsopfer und Dozentin an der juristischen Falkultät der University of Southern California, behandelt in *Real Rape* gezielt das Thema der Schikanierung vergewaltigter Frauen (Cambridge: Harvard University Press, 1987). Sie war sehr beeindruckt von der Arbeit der Essex County Staatsanwälte im Glen-Ridge-Fall und äußerte während des Prozesses gegenüber der *New York Times*: »Der Staatsanwalt muß hier beweisen, daß mit ›ja‹ ›nein‹ gemeint war, und so etwas hat es bislang noch nicht gegeben.«

Robin Warshaw ist die Autorin des Berichtes *I Never Called It Rape* über geplante Vergewaltigungen und Vergewaltigungen durch eine dem Opfer bekannte Person, der im Auftrag der Ms. Foundation for Education and Communication erstellt wurde. (New York: Harper & Row, 1988).

Neil Gilbert, Dozent für Sozialkunde und Sozialleistungen an der University of California, kritisiert *I Never Called It Rape* und die Recherchen von Mary Koss, auf denen das Werk basiert, in seinem Artikel mit dem Titel

›Realities and Mythologies of Rape‹, der in der Mai/Juni Ausgabe 1992 von *Social Science and Modern Society* veröffentlicht wurde.

Peggy Reeves Sanday konzentrierte ihre Recherchen auf Gruppenvergewaltigungen in Brüderschaftsheimen: *Fraternity Gang Rape: Sex, Brotherhood, and Privilege on Campus* (New York: New York University Press, 1990).

*The Beauty Myth*, die Analyse, die sich damit beschäftigt, wie die Schönheitsideale gegen Frauen verwendet werden, geschrieben von Naomi Wolf (New York: William Morrow, 1991)

Camille Paglia kritisiert die Analysen traditioneller amerikanischer Feministinnen zum Thema Vergewaltigung – vor allem Vergewaltigungen durch eine dem Opfer bekannte Person – in ihrer Sammlung von Essays *Sex, Art and American Culture* (New York, Simon & Schuster, 1993).

Eine weitere neue Stimme, die die traditionellen feministischen Belange zum Thema Vergewaltigung durch eine dem Opfer bekannte Person kritisiert, ist Katie Roiphe mit ihren Memoiren aus Schultagen. *The Morning After: Sex, Fear and Feminism on Campus* (New York: Little Brown, 1993).

Die Bücher von zwei New Yorker Staatsanwältinnen handeln von Sexualtätern und dem Gesetz: Alice Vachss ist Autorin von *Sex Crimes: Ten Years on the Front Lines Prosecuting Rapists and Confronting their Collaborators* (New York: Random House, 1993). Linda Fairsteins Buch ist erschienen unter dem Titel *Sexual Violence: Our War Against Rape* (New York: Morrow, 1993).

Das Thema Vergewaltigung mit Fremdgegenständen wird in Hubert Selbys Roman *Last Exit to Brooklyn* (New York: Grove Press, 1965) und in William Faulkners Werk

*Sanctuary* behandelt (New York: Random House, 1931).

*Lolita*, der von Michael Querques angesprochene Roman, ist ein Klassiker von Vladimir Nabokov (Olympia Press, 1955).

Die Geschichte, die hinter Querques' katastrophaler Verteidigung im sogenannten Pizza-Connection-Fall steht, wird in dem Buch *The Pizza Connection: Lawyers, Money, Drugs, Mafia* von Shana Alexander erzählt (New York: Weidenfeld and Nicolson, 1988).

Unter Havelock Ellis' umfassenden Schriften über Sex befindet sich *Studies in the Psychology of Sex* (New York: Random House, 1942). Hierin beschäftigt er sich ausführlich mit Masturbation mit Fremdgegenständen.

*The Second Sex* (New York: Knopf, 1952) ist Simone de Beauvoirs detaillierte Untersuchung von Frauen in ihrem Streben nach Gleichheit.

J. David Smith und K. Ray Nelson brachten mit ihrem Buch *The Sterilization of Carrie Buck* (Far Hills, NJ: New Horizon Press, 1989) die Zwangssterilisation von geistig behinderten Frauen in Amerika ans Licht.

Der Bericht des Senate Judiciary Committee, *The Response to Rape: Detours on the Road to Equal Justice*, beinhaltet eine Zusammenfassung des vorgeschlagenen Violence Against Women Act und wurde im Mai 1993 vom Komitee publiziert.

*Rape in America. A Report to the Nation* ist das Ergebnis von im Jahre 1992 durchgeführten Recherchen des National Victims Center und des Crime Victims Research and Treatment Center der Medical University von South Carolina. Das Werk stellt eine der wenigen Quellen für statistische Daten über Vergewaltigung mit Fremdgegenständen und ist zu beziehen über die beiden Institutionen, die die Studie betrieben haben.

Superior Court of New Jersey Law Division: Essex

County Verfahren Nr. 4165; der Staat New Jersey versus Christopher Archer, Bryant Grober, Kyle Scherzer und Kevin Scherzer, Angeklagte, ist das Protokoll der Verhandlung.

# Danksagungen

Kurz nachdem der Eiserne Vorhang sich gehoben hatte, hielt ich unter Schirmherrschaft von Media Alliance und in Zusammenarbeit mit der Freien Universität Berlin für amerikanische Journalistikstudenten, die sich für die Berichterstattung in Osteuropa interessieren, ein Seminar ab. Einer meiner Star-Studenten in Berlin war Todd Diamond, der sich als etablierter Reporter aus Washington D.C. beruflich fortbilden wollte. Seine Unterstützung als mein Chef-Rechercheur für *Sie hat es doch gewollt* war von unschätzbarem Wert. Todd arbeitete sich durch Zeitungsausschnitte von Jahren, ermittelte schwer zugängliche Quellen, die ich für Interviews brauchte, und schaffte es – dank seiner jugendlichen Erscheinung –, vor Ort in Glen Ridge Informationen für dieses Projekt zu sammeln, ohne ungewollte oder kontraproduktive Aufmerksamkeit zu erregen. Seine Liebe zum Detail und seine konstruktive Kritik an meiner Arbeit waren unerläßlich und werden gebührend geschätzt.

Während Einzelpersonen aus Glen Ridge auf das Verbrechen reagierten, indem sie Informationen zu verbergen versuchten, tat die Glen Ridge Free Public Library das genaue Gegenteil. Mein herzlicher Dank gilt vor allem der Bibliothekarin Ruth Shileds, die sich große Mühe gab, mich postwendend mit sämtlichem relevanten Material zu versorgen, das sie auftreiben konnte, und der intellektuelle Freiheit ganz offensichtlich viel bedeutet.

Malcolm Young, der Leiter von *The Sentencing Project* in Washington half mir, die nötigen Statistiken zu beschaffen, ebenso wie Dr. Heidi Resnick vom Crime Victims and Treatment Center der Medical University of South Carolina in Charleston.

Der Vergewaltigungsfall von Glen Ridge wurde von verschiedenen Nachrichtenmedien verfolgt, und ich habe bei meinen Recherchen und beim Schreiben häufig in den Arbeiten meiner Journalisten-Kollegen nachgelesen. Besonders wertvoll waren die regelmäßigen und ausführlichen Artikel, die Robert Hanley von der *New York Times* während des Prozesses schrieb.

Mehrere Kollegen standen mir zur Seite, und ich möchte ganz besonders dem Journalisten Pat Korten dafür danken, daß er mir seine Kontakte zum Justizministerium zur Verfügung gestellt hat. Dick Rakovan in seiner Eigenschaft als Manager von WRC und andere Kollegen von Greater Media unterstützten mich, indem sie dafür sorgten, daß mir trotz der Härten unserer Arbeit im Radiosender genügend Zeit zum Schreiben blieb. Mein Agent, Henry Dunow, half mit der nötigen Anleitung, und dafür möchte ich auch ihm danken. David Mitchell, Redakteur und Verleger von *Point Reyes (California) Light* war mir bei verschiedenen Recherchen behilflich.

Wie gewöhnlich war die Unterstützung meiner Familie von unschätzbarem Wert: Meine Mutter, Eva Laufer, mein Sohn, Talmage Morris, und meine Schwiegertochter, Amber Ryan, lieferten den inzwischen zur Routine gewordenen, aber stets notwendigen Enthusiasmus und die Ermutigung während der Arbeit an meinem Buch. Mein Sohn Michael Laufer hat mit seinen Bemühungen, mich während der Arbeit an diesem Projekt bei Laune zu halten, Großartiges geleistet. Und meine Frau Sheila Swan Laufer stand mir wie immer mit Rat und Tat zur Seite. Die Erinnerung an meinen Vater war mir während der Recherchen und während des Schreibens ebenfalls eine große Stütze.

Ich möchte meinem Redakteur, Thomas Christensen, und der gesamten Belegschaft von Mercury House für eine äußerst konstruktive und kreative Arbeitsatmosphäre danken. Herausgeber William Brinton muß ich als Urheber der Idee zu diesem Buch hervorheben, und ich danke ihm für sein Vertrauen.

Werbeagenten, bei dem die Schauspielerprominenz ein- und ausgeht. Sie verbringen mit ihm ein Wochenende auf dem Lande. Mitten in der Nacht werden Sie durch unheimliche Geräusche wach. Ihr Verlobter ist ermordet worden. Und der Mörder bedroht Sie. Später will er Ihr Liebhaber werden – und das Schlimmste von allem: Sie müssen sich eingestehen, daß er eine schreckliche Faszination auf Sie ausübt . . .
Ein Alptraum? Nur ein weiterer Kriminalroman? Leider nein. Es ist bittere Realität, was sich da abgespielt hat unter der Sonne Kaliforniens.

**Shelley Sessions**
**Peter Meyer**
**Dunkle Begierde**
Zwölf Millionen Frauen, so schätzt man, wurden allein in Amerika in ihrer Kindheit und Jugend von ihren Vätern sexuell belästigt und mißbraucht. Und auch in Deutschland liegt die Dunkelziffer gerade dieses Verbrechens alarmierend hoch. Denn nur wenige Töchter wagen es, das Schweigen über ihr Leiden zu brechen.

Die wahre Geschichte der Shelley Sessions ist für all diese Fälle ebenso exemplarisch wie ungewöhnlich. Aufgeweckt und allseits beliebt, lebt das texanische Mädchen eine scheinbar sorglose Kindheit. Ihr Stiefvater, ein steinreicher Unternehmer, hat Shelley seit jeher vergöttert. Doch seine Liebe schlägt um in sexuelle Forderungen, die immer gröber werden . . .

**Ken Englade**
**Wo alles Mitleid endet**
Werden manche Menschen als Mörder geboren? Darüber werden Sie lange nachdenken, wenn Sie den

eindringlichen Bericht über die Reise dieser beiden jungen Leute ins Böse gelesen haben.
Elizabeth Haysom und Jens Soering, Sohn eines deutschen Diplomaten, sind kein gewöhnliches Pärchen. Beide sind überdurchschnittlich intelligent, beide stammen sie aus bestem Haus, beide, besonders Jens, sind gefühlsmäßig stark gehemmt.
Was kann die beiden bewogen haben, den brutalen Mord an Elizabeths Eltern eiskalt vorzubereiten und durchzuführen? Das Verlangen, an das große Geld der Eltern heranzukommen? Dunkle Triebe? Blutrausch? Drogeneinfluß?

**Barry Siegel**
**Die Stadt, die nicht vergessen konnte**
Nach ihrer Heirat hatte Lois Jurgens nur noch einen Wunsch – Kinder in die Welt zu setzen und großzuziehen. Doch dieser Traum wurde ihr nicht erfüllt. Was lag näher, als ein Kind zu adoptieren? Und da Lois Wohlstand und gesicherte Verhältnisse bieten konnte, vertrauten die Sozialarbeiter ihr den kleinen Dennis an. Vier Jahre später war dieses Kind tot: eine schlimme Bauchfellentzündung, sagt der Leichenbeschauer. Aber es finden sich auch Spuren seltsamer Verletzungen an dem Jungen.
Dennoch durfte Lois Jurgens ein zweites Kind adoptieren. Erst fünfzehn Jahre später wird das Verfahren über den mysteriösen Tod des kleinen Dennis neu eröffnet. Und es kommen schreckliche Dinge ans Licht . . . über die neurotische Frau, die um jeden Preis Mutter sein wollte, über ihren teilnahmslos-passiven Ehemann, über leichtgläubige Verwandte, die die vielen dunklen Zeichen nicht sehen wollte . . .

**Joe McGinniss**
**Quälende Zweifel**
Bonnie von Stein ist eine Frau, die nie aufgibt. Nach dem Scheitern ihrer ersten Ehe zog sie ihre Kinder allein groß – bis sie in Lieth von Stein den idealen Ehemann fand: vermögend, fürsorglich und verläßlich. Aber ein brutaler Überfall ließ dieses späte Familienglück jäh zerschellen:

Bonnie kam mit schweren Verwundungen davon, ihr Ehemann jedoch erlag seinen Verletzungen. Wer war der Eindringling? Oder stammte der Täter aus dem Haus? Zwei Jahre lang ermittelte die Polizei. Gegen Bonnie selbst, gegen Angela, ihre scheinbar gefühlskalte Tochter, und schließlich gegen Chris, den Sohn, der sich in eine Ersatzwelt geflüchtet hat – eine Ersatzwelt aus abenteuerlichen Horrorspielen und Drogen. Als Bonnie von Stein niemandem mehr vertrauen konnte, weder der Polizei noch ihrer Familie, wandte sie sich an Joe McGinniss, Amerikas berühmtesten True-Crime-Autor *(Die Unschuld des Mörders)*. Und sie bat ihn, Licht in das Dunkel ihrer Familientragödie zu bringen.

**Ann Rule**
**Wenn du mich wirklich liebhast**

Detective Fred McLean hatte schon eine ganze Reihe von Mördern verhaftet. Aber dieses junge Mädchen, das seit mehreren Stunden in kalter Dunkelheit in ihrem eigenen Erbrochenen gelegen hatte, war die bemitleidenswerteste mutmaßliche Täterin, der er jemals begegnet war. McLean entrollte den rosafarbenen Streifen aus Pappkarton, den Cinnamon in ihrer rechten Hand gehalten hatte. In dem schwachen Licht konnte er die Druckbuchstaben auf dem Karton entziffern: ›Lieber Gott, bitte verzeih mir, aber ich wollte sie nicht verletzen‹.

**TRUE CRIME**
**Taschenbücher**
**gibt es überall**
**im Buchhandel**

**Jack Olsen**
**Wie unter einem stummen Zwang**

Mac Smith ist ein Mann, der sich ganz von seinen sexuellen Fantasien beherrschen läßt. Seit seiner Pubertät schon träumt er von einer Frau, die er demütigen kann. Eines Tages liest er in einem Magazin, daß in den USA jede drei Minuten eine Frau vergewaltigt wird. Doch nur jeder zehnte Täter sieht je ein Gefängnis von innen. Mac Smith, der Geborgenheit nie gefunden hat, bereitet sich darauf vor, seine Vergewaltigungsträume auszuleben . . .
Jack Olsen, zweimaliger Preisträger des *Edgar-Award*, stellt mit diesem Buch auf beispielhafte Art die Entwicklungsgeschichte eines Sexualverbrechers dar.

**Ken Englade**
**Schülerliebe**

Die hübsche Pam Smart ist eine Frau mit vielen Gesichtern. An der Seite ihres karrierewilligen Mannes führt sie ein geselliges Leben, als ehrgeizige Pädagogin arbeitet sie in sozialen Brennpunkten. Gleichzeitig nennt sie sich stolz eine ›Heavy-Metal-Braut‹ und ertränkt all ihre Sehnsüchte und Jugendträume in schrillen Hard-Rock-Klängen.
Als sie Billy Flynn, den von ihr betreuten fünfzehnjährigen Schüler, mit einem aufregenden Striptease verführt, tobt im Hintergrund die rauhe Musik von Van Halen, und über die Mattscheibe flimmern die erotischen ›9 1/2 Wochen‹. Drei Monate nach dem Erwachen diese verbotenen Leidenschaft, es ist der 1. Mai 1990, wird Pams Ehemann von einer Kugel tödlich verwundet. Aber die Rolle der trauernden Witwe scheint Pam Smart nicht zu liegen.